ハヤカワ文庫 NV
〈NV1469〉

ハンターキラー 最後の任務
〔下〕

ジョージ・ウォーレス＆ドン・キース
山中朝晶訳

早川書房
8555

FINAL BEARING

by

George Wallace and Don Keith

Translated by
Tomoaki Yamanaka
First published 2020 in Japan by
HAYAKAWA PUBLISHING, INC.
This book is published in Japan by
direct arrangement with
TALBOT FORTUNE AGENCY.

USS〈スペードフィッシュ〉SSN668 内部

前部区画

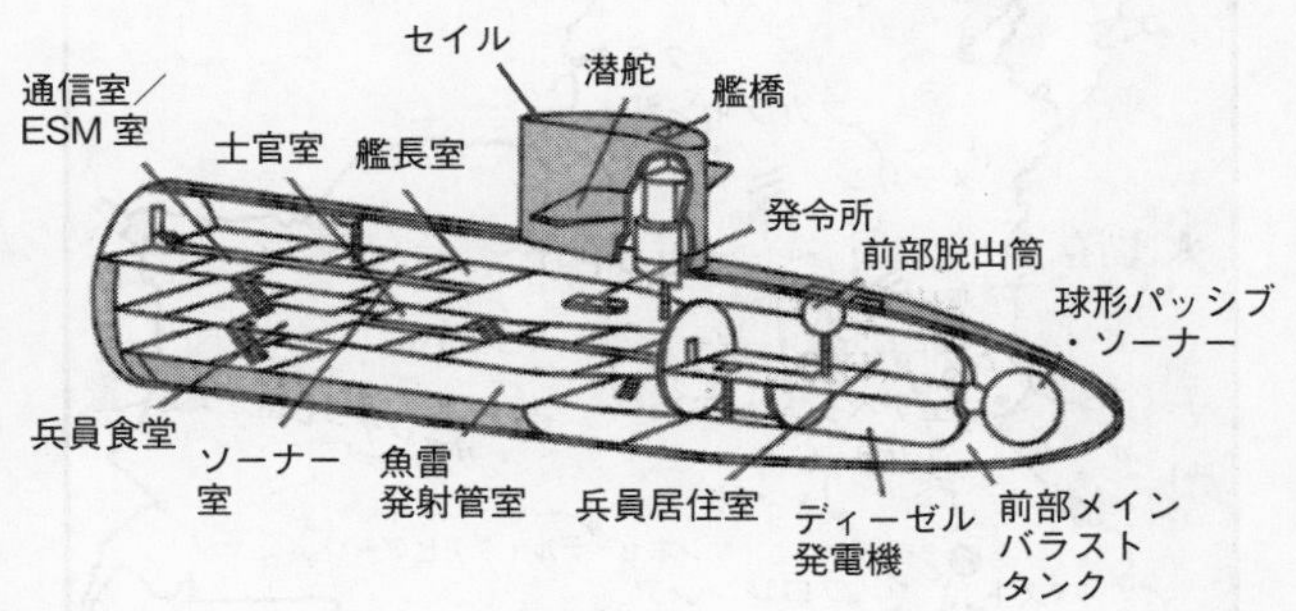

後部区画

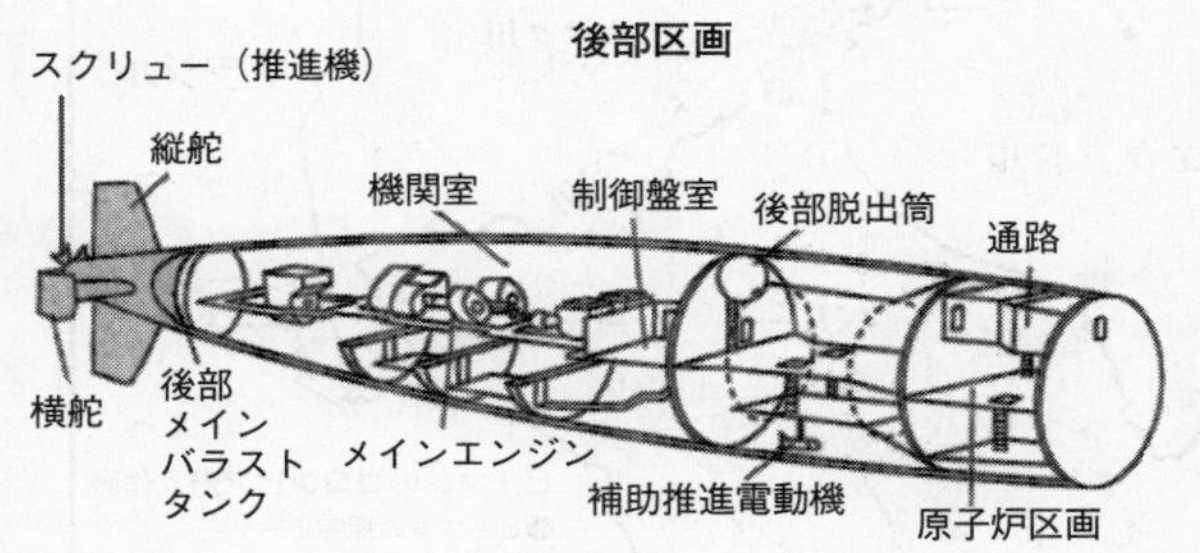

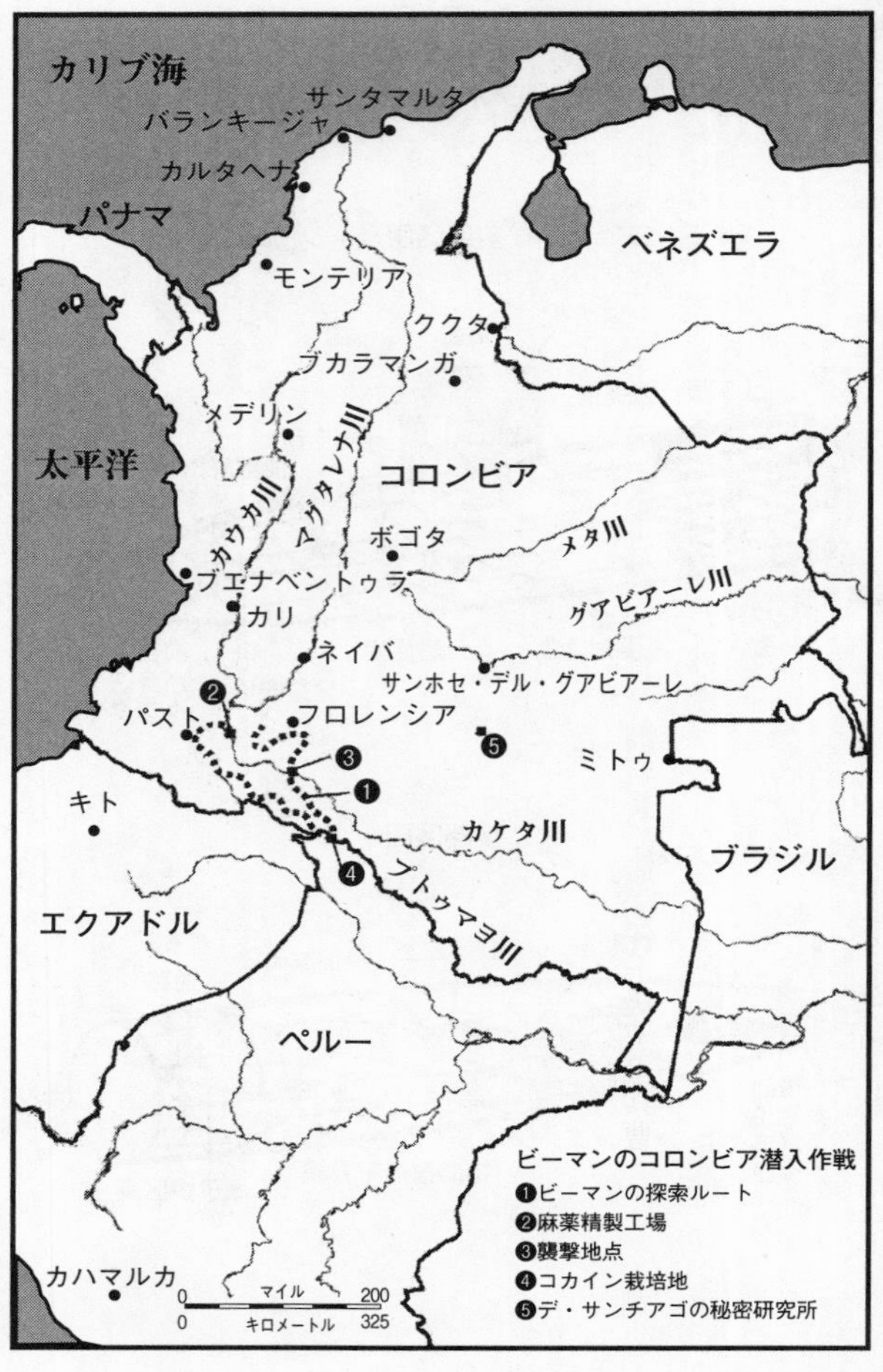

カリブ海
サンタマルタ
バランキージャ
カルタヘナ
パナマ
ベネズエラ
モンテリア
ククタ
ブカラマンガ
メデリン
マグダレナ川
太平洋
コロンビア
カウカ川
ボゴタ
メタ川
ブエナベントゥラ
グアビアーレ川
カリ
ネイバ
サンホセ・デル・グアビアーレ
パスト
フロレンシア
ミトゥ
キト
カケタ川
ブラジル
プトゥマヨ川
エクアドル
ペルー
ビーマンのコロンビア潜入作戦
❶ビーマンの探索ルート
❷麻薬精製工場
❸襲撃地点
❹コカイン栽培地
❺デ・サンチアゴの秘密研究所
カハマルカ
0 マイル 200
0 キロメートル 325

登場人物

〔アメリカ〕

海軍原子力潜水艦〈スペードフィッシュ〉

ジョナサン（ジョン）・ワード……艦長。中佐
ジョセフ（ジョー）・グラス……副長。少佐
デイブ・クーン……………………機関長。少佐
スタン・グール……………………水雷長。大尉
スティーブ・フリードマン………発射管制システム担当。大尉
アール・ビーズリー………………航海長。大尉
クリス・ダーガン…………………機関士。少尉
レイ・ラスコウスキー……………先任伍長。潜航長。最先任上級上等兵曹
レイ・メンドーサ…………………ソーナー員長。上級上等兵曹
ビル・ラルストン…………………魚雷発射管長。上等兵曹
ダグ・ライマン……………………通信員長。上等兵曹
コルテス……………………………潜舵手。上等水兵

マクノートン……………横舵手。上等水兵
フランク・ベクトルド……機関兵長。機関科最先任上等兵曹
ブルース・ヘンドリックス……先任機関特技員。上等兵曹
スコット・フロスト……………機関員
サム・ベクタル……………当直先任
バート・ウォーターズ……………原子炉制御員
〝ドク〟・マーストン……………衛生班員
〝グッキー〟・ドットソン……………調理員
アル・カルロス……………ＥＳＭ操作員
ダン・ラーソン……………ＥＳＭ操作員

海軍Ｐ３Ｃオライオン対潜哨戒機

ジム・プルーイット……………機長
ランディ・ダルトン……………副操縦士
ジェス・カーモン……………センサー制御員
ケビン・シェパード……………逆合成開口レーダー（ISAR）担当員

海軍特殊部隊SEAL

ビル・ビーマン……チーム3部隊長。少佐

ジョンストン……上等兵曹

カントレル……隊員

ブロートン……隊員

マルティネッリ……隊員

ダンコフスキー……隊員

太平洋艦隊潜水艦部隊

トム・ドネガン……太平洋艦隊潜水艦部隊司令官(SUBPAC)。海軍大将

ピエール・デソー……サンディエゴ潜水艦部隊司令官。大佐

海軍哨戒艇〈ハリケーン〉

ドン・パステン……艇長。少佐

沿岸警備隊哨戒艇〈サイクロン〉

バリー・ジョーンズ……………艇長。中佐
ロディ・マカリスター…………上等兵曹

合衆国内麻薬関係

トム・キンケイド………………麻薬取締局(DEA)シアトル支局捜査官
リック・テイラー………………DEA局長
ケン・テンプル…………………シアトル市警警部補
ジョン・ベセア…………………国際共同麻薬禁止局(JDIA)の局長
カルロス・ラミレス……………シアトルの麻薬の売人
ジェイソン・ラシャド…………ラミレスの手下

その他

エレン・ワード…………………ジョン・ワードの妻
バート・ヤンコフスキー………釣り愛好家。元海軍先任掌帆長

ワトソン……………………シアトル市警巡査
ケビン・マッコイ………………速度違反取り締まり中の白バイ警官

〔コロンビア〕
フアン・デ・サンチアゴ………革命運動指導者。麻薬王。愛称〝エル・ヘフェ〟
グスマン……………………デ・サンチアゴの用心棒
フィリップ・ザーコ……………デ・サンチアゴの幼なじみ
アントニオ・デ・フカ…………デ・サンチアゴの腹心の部下
アルヴェーネ・デュラ…………デ・サンチアゴの腹心の部下
ドナルド・ホルブルック………デ・サンチアゴの経理責任者
ホルヘ・オルティエス…………秘密研究所の所長
ホセ・シルベラス………………コロンビア政府の下級官僚、デ・サンチアゴのスパイ
マルガリータ……………………デ・サンチアゴの愛人
ルディ・セルジオフスキー……改造型ウィスキー級潜水艇の艇長
セルジュ・ノブスタッド………貨物船〈ヘレナK〉の船長

〈エル・ファルコーネ〉……デ・サンチアゴの組織内にいるスパイのコードネーム
隋海俊（スイカイシユン）……東南アジアの麻薬王
ギテリーズ……コロンビア大統領
ペレス……コロンビア軍防諜部門の責任者。大佐

ハンターキラー　最後の任務〔下〕

20

「発令所、こちらＥＳＭです。ＥＳＭマストを上げてください」

スピーカー越しにジョー・グラスの声が、金属的にこだました。クリス・ダーガンが潜望鏡の接眼部から目を離す。いままで、全周監視で壮大な景色を見ながら、〈スペードフィッシュ〉に近づいてくる船舶がいないかどうか確かめていたのだ。外界では西の空がピンク、オレンジ、金色に染まり、日が沈むところだった。東の天空には暗闇が迫り、深い藍色に変わっていく。夜の帳（とばり）が降りはじめ、すでに星がいくつか瞬いていた。宵の明星がひときわ明るく、細長い新月のすぐ下に輝いている。紺碧（こんぺき）の海は平穏そのもので、船舶の影はない。

〈スペードフィッシュ〉の発令所では、「発令所、赤色灯に切り替え」の号令で、すでに操舵員が煌々と輝く蛍光灯を消し、赤くほの暗い照明に切り替えていた。黒い輪郭と化したドク・マーストンが、発令所左舷のバラスト制御パネルの前に座っている。

薄暗い照明に合わせたような静かな声で、ダーガンが命じた。「ESMマスト上げ」マーストンは立ち上がり、頭上の高いところにあるパネルに手を伸ばして、スイッチをつけた。

「ESMマスト上げます」彼は復唱した。

目の前に並んでいる緑の光の列のうち、ひとつが消えた。ダーガンにはそれが〝ESMマスト収納〟のランプだとわかっていたが、遠すぎて、小さな字は読めなかった。

復唱の声が聞こえるや、ダーガンは後方に潜望鏡を回転させ、潜望鏡の航跡が残すかすかな燐光を見た。次の瞬間、奇妙な形の物体が海面にせり上がってくる。まるで黒いビヤ樽が、平べったい帽子をかぶり、曲がった杖を奇妙な角度に突き出しているようだ。

「ESMマスト、露頂しました」

発令所の四〇フィート後方で、ESM操作スペースのベンチロッカーに腰かけていたジョー・グラスは、アル・カルロスとダン・ラーソンが電子装置を入念に調整する様子を見ていた。まるで、完璧な仕事を追求する二人のピアノ調律師のようだ。クリス・ダーガンの声は、オープン・マイクロフォン・システムによって、グラスにもはっきり聞こえた。

もう何年も前から導入されている装置だ。このシステムにより、潜望鏡操作部の周囲の声はすべて拾われ、ESM操作員にも聞こえる。同様に、グラスの頭に装着したマイクで、ダーガンにもESM操作スペースでの会話が筒抜けなのだ。

ESM操作スペースは、通信室の後部半分を占めている。謎のベールに包まれた〈スペードフィッシュ〉のなかでも、通信室は特別な領域だ。艦内でつねに施錠されているのは、原子炉区画を除けばこの部屋だけである。特別な許可を受けた乗組員や、必知事項（任務遂行上不可欠な情報）の承認を受けた者だけが、七桁の暗証番号で鍵を開けることができる。

通信室の真の秘密は、ESMにあると言っても過言ではない。〈スペードフィッシュ〉を含むスタージョン級の原潜は、攻撃よりもむしろ情報収集に重点を置いて設計された。その秘匿性と長期潜航能力により、スタージョン級原潜は一度に数カ月ものあいだ、スパイされていると気づかれることなく、外国の沖合にひそんでいられる。この部屋にある高性能のセンサーにより、同艦は電磁波を捜索し、収集し、解読し、翻訳し、解釈することができる。

長きにわたった冷戦のあいだ、この級の原潜がつねに数隻ずつ、旧ソ連の領海のすぐ外側に配置され、ひそかに情報を収集していた。見つかったら一触即発の事態になりかねない、危険な任務だ。スタージョン級をはじめとする原潜の通信室で収集された機密情報が、冷戦における勝利に貢献したのだ。決して表に出ることのなかった、まさしく秘密の任務であり、現在に至っても、このような原潜がソ連の崩壊にひと役買ったことを知る者は少ない。

ラーソンは小さなモニターから顔を上げた。彼は狭い室内で、緑の画面にのたくっている線に神経を集中している。目の前の隔壁には、ほんの数インチの距離を置いて、複雑な機器類がひしめいていた。丸めた背中の後ろの隔壁にも、同様の装置がぎっしりと並んでいる。天井の青い照明が、機器類を幻覚のように照らし出していた。

ダン・ラーソンが目を輝かせ、グラスをちらりと見た。

「すでにシグナルを探知しています、副長。受信機は正常に作動しているようです」

アル・カルロスはベンチロッカーに座り、別の方向を見ている。ヘッドセットを装着し、複雑な機器類に向き合って、小さなキーボードをいじくっていた。額に皺を寄せ、口をひん曲げて、耳を澄ましている。ややあって、彼はラーソンを横目で見た。

「ダン、そっちは何か探知したのかもしれんが、こっちは何も聞こえないぞ」

「確かか、アル？」ラーソンが訊いた。

カルロスはラーソンの前で、さらにボタンを押した。

「俺の耳がいかれたとでも思っているのか？　もちろん、確かだともさ」

ラーソンは小柄で肌の浅黒い技術者に目をやった。何年もコンビを組んできた二人は、老夫婦を思わせるほど呼吸が合っているが、往々にして口やかましくなる。この二人は〈スペードフィッシュ〉のほかの乗組員とは一線を画していた。彼らは専門家として、さまざまな艦艇や航空機を渡り歩いているのだ。乗組員から〝諜報員〟と呼称されているとおり、海軍情報局から派遣されてきている。二人は、この機器の操作および収集結果の分析を専門に訓練されてきた。あるときは水上艦や潜水艦、あるときは専用の装備がなされた航空機に乗り組み、文明世界から遠く離れた山頂の傍受施設に送りこまれることもたびたびだ。

「別におまえを疑ってるわけじゃないさ」ラーソンは手を振った。「俺とおまえのあいだにあるものは、四フィートの同軸ケーブルだけだ。接続はしっかりできているか?」

カルロスは機器の背後に手を伸ばし、ぶら下がっているコネクターや、プラグが差しこまれていないソケットがないかどうか、探ってみた。

「ああ、どれもきちんと繫がっている」

「だったら、最後の手段を使うか。こいつはトラブルシューティング・マニュアルにも載ってないぞ、相棒」

カルロスは眉根を寄せ、相方を見た。

「最後の手段?」

「高度なテクニックを要する技だ」ラーソンがにやりとした。「教えてやろう、〝あっちを揺すり、こっちを揺すり、どこもかしこも揺する〟技だ」

カルロスが声をあげて笑った。

「この山男が! また担いだな」

ラーソンは複雑な機器の後ろに手を伸ばした。そして一本のケーブルを掴み、激しく揺すって、ぐいと引いた。

カルロスがヘッドセットを耳に強く押しつける。

「おっ、シグナルが聞こえたぞ。このBNCコネクターは接続不良にちがいない。ケーブルごと取り替えよう」

カルロスは近くのロッカーから新しいケーブルを取り出し、不良のケーブルに結び目を作って、誤って再利用しないようにした。

「よしよし」カルロスは、あたかも妙なる調べにうっとりしているように、満足げな息をついた。傍受している音に、一心に耳を澄ます。その様子を見て、ラーソンは思った。長年連れ添った相棒が、何かに気づいたようだ。だとしたら、決してありふれたものではない。

「うん、こんなところで聞こえるはずはないんだが」カルロスがつぶやく。さらにキーボードのボタンを叩き、一心に聴き入った。やおら立ち上がり、近くの機器に手を伸ばす。彼がスイッチを操作すると、目の前のモニターに映し出されている曲線がいっせいに踊り出した。カルロスはさらにキーボードのボタンを操作した。「信じられない」手を伸ばして録音装置のスイッチを入れ、ジョー・グラスに向きなおる。「副長、スペイン語は話せますか？」

「何かあったのか？」

「ああ、兵学校で二年勉強して、ティファナに何度か遊びに行ったよ」

カルロスは予備のヘッドセットを取り出し、ジャックを接続して、グラスに手渡した。

「よかった。では、聴いてみてください」

グラスはヘッドセットを耳につけ、両手で押しつけた。聞こえてくるスペイン語は機関銃のように速く、グラスの知識は錆びついていたが、それでも誰かがどこかで会合の手配をしていることはわかった。とくに耳をそばだてるほどの内容とは思えない。入港中の商船の船長同士が、今夜の売春宿をどこにするか打ち合わせしているのかもしれない。副長はカルロスを見、眉を上げて訊いた。「それがどうした？」

諜報員は声をたてずに笑った。

「これがいかなる大発見か、お気づきになりませんか、副長。では、解説しましょう。そもそも、このシグナルは暗号化されたチャンネルで、深海の海洋気象ブイに割り当てられた周波数です。つまりこの連中は、何かよからぬことをたくらんでいます。この周波数は、こうした暗号解読装置を使わないと、雑音しか聞こえないようになっているんですから。ということは、誰かが多大な労力を費やして、当事者以外の人間から通話内容を隠そうとしているのです」カルロスはラーソンに目を向けた。「おい、ダン、さっさとケツを上げて、方向探知機(DF)を使ったらどうなんだ?」

ラーソンは口の悪い相棒に取り合わず、すでにオープンマイクに話しかけていた。

「発令所、ESM以外のマストをすべて下げてください。DFを使いたいコンタクトがあるのです」

ダーガンは了解した。「ESMへ、第二潜望鏡下げ。探知できたら報告されたし。目隠しされるのは不安でね」

通話しながらも、ダーガンは手を伸ばし、赤い昇降用ハンドリングをまわした。潤滑油を塗った銀色の潜望鏡の筒が、足下へするすると滑り降りる。

ラーソンは頭上のマスト位置表示器を見た。緑のライトが点灯し、潜望鏡が格納されて方向探知機の邪魔者がなくなったことが示される。それと同時に、彼は機器のスイッチを左にひねった。ものの数秒で、レジのレシートのような紙片が吐き出されてきた。

ラーソンは紙片を一瞥し、カルロスに渡した。彼はマイクに向かって告げた。「発令所、DFが完了しました。潜望鏡を上げて、目隠しを取ってください」

カルロスは三十秒ほど、傍受した無線の方向探知結果を見つめた。

「見てください、副長。思ったとおりでした。こいつらの方向は、ほぼ真南です。方位一七五です。ペンギンに会える南極まで、この方向に陸地はありません。俺たちの見立てでは、麻薬組織が密輸の手配をしているところです」

グラスはその証拠の価値を考えてみた。断片的で、せいぜい状況証拠というべきものにすぎない。しかし、ここは軍法会議の法廷ではない。現場では虫の知らせがものを言うこともある。それにカルロスもラーソンも、熟練した専門家だ。麻薬密輸業者の秘話の傍受にかけては、海軍でも長いキャリアを持っている。

グラスはマイクに向かって話しかけた。

「ミスター・ダーガン、艦長にESM操作スペースまでお越し願いたい」

ダーガンの伝言に続き、スピーカーから深い声が聞こえてきた。

「副長、いま行く」ジョン・ワードが言った。

ジョン・ベセアは下唇を噛みながら、ワードの声を聞いていた。

「局長、録音データは目下分析中ですが、示している方向はひとつです。こちらの暗号解読者の見立てでは、麻薬の密輸である可能性が高いとのことです。この三十分間で、断続的に通話を傍受しました。方向探知機が示したのは方位一七九、本艦の現在位置からおよそ六〇〇マイル南です。可能性のある範囲は、長軸が一〇〇マイル、短軸が一〇マイルの楕円です」

ベセアは目の前のコンピュータ画面で、ワードが言った範囲をマウスでなぞってみた。

「ジョン、そうすると面積は、七〇〇平方マイル以上の海域になるぞ。それ以上、狭めることはできないのか？　それだけの範囲になると、十隻以上は船舶がいるはずで、そのうちのどれが目当ての船かはわからないだろう」

「すみませんが、割り出せるのはこれが精一杯です」ワードはすかさず言い返した。「本艦一隻では、これが限界なのです。シグナルを傍受できる味方の艦艇が近海にもう一隻いれば、三角法で割り出せるかもしれませんが」

ベセアは司令部の室内を見わたした。地図や書類がそこらじゅうに広げられている。大型スクリーンには、ビル・ビーマン率いる海軍特殊部隊（SEAL）が踏破してきた、ペルーやコロンビア南部の軌跡が表示されていた。新たに送信されてきた衛星写真が、目の前の机に並んでいる。そこには、山腹で起きたばかりの地滑りの傷跡が鮮やかに撮影されていた。

ベセアは珍しく伸びている無精鬚を撫でた。ここ数日、電気シェーバーで鬚を当たる時間がないのだ。いや、鬚を剃るのを忘れていたと言うべきだろう。のみならず、彼は寝食すらも忘れていた。

長年の労苦が、もうすぐ報われようとしている。ベセアはそのことを感じていた。

「追跡にどれほどの時間をかけられるかはわからんのだ、ジョン。目下ビーマンが鋭意、大規模な麻薬精製工場を探索している。彼が標的の場所を知らせてきたら、きみはすみやかに配置に就き、トマホークを撃ちこまなければならない。さもなければ、いままでのすべての労力が無駄になり、もう精製工場を叩きつぶすすべはなくなるかもしれないのだ」

ワードはもう一度海図を見下ろした。楕円の範囲は小さく、〈スペードフィッシュ〉の現在位置から近いように見える。彼のあらゆる本能が、悪党どもを目の前にして、みすみす逃してはならないと呼びかけている。本来の任務から逸脱するのは確かだが、ほんの数時間、ひとわたり探索すればすむ話なのだ。

とはいえ、ベセアがためらうのもわかった。〈スペードフィッシュ〉の任務は、ビル・ビーマンを支援することなのだ。SEALと潜水艦が力を合わせれば、一隻の密輸船の積荷よりもはるかに多くのものを破壊できる。その機会をふいにすることはできない。

ワードはついに、赤い受話器の通話ボタンを押した。

「局長のおっしゃるとおりです。よからぬ連中を目の前にして見逃すのが、悔しいというだけのことですから」

「それに、積荷が麻薬だという確証だってないんだろう？」

「わたしは部下の言葉を信頼しています。うちの人間が不審な徴候を認めている以上、わたしには自信があるのです。優秀な男たちですから。彼らが麻薬組織と言っているのは、記録に残してくれても構いません」

ベセアは椅子に寄りかかった。こめかみを揉みほぐす。重圧が募っていた。いよいよ彼らは、デ・サンチアゴの組織の背骨を折る寸前まで来ている。〈スペードフィッシュ〉が通信を傍受した船が、デ・サンチアゴの一味であり、その船に合衆国行きの殺人麻薬が山ほど積まれていたら、臨検するだけの価値はある。だが〈スペードフィッシュ〉には、悪党の船を取り締まる法的権限はない。

「ジョン、きみがそこまで言うなら、別の艦艇を調査に向かわせよう」

ワードはいま一度、海図をよく見た。指定された哨戒海域までは、南東にあと四〇〇マイル進まなければならない。不審船の針路を妨害するには、ほぼ真南に六〇〇マイル航行する必要がある。現在の速力二五ノットを維持しても、到達するのは予定時間ぎりぎりだ。

逸脱する余裕はない。
「わたしには確信があります。われわれは一度パスすることにします。ほかの艦艇を向かわせてください。よろしくお願いします、局長」

セルジュ・ノブスタッドは怒り心頭に発していた。ろくでもない小型潜水艇が、予定より遅れているのだ。会合予定まであと一時間しかないのに、まだ出港していないという。そうなると、今後のスケジュールすべてに影響してしまうだろう。しかし彼は、ここに座って貧乏揺すりしているほかなかった。あの連中が現われるまで、待つほかないのだ。たとえ秘話回線であろうと、ノブスタッドとしては、連中がさんざん使ったあとで、またも無線に頼らねばならないのが気にくわなかった。当局はいたるところで無線を傍受しているにちがいないのだ。

ノブスタッドは〈ヘレナK〉の船橋の窓を見ていた。いまは美しい星空も目に入らない。側壁の窓を少し開け、涼しい風を取り入れる。それでも、熱くなった頭をなだめることはできなかった。

彼はつっかかるように、船橋の後ろの隅に座っている一等航海士に身体を向けた。
「何か連絡は？」

小柄で浅黒い男はイヤホンを外し、船長に言った。

「ありません、セニョール。まだ航行システムに問題があり、調整中との報告です。〈ジブラス〉の報告では、積荷は積載を完了しました。セニョール・セルジオフスキーが問題を解決できしだい、出港してこちらへ向かうとのことです」

「ロシア人のくそったれどもが！」ノブスタッドは怒りを露わにして船橋を歩きまわり、踵（きびす）を返して、来た道を戻った。「あの怠け者どもは決して信用ならん！　もしかしたら、こいつの電源も入れ忘れてるかもしれん」

彼はGPSリピーターにつかつかと近づいた。画面には、南アメリカ北部の海図が映し出されている。船長は〈ジブラス〉の場所を呼び出してみた。エクアドルのコジミエスの北に、小さな点が現われた。トラックボールを回転させ、ノブスタッドは画面上の点と、〈ヘレナK〉の現在位置を示す太平洋の公海上のX印を線で結んだ。貨物船はエクアドルの小さな孤立した港から、真西に二〇〇キロ以上の位置にいる。

〈ジブラス〉がいますぐ出港し、最大速力の時速一七キロで潜航したとしても、会合地点までは十五時間以上かかる。いまから十五時間後は午後の盛りで、アメリカの偵察衛星に撮影される危険性が高い。精密に組み立てられたスケジュールは崩壊してしまう。

ノブスタッドに、選択の余地はなかった。

「全速前進、針路〇九〇。うすのろのロシア人がここまで来られないのなら、こっちから迎えに行ってやるまでだ」

ドン・パステンは疲労の極限にあった。彼が艇長を務める〈ハリケーン〉は、ここ一週間休みなしで、コロンビア沿岸を哨戒してきた。その間ほとんど四六時中（しろくじちゅう）、若き少佐は艦橋に詰めていた。

サイクロン級の哨戒艇〈ハリケーン〉は、SEALの特別作戦任務を支援できるよう設計された。兵装はマーク38二五ミリ機関砲二門、五〇口径機関銃多数、スティンガーミサイルで、はるかに大型の艦艇でも撃沈できる能力を備える。浅い喫水、長い航続力、三五ノットという高速は、この作戦に理想的な条件だ。相手に悟られないステルス性よりも、迅速さと火力が圧倒的に重要になるからである。〈ハリケーン〉はさらに、高度な通信装置やESMも搭載していた。そのハイテク技術は、ずっと大型のイージス艦にもひけを取らない。

〈ハリケーン〉は数ヵ月前から、国際共同麻薬禁止局（JDIA）の指揮下に配属されていた。もっとも、サンディエゴの司令部で同艇に関する書類をいくら探しても、そのことを裏づける記述は見つからないだろう。公式には、同艇はパナマ近海で訓練航海に出ていることになっている。表向きは慣熟訓練だ。同じ海域にいるのは確かだが、実際にはパナマより遠く離れている。コロンビアの太平洋側の長い海岸線で、おびただしい洞窟、入江、川の三角州を哨戒するのは、やってみると神経を消耗する、危険な仕事だった。しかしこれは、〈ハリケーン〉の能力にぴったりの任務だ。そもそも、ベセアがこの艇の出動を要請したのもそのためだ。

河口の浅い流域を、パステンの艇のぼやけた灰色の船体が、滑るようにさかのぼっていく。もともと彼は、マングラーレスで夜を過ごすつもりだった。沿岸から三〇マイル上流にある、この一帯の中心地だ。まともな桟橋、本物のレストラン、煌々と灯る夜景。この一週間飽きるほど見てきた、寂れた漁村や暑熱の密林の海岸のあとでは、歓迎すべき変化になるはずだった。しかしきょうになって、ベセアは彼の艇を、さらに海岸を南下した小さな漁村に送りこんだ。これから向かうその村は、泥の多い、悪臭漂う川を曲がったところにある。パステンはトマコというその川を聞いたことがなく、きっとベセアも初耳だろうが、ＪＤＩＡの局長が調べてほしいと言うのだから、従うしかない。

艦橋の後方隔壁にある、暗号化された無線受信機が鳴りだし、パステンは身を乗り出した。

「〈ハリケーン〉、こちらＪＤＩＡ本部、どうぞ」

暗号化システムでひずんでいても、少佐には、ジョン・ベセアの特徴的な声がすぐにわかった。パステンは受話器を摑み、通話ボタンを押した。

「JDIA本部、こちら〈ハリケーン〉。どうぞ」

スピーカーからふたたび声がした。

「ドン、ジョン・ベセアだ。きみにやってもらいたい仕事がある。麻薬密輸船の会合が疑われる案件だ。船名は〈ヘレナK〉。きわめて優秀な傍受システムによる情報ということしかわかっていない。その情報によれば、同船の位置はきみの艇の現在位置から西南西に二〇〇マイルだ。全速力で急行してほしい。成果を祈る。ベセア、通信終わり」

パステンはその場に立ち尽くし、通話の途絶えた受話器を見つめた。冷たいビールが飲みたくて喉が鳴る。いや、みすぼらしい漁村の桟橋の酒場で出される、ぬるいビールでもいい。「くそっ！」しかし、それはあとまわしだ。目の前に仕事があるのだから。

「操舵員、面舵一杯。針路二六五。前進最大速！」

乗組員の表情が何人か見えた。哨戒艇が急旋回する。ディーゼルエンジンが出力を最大に上げるにつれ、艦尾が濁った水面に下がり、艦首は波を切り裂いて進んだ。

〈ハリケーン〉は河口を出ると、最大速力の三五ノットで太平洋の荒波に向かっていった。

セルジオフスキー元少佐は、フィリップ・ザーコに顔を向けた。そのロシア人の顔は、いままでのどの表情よりも笑顔に近かった。

「セニョール・ザーコ、動いたぞ。〈ジブラス〉のアンテナ制御装置とアメリカのGPSのあいだのインターフェイスに、互換性がなかったのが不調の原因だった。それで、広帯域トランシーバーのプログラムを最初からやりなおしたんだ」

二人の男は顔がくっつきそうなぐらい近くにいた。狭苦しい制御室で、身をかがめた男たちの肩が触れ合う。操舵席の後ろで、二人が並んで立てるスペースはほとんどなかった。照明が煌々と灯る窮屈な室内の隔壁には、配管やバルブや電子装置が所狭しとひしめいている。

ザーコは目を泳がせた。まもなく大洋の下へ潜水し、おびただしい海水が自分たちにのしかかってくるのだが、なるべくそのことは考えないようにした。ここに入り組んでいる機器がそれぞれなんのためにあるのか、彼にはかいもく見当がつかない。ザーコはこれまで、一度しか船に乗ったことがなく、そのときはファン・デ・サンチアゴのヨットの船尾で、カクテルをすすっていた。船旅の道連れは、大勢の美しいファッションモデルだった。しかし、いま乗っているのはヨットではなく、セルジオフスキーはおよそファッションモデルとは似ても似つかなかった。

ザーコは頭を振った。いまだに、そもそもなぜ自分がここにいるのか、よくわからない。革命運動における彼の役割からすれば、どこかの洋上にいるべきなのだ。しかしデ・サンチアゴは、頑として譲らなかった。彼はザーコに、誤解の余地のない言葉で、これはいままでザーコに与えられたなかで、最も重要な使命だと言った。

もう一点、革命指導者が明確にした言葉がある。すなわち、ザーコが細大漏らさず目を光らせていなかったせいで計画が失敗したら、拳銃で自らの額を撃つべきだと言ったのだ。ザーコはふたたび、汗まみれの浅黒いロシア人に目をやった。男の体臭が狭い室内に満ち、口臭もにおってくる。

「大変結構。もう出港時刻だ」彼は素知らぬ顔で言った。「さあ、出発しよう。もうすでに、かなり出遅れている」

セルジオフスキーはうなずいた。小さな海図台から立ち上がり、ザーコを押しのけて、操舵席にどすんと腰かける。

「セニョール・ザーコ、できれば、ハッチから顔を出して、港の汚らしい連中に、出港するからもやい綱を解くように言ってくれるとありがたい。それが終わったら、ハッチを閉めてくれ。さもないと魚が招き寄せられる」

潜水艇は、荒廃した木造の桟橋を離れた。その一〇〇ヤード向こうで、ファン・デ・サンチアゴのベンツが、水産加工場の廃墟の陰に駐まっていた。エル・ヘフェは静かに、誇らしい思いで、潜水艇が海中に消えていくのを見守った。艇は完全に水没し、あとには汚水混じりの泡だけが残った。

デ・サンチアゴは大ぶりの勝利の葉巻に火をつけてから車を出し、山中の根拠地へ向かって帰途に就いた。

21

ノブスタッドはぐっすり寝ていたところを起こされた。耳元でがなる音を止めなければ。

彼は受話器を架台からひっ掴んだ。

「なんだ(ヤー)、どうした?」

いやに静かな船内が、眠けを募らせる。なぜエンジン音やスクリュー音がしない?

「船長(カピタン)、先ほど、乗船したいので停船せよと命じられました」一等航海士が報告した。

「なんだと? 誰が?」ノブスタッドの口調はどんよりしていた。睡魔で頭が鈍っている。

反射的に思い浮かんだのは、海賊だった。

一等航海士の言葉で、懸念は払拭された。「アメリカ軍です。灰色の船で、大きな機関砲を備えています。小型ボートでこちらへ向かっているところです。アメリカ兵がたくさん乗っています」

ノブスタッドは安堵の念とともに、乱れたブロンドの髪を手で梳(とか)し、あくびを押し殺そうともしなかった。

「ああ、結構じゃないか。来客を歓迎してやろう。もてなしの準備は万端だろう？」

臨検を受けるのなら、いまが最高のタイミングだ。違法な組織とはなんの関係もないと言い張れる。この先に備えた、恰好の予行演習になるかもしれない。こうなると、〈ジブラス〉の遅れがむしろ天恵に思えた。

ノブスタッドはそそくさと制服に着替えた。アメリカ兵に、〈ヘレナK〉の船長がベッドで寝ているところを見られるのは、あまりよろしくない。船長室から踏み出し、船橋へ移る。夜明けの光が船室を、ピンクがかった金色に彩る。機器類を収めるマホガニーが、明るく輝いている。海図や海事関係の出版物はすべて、後部隔壁の書棚に整然と並んでいた。〈ヘレナK〉はおんぼろの平底船だが、船橋はどこへ出しても恥ずかしくない。

むさくるしい一等航海士が、いそいそと船長を出迎えに現われた。

「エル・カピタン、アメリカ人（アメリカーノス）どもが、停船を命じてきました。右舷のタラップから乗りこもうと近づいていています」

小柄な男の狼狽した顔から、汗が噴き出している。一等航海士は、主甲板の右舷側を指さした。ノブスタッドがそちらを見る。黒い小型のゴムボートが、〈ヘレナK〉の高く張り出した舷側の下に消えた。二人の乗組員が、すでに巻上機を操作し、海面までタラップを下げている。

ノブスタッドは船橋のウイングへ行き、見下ろした。小型の黒いボートがよく見える。複合艇（RHIB）あるいは複合型ゴムボートと呼ばれる軍用舟艇だ。アメリカ合衆国の特殊作戦部隊に、好んで使用されている。ボートには八名の完全武装したSEAL隊員が乗っていた。

五〇〇ヤード向こうには、小型の哨戒艇が停止している。舷縁の下の艇首に、〝PC3〟という白い大きな字が見えた。機関砲が二門、ノブスタッドとその貨物船に、怒ったように向けられている。砲身の根元には砲弾が見え、いつでも撃てる態勢だ。タラップから乗り移ろうとしているSEAL隊員と似たような服装の水兵が、小型艇の舷側や艦橋に配置され、機関銃を構えている。

ノブスタッドの目の前で、哨戒艇の艇長が艦橋ウイングから出てきた。拡声器越しに、艇長は呼びかけてきた。

「〈ヘレナK〉、こちらはアメリカ海軍の哨戒艇〈ハリケーン〉だ。船長は国際VHFの16チャンネルで応答願いたい」

ノブスタッドは手すりの下のロッカーにあった無線機を掴んだ。ダイヤルを16に合わせる。万国共通の船舶間通信用チャンネルだ。

「こちら、〈ヘレナK〉。船長のセルジュ・ノブスタッドだ。これはいったいどういうことだ？」

ノブスタッドの無線から、抑制された口調のアメリカ人の声が聞こえてきた。まちがいなく指揮官だ。

「おはよう、ノブスタッド船長。こちらはアメリカ海軍の哨戒艇〈ハリケーン〉、艇長のパステンだ。コロンビア政府と共同で実施している麻薬取締活動のため、これから乗船したい」

ノブスタッドは数秒待ってから、返答した。ここは憤激した船長を装い、なんら違法な行為はしていないと印象づけたいところだ。

「パステン艇長、断固抗議する。こちらはギリシャ船籍の船であり、ここは公海上だ。貴官が本船に乗船する権利はまったくないはずだ」

ドン・パステンは、サンディエゴの法務官から渡された小さなカードの言葉を、そのまま読み上げた。

「ノブスタッド船長、ここはコロンビアの排他的経済水域だ。コロンビア政府はこの海域の捜索に、われわれの支援を要請している。どうかご協力の上、部下の乗船を許可願いたい」

ノブスタッドはにやりとして答えた。「艇長、手荒なことをしないかぎり、部下のみなさんの乗船を歓迎する。こちらに隠すようなものは何もない。お時間があれば、貴官を賓客として朝食にご招待しよう」

パステンは、船長が動じることなく気安い口調で応じるのに驚かされた。このノブスタッドという男は、形式的な抗議を表明したあとは、打って変わって慇懃になった。朝食への招待には心動かされたが、パステンには遂行すべき任務がある。

「お気持ちに感謝する、船長。申し訳ないが、辞退させていただく。わたしは職務上、ここにいなければならないのだ」

ノブスタッドは頭を振った。

「残念だが、艇長、お立場はよくわかる。では失礼して、甲板で貴官の部下のみなさんをお迎えしたい」

ノブスタッドは無線機をロッカーに戻し、船橋後部の梯子へ向かった。アメリカ海軍の艇長は、双眼鏡越しにこちらを見ているにちがいない。ちょうど主甲板に降りたところで、SEALの最初の一人が手すりをよじ登ってきた。SEAL隊員は甲板に飛び降りて身をかがめ、M16を構えた。さらに二人があとに続き、それぞれが機関銃を携えて、甲板の要所を固めた。

甲板に降り立ったノブスタッドは、SEAL隊員に向かい、小さく笑みを浮かべた。両手を肩の高さに上げ、武装していないことを示す。

「ようこそ本船へ。わたしは〈ヘレナK〉の責任者であるノブスタッド船長だ。どうぞお好きなだけ、船内を探してもらいたい。必要があれば、うちの乗組員がなんなりとお手伝いする」

SEALの三人から、緊張感がややほぐれた。だが、完全に警戒を解いたわけではない。不測の事態への準備は怠っていなかった。ノブスタッドには、彼らが熟練したプロであることがわかっていた。〈ハリケーン〉に帰還するまで、彼らは決して油断しないだろう。裏をかくような真似はできない。

スウェーデン人の船長は愛想よく笑いかけた。

「みなさんを敵にまわさずにすんで、ありがたい」

セルジオフスキー元少佐は、小型潜水艇〈ジブラス〉を水面近くまで上昇させた。新たに決めた会合地点に近づいている。

彼もザーコも、ノブスタッドが〈ヘレナK〉を海岸に近づけてくれたのは大歓迎だった。それでもなお、充分ではなかったのだが。潜水艇の速力は、設計段階の想定を大幅に下まわっていた。なんと時速一二キロ以下、つまり七ノット以下なのだ。コジミエスを出港してから、まだ五〇キロしか進んでいなかった。

出港した夜は、やきもきさせられた。〈ジブラス〉下部のキャタピラは順調に作動したが、港の周辺には泥や沈殿物が堆積しており、潜水艇の重量を支えられなかった。そのため〈ジブラス〉はぬかるみに深く沈みこんでしまった。ザーコはこのまま潜水艇ごと、入江の底に永久に埋もれてしまうのを覚悟したが、セルジオフスキーは艇の均衡を保つトリムタンクから排水して、周囲の水よりも〈ジブラス〉を数トン軽くした。艇は浮力によって、沈泥から抜け出せた。ロシア人はそのあと、タンクにふたたび注水して〈ジブラス〉の潜水状態を維持した。

セルジオフスキーは制御盤に手を伸ばし、青いレバーを引いた。厚さ五センチの鋼鉄の船体に何かがきしる重々しい音が反響し、ザーコは身を震わせた。キャタピラが川底に食いこみ、〈ジブラス〉の船体が震動する。潜水艇は這うように、外海へと進みはじめた。

小型潜水艇は下り坂に差しかかった。川底から海底に向かって、急角度で沈下していく。艇は斜面を下り、暗い水面を深く潜っていった。

深度計の針がゆっくり上がっていくのを見て、ザーコは汗がしとどに噴き出てきた。どんどん深くなっていく。この棺桶に乗りこむことを強要したデ・サンチアゴを、彼は呪った。船体がはじけるような音をたて、強い水圧できしむと、ザーコは思わず飛び上がった。

セルジオフスキーは声をたてずに笑い、特注のイタリア製ブーツを履いているラテン系の伊達男が顔面蒼白になるのを見て、意地悪な喜びを覚えた。狭苦しい制御室で、ザーコは恐怖に縮こまっていた。

太平洋に出て二マイル、深度二〇〇メートルのところで、セルジオフスキーはキャタピラ走行をやめ、〈ジブラス〉から排水して海底を離れた。そして推進装置を船尾のスクリューに切り替えた。潜水艇はスピードを上げた。

燃料電池は順調に稼働した。セルジオフスキーは目の前のパネルの出力計を見た。針が五〇パーセントに上がり、次いで七五パーセントを超えた。速度計に目をやる。時速一二キロで止まっていた。

「セニョール・ザーコ、速度はこれが精一杯だ。これ以上上げたら、会合地点に到着する前に燃料電池を使い果たしてしまう」

それ以降は、何も起きなかった。ザーコは徐々に不安から解放されたが、今度は退屈になった。潜望鏡スタンドに座ったまま、顔を悪夢にゆがめて、彼はまどろんだ。目的地に近づいたところで、ザーコは揺り起こされた。

「会合地点に着いた。ソーナーは〈ヘレナK〉を探知している。ただ、面白いことになっているようだ。ソーナーが近くに、別の船も探知している。そいつがなんなのかはわからない。水面近くに上がって、様子を見てみよう。だが、くれぐれも慎重にな」

潜望鏡が露頂した。七〇〇ヤード向こうに、〈ハリケーン〉の灰色の船体が見える。その向こうに、〈ヘレナK〉が穏やかに波に揺られていた。セルジオフスキーは潜望鏡を下げ、ザーコに向きなおった。

「どうやらアメリカのお友だちが、われわれより先に到着していたようだ。少し深く潜って、あの連中が退屈して離れるまで待とう」

ザーコが眠けを振り払おうとしているあいだに、彼はレバーを引いた。デ・サンチアゴの腹心の部下は初めて、小型潜水艇という着想はまんざら悪くないかもしれないと思いはじめた。三〇トン以上のコカインの隠し場所は、詮索好きのアメリカ人の船より数フィート下の水中なのだ。

乗船したSEALを率いる下士官は、首をひねった。〈ヘレナK〉の主甲板に立ち、下士官はパステン艇長と無線で通話した。

「艇長、この船に不審なものはありません。しらみつぶしに捜索しましたが、何も出てきませんでした」

パステンは海に浮かぶちっぽけな商船をまじまじと見た。艇長は困惑していた。ジョン

・ベセアが、この船に麻薬が積まれていると確信していたのだ。ベセアの情報網は優秀にちがいなかった。パステンが知るかぎり、JDIAの調査能力は他の追随を許さないはずなのだが、今回ばかりはまちがっていたらしい。

「本当なんだな？　では、積荷はなんだ？」

間髪（かんはつ）を容れず、返答があった。

「イエッサー。本当です。積荷はバラストです。貨物室は空でした。船長によると、造船所で修理を終えたばかりで、行き先はブリティッシュコロンビアのバンクーバーだそうです。そこで小麦を積み出すということでした。ご命令を」

「戻ってこい。まだやることがある」

太平洋の海面下二〇メートルで、セルジオフスキーは〈ハリケーン〉の四軸スクリューがいっせいに回転しはじめる音を聴いた。哨戒艇が速度を上げるにつれ、音は遠のいていく。アメリカ軍はこの海域から立ち去りつつあった。スクリュー音は波や海生生物の音と区別がつかなくなったが、それでもセルジオフスキーは待つことにした。洋上に浮かぶ〈ヘレナK〉の音が低く聞こえる。スクリューは動かしておらず、補助機関の音だけだ。セルジオフスキーはたっぷり一時間待った。片隅に座るザーコはじりじりし、特注のワイシャツが汗でしとどに濡れている。ロシア人はようやく、周囲にほかの船舶がいないのを確信してうなずいた。

「セニョール・ザーコ、もういいだろう。日中に会合する危険を冒すことになるが」

コロンビア人はうなずき、同意した。

「この下水管みたいなところから、早く出してくれ。本物の空気が吸いたい」

小型潜水艇〈ジブラス〉は、水面近くに上昇した。セルジオフスキーは潜望鏡を上げ、全方位を確認した。ザーコの前の小型スクリーンには、ロシア人が潜望鏡で見ているのと同じ光景が映し出されている。太平洋のこの付近に、〈ヘレナK〉以外の船の姿は見当たらない。アメリカの軍艦はほかの獲物を探しに、水平線の向こうへ消えた。

セルジオフスキーは潜望鏡のそばにあるマイクに手を伸ばしかけたが、ザーコがその腕を摑んだ。

「やめろ。アメリカ人が無線信号を傍受している。あの小型艇がいなくなっても、偵察衛星がいるはずだ」

浅黒いロシア人は苛立ちを露わに、ザーコを睨んだ。

「心配性だな。気遣いご無用だ。これから使うのは水中電話で、無線ではない。〈ヘレナK〉以外に聴かれる恐れはない」

セルジオフスキーはマイクを摑み、通話ボタンを押して、話しかけた。

「〈ヘレナK〉、こちら〈ジブラス〉だ。ドッキング操作の開始準備ができた」

潜水艇の狭い制御室がしんとした。ザーコは、相手に聞こえていないのではと思った。セルジオフスキーにもう一度呼びかけろと言いかけたところで、灰色のスピーカーから応答が聞こえた。

「〈ジブラス〉、こちら〈ヘレナK〉。目下、ドッキング操作の準備中。一時間ほどかかる見こみだ。そのまま待機願う。〈ヘレナK〉、通信終わり」

セルジオフスキーはザーコを一瞥した。反乱勢力の副官は、なぜそんなに遅れるのかと顔をしかめている。セルジオフスキーが説明した。

「この艇を収容できるように、船底を変形しているんだ。それには多少の時間がかかるし、われわれが接近する前に作業を始めていなかったのは、かえって幸いだった。さもなければ、アメリカ軍の疑惑を招いたにちがいない。まあ、モニターを見ているんだな。なかなかの見ものだぞ」

ロシア人エンジニアは操舵席に座り、操舵装置をそっと前に倒した。潜水艇が水に潜り、ザーコはぎょっとして飛び上がった。潜望鏡が波に洗われる。青い空と白い雲を映し出していたモニター画面は、深い海の碧青色に変わった。

セルジオフスキーは舵輪をゆっくりまわした。コンパスが右側へ徐々に旋回したが、ザーコが見ている海中の画面は何も変わらない。コンパスの数値を見ていなかったら、方向転換していることにも気づかなかっただろう。

〈ヘレナK〉の船体のぼやけた形が、ゆっくりとカメラの視界に入ってきた。ザーコの目の前で、船底の竜骨に小さな黒い線が入る。長いひびのような線は、しだいに大きくなり、ついには船底全体が大きくひらいた。貨物船の内部が丸見えだ。

「〈ジブラス〉、こちら〈ヘレナK〉。ドッキングの受け入れ準備が整った。方位〇九一・三。速力ゼロ」

セルジオフスキーはコンパス・リピーターを見上げた。そして、操舵装置を右に向けた。

「了解、〈ヘレナK〉。方位よし。これより浮上する」

スピーカーから応答が聞こえた。「きみたちの艇が見えた。針路を右一度修正してくれ」

「了解、針路修正、右一度」セルジオフスキーが答えた。

潜水艇が浮上し、貨物船の内部に入った。ザーコが深く、安堵の息をつく。それまで、息を止めていたことすら気づいていなかったのだ。緊迫の時間は終わった。まるで自分が、絞られたぞうきんになったような気がする。

セルジュ・ノブスタッド船長は、〈ヘレナK〉の船首側の手すりから、下の貨物室を見下ろしていた。三区画に分かれていた貨物室は、いまは大きなプールさながらになっている。黒い潜水艇が、そのなかにぴったり収まっていた。両側に二フィート、前後に五フィートしか隙間はなかった。

ドッキングの成功を見届け、ノブスタッドは満足げにうなずいた。乗組員が制御盤に向かい、貨物室の設備を操作する。

「よし、船底のハッチを閉めろ。収納装置を慎重に操作するんだ。〈ジブラス〉を竜骨のブロックに、左右に偏らないように収納してくれ」

乗組員は目の前の制御盤のボタンを押し、眼下の収納装置を見つめた。

デ・サンチアゴの経理責任者、ドン・ホルブルックはベッドに長々と横たわっていた。シャワーの水音が聞こえ、いましがたまで熱烈な営みに耽っていた愛人が、汗を流している。

ホルブルックはベッドサイドのテーブルに手を伸ばし、携帯電話を握りしめた。短縮ダイヤルはありがたい機能だ。国際電話の長ったらしい番号を押す手間が省ける。呼び出し音が二度鳴った。カチリと音がし、相手が出た。

「はい」

「ヘル・シュミットか？　ホルブルックだ。暗号化してくれ」

「ヤ」

ホルブルックは電話の横にある、小さな赤いボタンを押した。電話が二度鳴り、パネルの小さな黄色のLEDが点灯する。シュミットの嗄(かす)れ声が、電子装置の働きで金属的な響きに変わった。

「ヘル・ホルブルック。声が聞けてうれしいです。上得意のお客様に、何をして差し上げましょうか？」

ホルブルックはにやりとした。スイス人は本当にわかりやすい。彼はチューリッヒのシュミットの金庫室に数百万ドルもの金を預け、動かしているのだ。このお高くとまったスイス人銀行家が内心どう思っていようと、ホルブルックが上客であることには変わりがない。

「ヘル・シュミット、香港銀行からわれわれの口座に、六千万米ドルの入金があったかどうかを確かめたくてね」

「昨日、電信振りこみがありました」

「そしてきみは、五千万米ドルを主口座に、一千万ドルを〝特別〟口座に入金してくれたんだな？」ホルブルックは訊いた。

「ヤ。ご指示のとおりにしました」シュミットは答えた。

ホルブルックは満面の笑みを浮かべた。彼は私腹をさらに一千万ドル肥やしたのだ。ファン・デ・サンチアゴはこの〝特別〟口座の存在を知らない。ホルブルックはこの口座の通帳を作っていなかったが、元帳がいまや四千万ドル以上になっていることは知っていた。これに加え、リヒテンシュタイン、グランドケイマン島、クウェートシティの秘密口座を合わせれば、彼の個人資産は一億ドルを超えている。

ホルブルックはベッドの上で伸びをし、シーツを蹴飛ばした。若返ったように感じ、ふたたび欲望が頭をもたげてきた。若い愛人がいるシャワー室に入ろう。人生はすばらしい。まったく、なんとすばらしいことか。

「ありがとう、ヘル・シュミット。いつものことだが、きみが秘密を固く守ってくれると信じている。いつもの報酬にくわえて、このあいだ話した口座に、ボーナスも振りこもう」

「ありがとうございます、ヘル・ホルブルック」スイスの銀行家は礼を言って申し出を受けた。「お客様といっしょに仕事ができるのを、いつも光栄に思います」

「いやいや、ヘル・シュミット。こちらこそ、うれしいよ」ホルブルックは言った。

彼は通話を切り、ベッドを飛び出して、歓声をあげながら、愛人が鼻歌を歌ってシャワーを浴びているバスルームへ突進した。

ファン・デ・サンチアゴの愛人マルガリータは、笑みを浮かべた。小型のイヤホンをベッドの下の隠し場所に戻す。

この部屋までスパイ装置を探しに来る者はいない。ファン・デ・サンチアゴの寝室は、彼女とエル・ヘフェ自身以外、誰も立ち入れない聖域なのだ。彼女とこの部屋とベッドには、いかに大胆不敵な防諜専門家でも、疑いの目を向けることはできない。

彼女がいま聞いた一方通行の会話の断片は、きわめて興味深いものだ。今後の展開によっては、さらなる価値を帯びるかもしれない。マルガリータは、この情報を自身の胸にとどめ、必要になったときに備えることにした。

〈鷹(エル・ファルコーネ)〉は、時宜(じぎ)を得たときまで、たったいまわたしが聞いた裏切りの断片を、JDIAに流すようなことはしないだろう。さらに近い将来、わたしがこの情報をエル・ヘフェにリークしたら、わたしの信頼も高まるだろう。

マルガリータは水着に着替え、姿見でその姿態を確かめると、廊下に出て、子どもたちの名前を呼びながらプールへ向かった。

22

ビル・ビーマンは頭をもたげ、谷を見下ろした。腐りかけた丸太が、彼の身体を隠している。広い谷の下には、見張りが目を光らせているかもしれないのだ。黒と緑のペイントで顔を塗りつぶし、だらりとしたつばの広い帽子をかぶっているおかげで、ビーマンの顔は密林の草木に溶けこんでいた。完璧なカモフラージュが及ばないのは、見ひらいた目の白い部分だけだ。

ビーマンが目を見張るだけのことはある、驚異的な眺めだった。谷にはひたすら密林が広がるばかりだ。緑に鬱蒼と覆われた渓谷。ほかの谷と、なんら変わりはない。この任務で延々と歩きながら見てきた場所と、ほとんど同じだった。ただし、谷に密生した木々の下はまったくちがう。

彼は畏怖の念とともに、想像を超える規模の、あらゆる設備が備わった麻薬生産工場を見下ろしていた。まさにこの人界から隔絶した谷のジャングルに隠されて、めざす工場は建てられていたのだ。トラックの運転手と警備兵が手引きしてくれなかったら、この場所は絶対に発見できなかっただろう。

この工場を見たことで、ファン・デ・サンチアゴとその部下たちに対するビーマンの評価は一変した。誰からも気づかれることなく、この場所に資材を運び、工場を建設できるのは、まさしく魔術師だ。町から遠く離れたこの谷に、これほどの規模の施設を建設するには、気が遠くなるほどの労力を要したにちがいない。しかも偵察衛星の鋭い目を欺き、その大工事を成し遂げたのは、まったく信じがたいことだ。どういうわけかビーマンの脳裏には、インカ帝国の人々が浮かんだ。スペインが彼らの粗野な文明を持ちこむまで、この山国を支配して王国を打ち立てた、勤勉な人々。ここでデ・サンチアゴが成し遂げた事業は、七百年前の祖先に匹敵するだろう。インカ時代の野心的な精神は、現在もこの地に息づいているようだ。惜しむらくは、それが誤った方向に受け継がれてしまったことだが。

ビーマンは高性能の双眼鏡を目に当てた。焦点を合わせると、工場の建物が鮮明に見えてきた。この施設は一度に、何トンものコカインを処理できるにちがいない。ペルー国境の栽培地から、絶えずトラックが走っていたのも無理からぬところだ。これだけの規模の工場をもってすれば、いくらでも生産できるだろう。ビーマンは沈痛な気持ちで考えた。工場の生産品をほしがる顧客も、このままでは際限なく増えつづける、と。

SEALを率いる少佐は、ジョンストン上等兵曹に向かって手を振り、隠れ場所から出てきて谷の下を見るように合図した。ジョンストンは数ヤードのひらけた地面を匍匐前進し、泥道で身を伏せた。

「部隊長。どうですか」

「こいつはすごいぞ、上等兵曹。谷にこれだけの工場があるなんて、信じられるか？　ものすごい規模だ。そろそろ写真を何枚か撮って、友だちに送り、パーティへの参加を呼びかけよう」

ジョンストンは倍率十倍、口径五〇ミリの双眼鏡を取り出し、谷を見はるかした。

「連中は大いばりでしょう、部隊長。守備隊を見ましたか？　丘の上にスティンガーミサイルが、一〇〇〇ヤードおきぐらいに配置されていました。数えられただけで、一二発はあります。空爆を要請しなくてよかったですよ」

ビーマンはもう一度、谷を見わたした。

「ああ、俺にも見える。あそこまで行って爆薬を仕掛けるのは、とても無理だ。谷の両端に、強固な防御陣地があるようだな。この道の突き当たりに検問所が見える。大勢の兵士が、強力な武器を持って歩きまわっているぞ。俺たちはここで止まったほうが賢明だ。それはそうと、トラックはどこへ隠した？」

ジョンストンはにたりとした。黒と緑のカモフラージュ用ペイントを塗った顔に、きれいな白い歯が覗くと、ビーマンは『不思議の国のアリス』に出てくるチェシャー猫を連想した。

「道路から一マイル離れた、木の茂みに隠してあります。何週間も見つからないでしょうが、どのみち大した問題ではないでしょう。運転手と警備兵は、騒ぎ立てないように運転台で縛っておきました」

「よし、わかった。上等兵曹、それでは写真を何枚か撮って、ベセアに報告しよう。われわれは、目的の施設を見つけたようだ」

ビーマンは肩越しに振り返った。任務開始時より半減した隊員たちは、道の上側の低木に隠れている。岩や木々などの隠れ場所の陰から、黒い金属の銃身が突き出していた。この密林に敵が攻めこんできたら、手痛い反撃に遭うだろう。

「イエッサー」

「ダンコフスキーはどこだ?」ビーマンはささやいた。「前に見たときには、カメラを持っていたが」

ジョンストンは一度、低く口笛を吹いた。誰かに聞こえても、ジャングルで鳥が鳴いたとしか思わないだろう。一人のSEAL隊員が岩陰から立ち上がり、重装備を抱えて足早に近づいてきた。そして、ビーマンのそばにかがみこんだ。

「隊長、カメラです。ロックンロールの時間ですか？」

ビーマンは声をひそめて笑った。いつでも攻撃にかかれそうだ。

「まあ落ち着け。まだ写真を撮るだけだ。カメラの用意をしろ」

ダンコフスキーは背嚢のなかを探した。そしてGPS受信機と小型デジタルカメラを取り出した。両方とも、丸太に据えつける。彼は工場の写真を何枚か撮り、中央部にあるカモフラージュされた建物をとくに念入りに撮影した。

カントレルは無線装置をセットした。ものの数分で、麻薬組織の一大拠点のデジタル画像がデータに変換され、光速で宇宙の衛星を経由して、サンディエゴにあるジョン・ベセアの地下司令部に届けられた。

国際共同麻薬禁止局（ジョイント・ドラッグ・インターディクション・エージェンシー）の局長は、部下のなかで最優秀の写真分析官の肩越しに、鋭い口笛を吹いた。

「今度こそまちがいなく、ビーマンが見つけてくれた。これを標的データに落としこむまで、どれぐらいかかる？」

女性分析官は眼鏡の縁越しに、局長をじろりと見た。

「黙ってわたしに仕事をさせていただければ、ずっと早くできますよ。計測はほぼ終わりました。あと十五分ぐらいかと思います」

ベセアはすまなそうに両手を上げ、あとずさりして、女性を仕事に集中させた。これだけ近くにいれば、どうしても声をかけたくなってしまうのだが、彼女の言うとおりだ。ベセアはでんと構えて、次に何をするか考えたほうがいい。太平洋艦隊潜水艦部隊(SUBPAC)のドネガンに電話をかけ、工場発見を知らせたらどうだろう。きっと喜ぶにちがいない。

ベセアは自分の机に戻り、秘話回線用の電話を握りしめた。短縮ダイヤルを押す。二度の呼び出し音で、ドネガン大将のどら声が聞こえた。

「ドネガンだ。どうした」

「大将、ジョン・ベセアです。秘話回線にしてください」

ベセアは電話の正面のボタンを押した。パールハーバーのオフィスでも、ドネガンが同じようなボタンを押した。回線が切り替わる短い雑音のあと、両方の電話に緑のライトが点灯した。

「秘話回線になった。さて、何があった、ジョン？」

その声はくっきりと金属的にこだましました。

「南にいるSEALから送られてきた画像のことを、大将にお知らせしたかったのです。

トム、彼らが大規模な工場施設を発見しました。わたしが見てきたなかで、最大規模です。これこそ、われわれが探していた施設にほかなりません。標的の位置特定は、もうすぐ終わります。終わりしだい、すみやかにワードと〈スペードフィッシュ〉に送信します。大将、今夜、あの男たちを現地から帰還させるヘリを飛ばしてほしいのです」ベセアは机の前に貼ってある、コロンビア沿岸の海図を見た。「しかし今回、ワードは発射海域まで相当飛ばしていかないと間に合わないでしょう。負傷した乗組員の搬送に時間がかかったうえ、彼は貨物船に気を取られて、ずいぶん時間を無駄にしてしまいました」

JDIAの局長の語調には、まぎれもなく憤激がこもっていた。ドネガンには彼の心情が理解できた。ドネガン自身、現場から数千マイル離れた司令部に陣取り、最前線にいる部下から届く暗号通信以外に何も見聞きできず、感じることもできない状況で、作戦の決断を迫られた経験が何度もあるからだ。こうした判断を迫られるのは、どんな男の神経にもこたえる。潜水艦やSEALと交信しなければならない困難さも、こうした作戦の判断をいっそう難しくする。とはいえ、通信手段は数十年前に比べ、格段に向上した。かつては、こうした画像もまったく見ることができなかったのだ。

ワードもビーマンも、自ら主導権を握り、本能を信頼して行動を起こすよう訓練されている。必ずしも、計画を墨守するわけではない。彼らのような仕事には、その場での判断が求められることが往々にしてある。ドネガンにはわかっていた。ベセアはこうした作戦の実施にあたり、時と場合によっては計画からの逸脱を許容することを学ばなければならない。司令官にとって、これは重要な教訓だ。

ドネガンには、ベセアの声が昂ぶっているのがわかった。二人とも、この攻撃でデ・サンチアゴに痛撃を与えることを、長年待ちわびてきたのだ。

「〈スペードフィッシュ〉はいつ、発射海域に到着する見こみだ？」ドネガンは訊いた。

「この十八時間ほど、通信していません」ベセアは答えた。「彼らはあと六時間、このまま通信する必要はありませんが、ワードがわたしの考えているとおりの人間なら、あと一時間ほどで何か言ってくるでしょう。彼の準備がいつできるかわかるのは、そのときです」

ドネガンは背筋を伸ばし、火のついていない葉巻の吸い口を嚙んだ。タバコの葉を吐き出し、彼は言った。「ワードは天地(あめつち)を動かしてでも、きみが指示した場所へたどり着く男だ。賭けてもいいが、きみが標的の場所を知らせたら、彼は要求どおりの時間にミサイルを発射するだろう。また知らせてくれ」

気がつくと、ベセアの受話器には信号音しか聞こえなかった。

「航海長、この広い大洋で、われわれはいまどこにいるんだ?」デイブ・クーン機関長が振り向いて訊いた。答えを聞く前に、彼はソーナースクリーンに目を戻した。クーンは哨戒長の当直を楽しんでいた。老朽化した機関室の面倒を見る仕事から一時解放されるだけではない。そもそもクーンは、軍艦の指揮を執りたくて海軍に入隊したのだった。

アール・ビーズリーは海図にデバイダーを当て、上目遣いでクーンを見た。

「先ほど訊かれたときより、きっかり二マイル近づきましたよ」振り返って答えると、海図にダイヤのマークをつけ、かたわらに時刻を記入する。「潜望鏡深度への深度変換準備はいいですか?」

「いま減速中だ。艦長を見たか?」

「少し前に、後部区画へ向かわれるのを見ました。たぶん、自転車マシンで見つかるでしょう」ビーズリーは原子時計のデジタル表示を見た。「急いだほうがいいですよ。潜望鏡を海面に突きだすまで、あと十分です」

クーンは鼻で笑った。

「十分もあれば、俺のマストも潜望鏡みたいににょっきりするさ」

潜望鏡に向かうクーンに、ビーズリーはあざけるようなまなざしを投げかけ、電話を手にした。運動スペース近くの機関室を選び、艦内電話を鳴らす。

機関室では、轟音をたてる主軸近くの狭いスペースで、ワードが猛然とペダルを漕ぎ、運動不足を補っていた。魚雷発射管室で負傷したベニテス下士官の経過が良好との報告に接し、艦長はほっとしていた。肋骨はすべて折れ、両方の肺が破れて、肝臓も破裂しており、ほかにも内臓を損傷していたが、とにもかくにも彼は持ちこたえそうだ。オスプレイの機内で、軍医が迅速に処置したことが、ベニテスの命を救った。

怒ったような呼び出し音で、艦長はわれに返った。受話器を取り、耳に当てる。

「艦長だ」

「艦長、哨戒長です」クーンは言った。「深度一五〇フィート、針路一五五、速力四ノットです。左回頭でバッフルクリアを行ないました。コンタクトありません。潜望鏡深度で露頂し、二〇〇〇標準時の送受信を行なう許可を求めます」

「よろしい、機関長。一分でそちらへ行く」

ワードは油圧パイプにかけていたタオルを掴み、汗を拭って歩きだした。ほかのトレーニングはあとまわしだ。哨戒海域に到達するまで、あと二時間。交信内容は、哨戒の指示や最新情報の提供だろう。だが、〈スペードフィッシュ〉の行動にどれほど影響するのかはわからない。

艦長が通りすぎたメインエンジンは、タービン発電機をまわし、艦内電力を供給している。ワードは補助機械室に足を踏み入れ、反射的に、原子炉をモニターしている計器の前で立ち止まった。どれも、異常なく動作しているようだ。頭をかがめ、扉を開けて原子炉区画の通路に入り、原子炉の真上を歩く。作戦区画に向かいながら、汗でぐっしょり濡れたタオルを艦長室に放り、発令所に入った。

「ご苦労、機関長。変わったことは？」ワードは訊きながら、潜望鏡の周囲の狭い台に上がり、ソーナースクリーンを見た。異変はなさそうだ。

「異状ありません。依然として、コンタクトなしです」クーンが答えた。

ワードはうなずいた。

「よろしい。潜望鏡深度につけ」

海図台のかたわらに立ち、アール・ビーズリー航海長はスタン・グール水雷長を肘で突いて、潜望鏡を摑もうとしているクーンのほうへ顎をしゃくった。

「見てろ、水雷長」意味ありげな笑みを浮かべ、ささやく。

クーンは頭上の赤い昇降用ハンドリングをひねり、かがみこんで、接眼部がせり上がるのを待った。潜望鏡のハンドルをぴしゃりと叩き、接眼部に目を当てる。

「深さ六二」

〈スペードフィッシュ〉が深深度から上昇する。クーンは目を接眼部に当て、潜望鏡が露頂したところで二周させて全周監視した。

「周囲にコンタクトはありません」

「三十秒後に二二〇〇時の通信を行ないます」ライマン通信員長が21MCの艦長専用通話装置に報告した。

クーンが通信用アンテナを上げる指示を出そうと、潜望鏡から一歩下がった。「BRA‐34のアンテナを上げてください」

「当直先任、BRA‐34アンテナ上げ」彼は言い、航海長のほうをちらりと見た。

ビーズリーとグールは、声を合わせて笑った。

「航海長、こいつは傑作だ」グールが笑いにむせながら言った。「接眼部に靴墨を塗るなんて古典的ないたずらは、ずいぶん久しぶりに見たよ。デイブのおやじさんは、片目のアライグマそっくりだ」

ダグ・ライマンの声が21MCスピーカー越しに響き、悪ふざけを中断させた。

「発令所、通信室です。通信回線が同調しました。受信データがあり、JDIAが艦長と、秘話回線での通話を要請しています」

ワードはソーナースクリーンを一心に見ており、いたずらされたクーンの顔に気づかなかった。艦長はマイクを握り、答えた。「発令所に転送してくれ。ここから局長と通話したい」

そのときジョー・グラスが発令所に入り、訊いた。「艦長、通信がどうかしましたか？」

「ちょっと待ってくれ、副長。いま受信したところだ。ベセアが秘話回線で話したいらしい。これから話す準備をする」

ワードが言い終わるのと同時に、操艦系統の7MCスピーカーが鳴った。声の主は、制御盤室に戻っていたクリス・ダーガンだ。

「発令所、制御盤室です。左舷の主冷却用バルブの開放表示が消えました。機関長は後部区画に急行願います」

ワードは顔をゆがめ、赤い受話器をグラスに手渡した。この旧式艦は、任務完遂まではばらばらにならずにいられるだろうか？

「副長、ベセアと話してくれ。わたしが機関長と代わる。ここでのことは、わたしがうまく処理できる」ワードはディブ・クーンに向かって言った。「機関長、後部区画に向かい、問題の原因を突き止めてくれ。発令所はわたしが引き受けた」

クーンが発令所を出ると、ワードは第二潜望鏡の前に踏み出した。潜望鏡をまわし、接眼部と向き合う。潜望鏡を覗こうとしたとき、アール・ビーズリーが叫んだ。「艦長！お待ちください！」

ワードは訝しげに航海長を見た。

「どうした、航海長？」

「潜望鏡確認はわたしにさせてください。艦長がなさるには及びません」

「わかった、航海長。きみにまかせよう。海上の動きにしっかり目を凝らしてくれ」ワードは身体を近づけ、静かな口調で言った。「まさか、靴墨を塗ったわけじゃないだろう？」

ビーズリーは恥じ入ったように笑い、言った。「艦長、恐れ入りました。そのまさかです」艦長がさほど怒っていないようなので、彼は安堵した。

グラスはワードに目をやり、眉を上げた。赤い受話器をしっかりと耳元に押しつける。それから二、三分、グラスはじっと聞いていた。手元の用紙がメモで一杯になる。

「艦長、われわれの出番です」グラスは、ベセアの話を聞きながらもささやいた。「いま、標的の位置データがダウンロードされています。ミサイル発射は今夜です。八発を撃ちこむことになりそうです」

スタン・グール水雷長は、発射管制システムの前に飛んでいき、キーボードに何やら打ちこんでいる。彼の前のコンピュータ画面には、数字や記号が表示されはじめた。部外者にはちんぷんかんぷんだが、これは魚雷発射管室のミサイルにとって必要不可欠な情報だ。

ワードは足を踏み出し、海図を見た。それから、ビーズリーが置きっぱなしにしたデバイダーを摑み、現在位置と発射海域の距離を計測した。艦長は頭を振り、肩越しにジョー・グラスを見た。

「副長、ベセアに言ってやれ。時間どおりに発射海域に着くには、さっさとおしゃべりをやめて、全速力で潜航しなければ間に合わないと」

グールが顔を上げ、言った。「標的の位置データを受信しました。データはすべて正確です。いつでも発射できます」

ワードはデバイダーを置いた。

「よし、諸君、出発しよう。副長、ベセアに別れの挨拶をするんだ。航海長、マストとアンテナをすべて下げろ」艦長ははたと、未解決の問題がひとつあったことを思い出した。「ああ、機関長に、ちょっとした問題を修理するのにどれぐらいかかるか訊いてくれ。一刻も早く出なければならん」

ジョナサン・ワードは発令所を見まわした。乗組員の表情は一様に、決意にみなぎっている。彼らはこれから、正義の鉄拳を行使しようとしているのだ。たとえ艦に不具合があったとしても、乗組員は断固として作戦をやり遂げるだろう。

セルジュ・ノブスタッド、ルディ・セルジオフスキー、フィリップ・ザーコの三人は、〈ヘレナK〉の船長室で夕食のテーブルを囲んでいた。ロブスターの殻がテーブルに散乱している。チリ産のシャルドネのボトルは空だった。ブランデーグラスにはナポレオンのブランデーが注がれている。三人は椅子にもたれ、ハバナ産の葉巻を吹かしていた。

ノブスタッドが深く、満足げな息をついた。

「海に戻れるのは気分がいいものだな。あの汚らしい港を出られて、すっきりした」

セルジオフスキーがうなずいて同意した。

「ああ(ダー)、まったくだ。ブランデーの代わりに、ウォッカを飲めたら言うことはないんだが。あれこそ、男の飲み物だ」

ザーコはじっと座ったまま、冗談を聞いていた。この欲得ずくの男たちには、コロンビアの人民や祖国への感謝の念など皆無にちがいない。ザーコのなかには、ピサロをはじめとした征服者(コンキスタドーレス)たちの血と、古(いにしえ)のインカ帝国の皇帝たちの血が入り混じっている。ここにいる下劣なヨーロッパの輩(やから)の祖先がまだ泥炭で火を熾(おこ)し、トナカイを追いかけていたころ、彼の祖先は広大な帝国を統治していたのだ。

そうした思いをこらえつつ、ザーコは葉巻を吸い、愚にもつかない会話を聞き流した。いまは耐えるときだ。革命の大義のために。エル・ヘフェが愛する祖国をすべて治め、ザーコと家族の将来が安泰になるまで。

セルジオフスキーは、ノブスタッドのそばの隔壁に埋めこまれた船速計に目を走らせた。よく磨かれた真鍮の計器は、黒っぽいチーク材の壁板を映して光っている。デジタルの数字が〈ヘレナK〉の速力を示していた。ロシア人は座りなおし、数字に向かって目をすがめた。

「ノブスタッド船長、この船は一二ノットしか出ていないようだが。もっと速く進めないのか？」

ノブスタッドはブランデーをすすってから答えた。

「船底のハッチの機構に、ちょっとした問題があってね。〈ジブラス〉を収容したあと、きちんと閉まらなくなってしまった。技術者によると、調整に問題があるそうだ。修理が終わるまで、これが精一杯だ」

ザーコは憤激し、ブランデーグラスを乱暴に置いた。

「このたわけが！　スケジュール全体にどれだけ影響するか、わからんのか？　エル・ヘフェにすぐ伝えなければ」

その言葉が口を衝いて出る前に、ザーコは早くも、エル・ヘフェへの連絡を避ける口実はないか考えはじめた。

「まあ、落ち着け。まずは一杯飲もう」

「まったくなぜ、どれひとつとしてうまくいかないんだ?」ザーコは口早に言った。「どうしていつも、エル・ヘフェの怒りの火に油を注ぐような事態が持ち上がる? おまえたちにはわからんのか? これまで要求を満たせなかった者は何人も、首を切られ、晒し者にされてきたんだぞ」

ザーコはブランデーグラスを握りしめ、残りの酒をぐいと飲み干した。なぜ、彼が立ち会っているときにいつも問題が起こるのか?

誰かが罠にはめようとしているのか?

自分は何か、神を怒らせるようなことをしたのだろうか?

23

デイブ・クーン機関長は疲れ切り、計器パネルに寄りかかって、こわばった筋肉を休めた。首がずきずきし、背中が痛いのは、バート・ウォーターズの広い肩越しにパネルの内側を覗きこみ、この原子炉制御員の作業を見守っていたからだ。ずらりと並ぶ電子機器や計器に挟まれた通路は狭く、見づらいのはそのせいでもあった。オシロスコープとデジタル電圧計が、二人のあいだの床に置かれ、それも邪魔になっている。しかしクーンは、あえてそれらをどけなかった。ウォーターズには、彼の目の前で確認作業をしてもらわなければならないからだ。

ウォーターズが振り返り、訊いた。

「機関長、オシロスコープの波形はよさそうです。次の手順はなんですか？」

クーンは汗に濡れた手で持っている、黒表紙の分厚い技術マニュアルを読み上げた。

「波形が良好な場合は、原子炉区画の一次検出器は開路（電気が流れていない状態）であり、予備の検出器に移行しなければならないと書いてある。おまえの場所から、J‐202電極の赤い導線と、J‐203電極の白い導線が見えるはずだ」

ウォーターズは縁なしの眼鏡越しに、パネルの内側に目を凝らした。

「うーん。ああ、これですね。見えます」

「よし。それじゃあ、赤い導線をJ‐207に、白い導線をJ‐208に移せ」

ウォーターズはナットまわしをポケットから取り出し、パネルの内側に手を伸ばした。背をそらしてうなると、彼は言った。「できました」

「よし。では確認しよう。赤い導線はJ‐207に、白い導線はJ‐208に繋がっているな？」

ウォーターズはパネルの内側を見てうなずいた。「はい、機関長、数字や色の区別はつきますから」二人とも、冗談を真に受けてはいない。こうした作業においては、マニュアルの内容を読み上げる者と、作業を実行する者の二人で、ひとつ手順が終わるごとに再確認するのが、原子炉を安全に稼働させるために必須なのだ。二人ともこうした習慣に慣れ、身体に染みこませていた。

クーンはマニュアルの一連の作業を、ゆっくりした口調で読み上げてから言った。

「さてと、あとは、主冷却用遮断弁を次に動かしたときに備えた、調整チェックだけだ。

パネルの蓋を閉じて、検査機器をしまってくれ。艦長には俺から報告しておく」

クーンはうめき声とともに立ち上がり、背中を揉んだ。ウォーターズの向こうに手を伸ばし、無電池式電話機を摑む。その電話機は、ほかの艦内通信装置とともに、部屋の後ろの奥まったパネルに据えつけられていた。さまざまな計器や機器がびっしり並んだ制御盤室の通路はきわめて狭く、かがんでいるウォーターズをよけて通ることはとてもできないので、クーン機関長は悲鳴をあげる背中の筋肉に構わず、手を伸ばすしかなかった。

発令所を選び、呼び出す。すぐにワードの嗄(しゃが)れ声が出た。「発令所、艦長だ」

「艦長、機関長です」クーンは言った。「左舷の主冷却用遮断弁のバルブ位置表示器の修理が完了しました。予備の検出器を作動させるしかありませんでした。それも故障した場合は、原子炉を停止して、緊急原子炉区画立入を行ない、交換することになります」

受話器越しに、艦長のうなり声が聞こえてきた。緊急原子炉区画立入というのは大変なことであり、さまざまな支障をもたらす手段なのだ。原子炉は封鎖された原子炉区画内で稼働している。原子炉はきわめて重要な動力源で、区画内の放射線レベルは非常に高く、内部に立ち入った者は致死量の放射線を浴び、ゆっくりと苦痛に苛まれて死んでしまうほどだ。ただし、原子炉をいったん停止させたら、放射線はすぐに消えるので、死亡事故に繋がる懸念はほぼなくなる。

それでも、現実的な問題がふたつ立ちはだかる。原子炉区画に立ち入る乗組員にとって、室温は過熱したサウナ並みで、露出している金属部はどこも火ぶくれができるほど熱い。素手で触れた瞬間、激痛とともに火傷を負うことになる。さらに作業を耐えがたくするのは、立ち入りを行なう全員が、重くて動きにくい保護用の黄色い汚染防止スーツと、やはりかさばる緊急時呼吸用マスク(EAB)の着用を義務づけられる点だ。大半の乗組員が作業できるのは十五分間が限度で、それ以上経つといったん外に出て熱を冷まさなければならない。

もうひとつの問題は、やはり時間の制約だ。原子炉を停止すれば、残る動力源はバッテリーと非常用ディーゼルエンジンのみになる。これが意味するのは、修理作業中ずっと、〈スペードフィッシュ〉がディーゼルエンジンで外気を取り入れながら潜望鏡深度で航走しつづけ、そのあいだ速力は三ノットほどしか出せないということだ。同時に、海面近くまで上昇すれば潜水艦は荒波に翻弄され、原子炉区画で作業する乗組員も不快な環境で危険にさらされる。

ワードは少しためらい、さまざまな可能性を考えた。

「いいだろう、機関長。万一に備え、あらゆる準備をしておいてくれ。補給品庫から必要な部品を取り出し、修理の手順を記載して関係者に周知するんだ。ただし、この古い艦を切り刻む必要に迫られないことを祈ろう」

クーンは如才なく答えた。

「もちろんです、艦長。あくまで、必要な事態に備えてのことです。原子炉出力は一〇〇パーセントに抑えるようにします」

ワードはビーズリーに顔を向け、命じた。「哨戒長、全速前進。しっかり飛ばせ。発射海域到達時刻まで、あと二時間しかない。われわれの窮状を、SEAL隊員が聞きたいとは思えないからな」

ビーズリーはウインクし、自らの仕事に戻った。

ビル・ラルストンの忙しさは、あと二時間は続きそうだ。数々の潜水艦に乗り組み、通算十六年を魚雷発射管室ひと筋で過ごしてきた彼は、初めて実戦で武器を発射しようとしている。ミサイルが標的を破壊することを、ラルストンは確信していた。

四発のミサイルはすでに魚雷発射管に装塡され、発射管制システムに繋がっていた。それぞれの魚雷発射管の後扉に、真鍮の標識が吊り下げられている。標識には大きな赤い字で、〈注意！　実戦用トマホーク・ミサイル装塡中〉と記されていた。

発射管制を専門とする特技員たちが、システムによるミサイルの制御に万全を期している。ラルストンの隣に座っている男は、二列の発射管のあいだで、発射制御パネルに向き合っていた。彼はパネルの光を見ながら、発令所の発射管制パネルを操作する同僚たちと電話で話し合っている。

これまでのところ、装塡されたミサイルにはいずれも問題ないことが確認されていた。第一波の四発が発射管から放たれたあとにも、第二波の四発が並んで控え、装塡されるのを待っている。ラルストンの目の前で、さらに二人の水兵がテスト装置をミサイルに繫いでいた。テスト装置はミサイル内部の回路を確認し、魚雷発射管に装塡されたときに発射管制システムと連動できるかどうかを調べている。

魚雷発射管室ではほかにも二人の部下が、緊急用装塡装置の動作に不具合がないかどうかチェックしていた。滑車とワイヤという単純な仕組みの重厚な装置で、油圧式のミサイル装塡システムが不測の事態で使えなくなった場合に、重火器を動かすための機械だ。ラルストンは念入りに、油圧システムを自ら点検し、配管やバルブをひとつ残らず調べていた。高圧空気システムや海水システムも漏らさず確認した。

彼のチームは準備を完了した。いつでも強力な破壊兵器を、発射管から太平洋の空に放つことができる。

ラルストンは胸の高鳴りを感じながら、深く息を吸い、油圧装置をいま一度、目で確かめた。

ジョー・グラスは士官室に足を踏み入れた。ふだんは談話や憩いのための部屋なのだが、いまはどこにもそうした面影はない。

スタン・グールがテーブルの中央で、ラップトップ・コンピュータと向き合っている。その周囲には操舵員や発射管制員がいた。ある者はコンピュータのキーボードを一心に叩き、ある者は室内の壁という壁を占拠する海図と向き合って、ミサイルの針路を組み立てている。テーブルは書類の山、ひらいたままのマニュアル、飲みかけのコーヒーカップなどで埋め尽くされていた。

グラスはグールの肩越しに、コンピュータの画面をちらりと見た。ミサイル発射プランのグラフィック画面によるシミュレーションだ。

「進捗状況は、水雷長？」

グールは副長を見上げ、目をこすりながら答えた。

「ほぼ完成しています。わたしの計算では、策定したプランどおりに第一波の四発が飛べば、ほとんど同時に標的に命中します」

グールがキーを操作した。画面がコロンビア沖合の海図を映し出し、発射海域が赤い線で囲われている。地図は陸地へと続き、秘密工場がある高地の谷が映し出された。〈スペードフィッシュ〉の発射地点を示す点と、標的を示す黒い不気味なX印が表示されている。

グールは顔を画面に戻した。その集中した表情に画面の色が反射する。

「これをご覧ください、副長。十倍速のシミュレーションなので、この画面での一秒は実際の飛行時間では十秒になります」

そう言いながら、グールはキーボードを叩いた。〈スペードフィッシュ〉の発射地点から黄色の線が伸び、左に大きくゆっくり旋回する。その三秒後、今度は青い線が同じ地点から伸び、一発目よりやや小さな弧を描いて、右旋回した。五秒後、緑の線が伸び、小さく左旋回する。さらに三秒後、紫の線が伸びたが、これはコロンビア沿岸を示す大まかなシルエットへ向かってまっすぐ飛んだ。そのあいだに、先に打ち上げられた三本の色とりどりの筋が、旋回するのをやめて同じく東に向かい、紫の線を追った。

グールはグラスを見上げた。

「わたしの計算では、四発のミサイルがすべて発射されるのに要する時間は、百二十秒です」

すべての線が同時に海岸に達し、東へ向かってまっしぐらに飛んでいく。まるで、南米大陸の向こうのどこかから昇る太陽を妨げようとするかのように。

「だがこの作戦では、八発のミサイルを発射するはずだが」グラスはにべもなく言った。

「わかっています。ですが、八発を同時に発射することはできません。第一波の四発が旋回しつづけ、第二波の四発が打ち上げられるのを待っていたら、充塡された燃料が足りなくなって、標的まで届かないでしょう。第一波の攻撃により、標的側を警戒させることにはなりますが、今回の場合、その点はさして問題にならないと考えます」

グラスは無精鬚を撫でた。

「確かにそのとおりだ。ビーマンが見たのは、スティンガーミサイルの一群だけだった。いったんわれわれが標的に火をつけたら、やつらがスティンガーでできることは大してあるまい。艦長に、きみたちの準備ができたと報告してこよう。あと三十分ほどで、発射地点に到達する見こみだ」

水雷長はコンピュータ画面に目を戻し、もう一度キーを叩いて、色とりどりの線がふたたび現われ、円を描いて夜空へ飛んでいく様子を見守った。

ワード艦長は、発令所に現われた副長の姿を見た。艦長はそれまで、潜望鏡スタンドの奥に腰かけて、ほの暗い赤色灯の明かりでトマホーク発射手順を読みなおしていた。マニュアルはもうほとんどすべて暗唱できるのだが、念のため見ておくに越したことはない。それら赤色灯以外、発令所の照明は消され、コンピュータ画面だけが明るく光っている。それらでさえ、分厚い暗赤色のプレキシガラスに覆われている。夜間の作戦のため、艦長や哨戒長の目を暗闇に慣らしておくのが重要なのだ。

グラスがワードのかたわらの潜望鏡スタンドに上がった。

「まもなく、発射地点に到達します、艦長」

「了解した、副長」ワードはちらりと笑みを浮かべた。

これまでにワードは何度も、予定時刻に発射海域へ到達できるかどうか不安を覚えてきた。ただでさえあちこちにがたが来ている老朽艦なのに、魚雷発射管室での事故や、不審な通信を傍受したことによる短時間の逸脱でさえも、重くのしかかっているように思えた。最悪の場合、指定された地点への到着が間に合わず、ビーマン以下のSEAL隊員が標的を攻撃するのを助けられないまま、ベセアが撤退を決断するような事態に至るのではないかと懸念もした。そうなったら、〈スペードフィッシュ〉の晩節を汚す不面目だ。のみならず、マイク・ハンサッカーやピエール・デソーのような手合いに、付け入る恰好の口実を与えることになる。それらをさておいても、失敗すれば、デ・サンチアゴが合衆国へ向けて致死性の薬物を密輸しつづけるのを許してしまうだろう。そうなったら、どんな惨劇が起きるだろうか。

左を向き、ジョン・ワードは声を張った。「哨戒長、ミサイル発射要員を配置せよ」

ビーズリーが見ていた海図から目を上げる。ワードはその目から光がほとばしるように思えた。

「ミサイル発射要員配置、了解しました。当直先任、艦内放送(1MC)で〝ミサイル発射要員配置〟を命じよ」

サム・ベクタルがはじかれたように席を立ち、サイレン吹鳴用の黄色いハンドルを摑んだ。ハンドルが引かれて短い弧を描くとともに、艦内に大きなサイレンが響きわたる。ボン、ボン、ボン、ボン。彼は艦内放送マイクを手に取り、大声で告げた。「ミサイル発射要員、配置に就け」

もちろん、サイレンはあくまで確認用だ。ミサイル発射要員は全員がとっくに配置に就いており、〈スペードフィッシュ〉がトマホーク・ミサイルを発射できるよう準備してきた。魚雷発射と異なり、トマホークを発射するには、入念な計画と数時間もの準備作業を要する。映画でよく見る場面とはちがい、実際にはサイレンで寝棚から飛び起き、潜水艦内を走って配置に就く者などいないのだ。

ワードは乗組員が行動に移るのを見ていた。無駄な動きは何ひとつなく、よけいな会話も、手順の誤りもない。鍛え上げられた潜水艦乗りたちが、何度も繰り返した訓練どおりに、粛々(しゅくしゅく)と自分たちの任務を遂行している。

艦長はビーズリーを向き、穏やかに言った。「よし、航海長。上昇して、海面の様子を確かめてくれ。どこかの哀れな漁師が肝を潰さないようにな」

「イエッサー」ビーズリーは答えた。「たったいま、バッフルクリアを終えたところです。ソーナーにコンタクトはありません。針路一二〇、深度一五〇フィート、速力七ノット。目視確認のため、潜望鏡深度まで上昇する許可を求めます」

ワードはうなずき、言った。「目視確認のため、潜望鏡深度へ上昇せよ」

「潜航長、深さ六二」ビーズリーが命じた。

せり上がってくる潜望鏡の前でビーズリーがかがむと同時に、〈スペードフィッシュ〉の床が上向きに傾いた。潜航長席でレイ・ラスコウスキーが、抑揚のない冷静な声で深度変化を告げる。

「一〇〇フィート。九五フィート。九〇フィート……」

ビーズリーは潜望鏡を覗きながら、ゆっくりと円を描き、〝恰幅のいい女性とのダンス〟をした。漆黒の闇しか見えない。ときおり、夜光虫の筋が視界をよぎる。ビーズリーはサンディエゴ沖の夜間演習で見た、夜空をよぎる曳光弾を思い出した。それでも、接眼部から見えるのはほとんど暗闇だけだ。方向を知らせてくれるのは、旋回したときに尻がどこかにぶつかる感覚だけだった。

ラスコウスキーの「六四フィート」という声を聞いたとき、ビーズリーの視界はようやく海中の暗闇から抜け出し、白波の濁った水飛沫が見えてきた。「潜望鏡、露頂しました」彼は叫んだ。真っ暗な海中が一変し、満天の星空になる。明るい半月が、穏やかな海面に深い銀灰色の光を投げかけていた。ビーズリーはすばやく、潜望鏡を一周させ、報告した。「接近中のコンタクトはありません」

発令所内では、全員がミサイル発射の準備作業に戻った。室内にさざめきが広がる。

ビーズリーは潜望鏡をさらに何度か旋回させ、頭上をよぎる航空機の光や、海面に黒く揺れる物体がないかどうか確かめた。

ようやく、彼は言った。「艦長、精密全周捜索、終わりました。やはりコンタクトはありません。われわれ以外にいるのは、魚だけです」

ワードはうなずいた。

「よろしい、航海長。深さ一五〇。発射針路に向けよ。いよいよ打ち上げのときだ」

「潜航長、深さ一五〇」ビーズリーが下令した。「操舵員取舵、針路一〇四度」

床が下に傾き、ビーズリーは取っ手をたたんで潜望鏡を格納筒に収めた。

〈スペードフィッシュ〉の角度が水平になり、艦首をコロンビアの海岸へ向けた。ミサイルが陸地の上空を最初に通過する地点の方向だ。このような地点は〝上陸中間地点〟と呼ばれている。

ワードは発令所の前に進み出た。室内にひしめく乗組員と向かい合い、咳払いして、声を励ます。

「諸君、発令所の指示に注意せよ。本艦はこれより、ミサイル四発を斉射し、再装塡後、第二波も斉射する。それ以降もなお、すべての発射管にトマホークを再装塡し、潜望鏡深度を維持したまま、追加のミサイルが必要になった場合に備えて待機を続ける。万一、標的を外れたミサイルがあれば、やはり再装塡し、単発のミサイルを発射して任務を遂行する。かかれ」

全員が各自の部署に戻った。発令所に緊迫感がみなぎっている。彼らはみな、身体に叩きこまれた訓練どおりに動いているのだ。

ワードがジョー・グラスを見て訊いた。「副長、準備はいいか？」

グラスは発射制御パネルの前に座るスタン・グールと、発射管制コンピュータに向き合うクリス・ダーガンのあいだに立っていた。二人の青年士官が力強くうなずいたが、答えたのはグラスだった。

「準備完了です、艦長」

「全発射管に注水、一番発射管、二番発射管、全発射準備を完了せよ」ワードが命じた。

グールが魚雷発射管室のラルストンに下令する。魚雷発射管室では発射管に海水が注水され、一番発射管と二番発射管の前扉が開けられて、装填されたミサイルを発射態勢にする。〈スペードフィッシュ〉の装備では、四門の発射管のうち二門しか同時に発射することはできない。ミサイル二発を発射するあいだ、ほかの二門の発射管は前扉を閉じていなければならないのだ。

「全発射管、注水完了。一番発射管、二番発射管、発射準備完了しました」ラルストンは報告した。まるで毎日、朝めし前にトマホークを発射しているかのように、平静かつ事務的な声を保つよう努める。

ワードがうなずき、あらかじめプリントしておいた縦三インチ、横五インチのカードを胸ポケットから取り出した。艦長はまちがいのないように、カードを読み上げて言った。

「ミサイル四発の一斉発射における発射時の手順――一番発射管、用意」

ビーズリーが艦の深度、速力、針路を最終確認し、応答した。「発射用意よし」

グールがミサイルの発射準備を確認し、続いた。「ミサイル準備よし」

グラスがもう一度、コンピュータと海図台の手書きの目標地図のあいだに齟齬（そご）がないかどうか確かめる。問題ないと認め、副長は言った。「照準よし」

発令所は水を打ったように静まりかえっている。室内の誰一人として、これまで本物の標的を狙い、生身の人間に向かって武器を撃った経験を持つ者はいなかった。グールが発射ハンドルに手を置いたときには、緊張で首筋がこわばった。グラスは無意識に両手の拳を握りしめ、緩めた。

そのとき、操舵員のコルテス上等水兵が、大きくげっぷをした。緊迫していた発令所の空気が一瞬緩み、聞こえる範囲にいた者は思わずにやりとした。

ワードもまた、苦笑混じりに命じた。「一番発射管、発射」

グールが真鍮の大きな発射レバーを発射用意の位置にし、「発射用意よし」と告げた。すぐさまレバーを〈発射〉に移し、発令所の全員に聞こえるように叫んだ。「発射！」

何も起こらない。室内はしんとしている。

しかし、ミサイルの発射機構はまちがいなく作動していた。一番発射管では、ミサイルのジャイロが回転しはじめ、ミサイル内部で一連の動作チェックが行なわれて、設定されたとおりに飛行できることが確認された。チェックが完了すると、誤作動防止のインターロックが切り替わり、高圧空気が魚雷発射管内に流入する導路が設定され、発射管内筒が高圧空気で満たされる。一五〇〇ポンド毎平方インチの空気圧が水圧筒（魚雷発射管に魚雷などを撃ち出すための海水を送りこむ装置）のシリンダーを押し下げ、発射管後部に高圧の海水を送りこむ。一方で発射管内では、ミサイル格納筒（キャニスター）の後部に一連の孔があり、海水が流れこんでこれを作動させる。高圧の海水が文字どおり、ミサイルをキャニスターと魚雷発射管から押し出す仕組みだ。ミサイルは瞬時に発射管を飛び出し、潜水艦から抜け出した。ミサイル本体とキャニスターの端のあいだに繋がれた索具がぴんと張って、ミサイル後部に取りつけられたロケットエンジンを点火する。ミサイルは火を噴き、水面から暗い夜空へ飛び出した。点火されたロケットが、古代ローマ兵のたいまつさながらに夜空を赤々と照らし出し、星空高く飛翔する。

ロケットエンジンが燃え尽きて落下すると、次の段階でミサイルは、いわば小型無人機に変身する。空気取り入れ口がミサイル下部でひらき、小さくずんぐりした二枚の翼がミサイル内部から展開される。ターボファンエンジンに空気が取り入れられ、小型の点火装置が働いて、ミサイルの速度を上げる。海面すれすれの高さで、ミサイルはプログラムされたとおり、北へ向かって飛びはじめた。

二番発射管のミサイルも、すぐに追いついて空中に飛び出したが、こちらは南へ旋回した。三番発射管と四番発射管のミサイルが、一分後に続く。最後のミサイルが巡航飛行に移行し、四発はそろって、コロンビア沿岸の上陸中間地点へ向かった。誘導システムは、上空二三〇〇〇マイルの対地同期軌道にあるNAVSTAR（アメリカ空軍が運用する航法支援システム。GPSの正式名称）衛星に同期している。ミサイルは絶えず、GPS位置情報と呼応しながら、針路の微調整を行なうのだ。
ミサイルは自らの目的地を正確に把握している。そして一度打ち上げられたら、わき目もふらず標的へ向かっていく。

〈スペードフィッシュ〉の艦底では、ビル・ラルストン率いる魚雷発射管室の要員が、休む間もなく働いていた。ラルストンが大声で、再装塡に携わる部下に指示を下している。魚雷発射管室の面々は大わらわで、第二波のミサイルを装塡すべく、発射管を準備していた。魚雷発射管の内部に残っていたミサイル用キャニスターは排出され、発射管の扉から押し出されて、太平洋の深淵にゆっくりと沈んでいった。魚雷発射管内の不要物を取り除くと、今度は海水をいったん排水し、損傷や残存物がないかどうか点検する。それが終わるとようやく、ミサイルが各発射管の前に並べられて装塡され、複雑な電子装置が接続されて、いかつい銅合金の扉がふたたび閉ざされ、ロックされるのだ。

ラルストンが全発射管の装塡完了を報告する。それでも、彼のチームは休まなかった。彼らは予備のミサイル四発の装塡に向けて配置に就き、必要とあらば第三波の一斉射撃ができるよう待機している。

第二波のトマホーク四発の発射準備が整った。〈スペードフィッシュ〉の一同はもう一度、緻密に組み立てられた発射手順に従い、内陸深くに隠されたデ・サンチアゴの邪悪な工場へ向けてミサイルを撃ち出した。

潜水艦の乗組員の誰一人として、作戦遂行に躊躇を覚える者はいなかった。第二波の打ち上げが成功するや、艦内に沸いた歓声がその証だ。

第一波のミサイル四発が急角度を描いて海岸を越え、内陸をめざす。小型の下方監視レーダーを使用し、おのおののミサイルが飛行プランであらかじめ決められた地点の画像を撮影して、その結果を記憶メモリに保存されたレーダー予想画像と照合する。それを踏まえ、針路の微調整を重ねることで、正確な飛行経路を飛べるのだ。

内陸深くに達すると、二発のミサイルは針路を南に転じ、別の二発は北寄りのルートをたどった。ミサイルは狭い山間の渓谷を越え、山嶺を登って、樹上すれすれを飛んだ。マッハ〇・八二のスピードで、村落や町外れをかすめることもあったものの、ほとんどは人界離れたジャングルの上空だった。四発のミサイルがようやく、南北から標的の渓谷に到達したとき、敵は寝耳に水だった。

ミサイルはまっしぐらに標的へ向かった。

ビル・ビーマン少佐はうんざりしながら、腐った丸太の上に頭を出した。この三十時間、不快な思いを耐え忍んでずっとここにひそんでいたのだ。眼下の谷の様子は、何ひとつ変わっていない。

ビーマンはジョンストンのそばに這い寄り、ささやいた。「どう思う、上等兵曹？　もうとっくに、ミサイルが到達しているはずなんだが。発見されるリスクを冒してここにいるべきだろうか、それとも撤退すべきか？」

ジョンストンはビーマンのほうへ目をすがめた。

「ですが部隊長、ここまで来てしまったら、いまさら簡単に撤退することはできません。それでは、あすの朝まで待ってみませんか？　夜明けまでに精製工場が炎上しなかったら、日の出前に、敵に見つからないところまで引き上げましょう」

ビーマンは、上等兵曹の提案に従うことにした。部下たちが配置に就く時間が長引けば、それだけデ・サンチアゴ配下の兵士に発見される危険が増す。敵は周囲の密林を哨戒しているにちがいなく、見つかったら多勢に無勢だ。SEALの隊員たちは、物資も忍耐もとうに限界を超えていた。ここに隠れたまま、あと一日過ごすのは無理だ。

それでもビーマンは、最後まで見届けずに任務を放擲（ほうてき）したくはなかった。なんらかの動きが確認できるまで、引き上げるわけにはいかないだろう。それを見ることなく撤退するには、払った代償が大きすぎた。

昼夜問わず、渓谷の秘密工場はフル操業しているのがわかった。ビーマンの部下たちが輸送路を寸断するまでのあいだ、膨大な量のコカの葉が運びこまれていたにちがいない。カモフラージュの下では、数十人の男たちがせわしなく建物のあいだを行き来し、何台ものトラックが搬出口に荷台を寄せて、新たに精製された製品を積み出そうとしていた。開口部からは光が漏れ、ラジオが大音量でがなっている。苛立たしい耳障りな音楽が、崖の上まで聞こえてきた。秘密工場の作業員たちはせっせと働いていた。受け入れた大量のコカの葉を、死の白い粉にして送り出している。

SEALの猛者たちといえど、骨の髄まで疲れていた。ビーマンもまたしかりだ。任務は予定の日数を大幅に超えていた。一行は山の密林の道なき道を、長途行軍してきた。奇襲してきた敵と戦い、多くの戦友を失った。爆薬で山道を切り崩すことまでした。いままで苦心惨憺（さんたん）してきたのはすべて、この場所を突き止めるためだったのだ。そしていま、一行はここにとどまり、ミサイル発射に至る複雑な計算が正しかったかどうか、ハイテク機器が正しく作動したかどうかを確かめようとしている。正しければ、ミサイルが飛来してくるはずなのだ。

虫がビーマンの身体にたかり、汗が目に沁みてくる。ここまで来たのは徒労だったのか。

苛立ち、怒り、限界を超えた疲労が押し寄せてくる。部下の隊員たちも同じ気持ちにちがいなかった。

ビーマンは空から音がしないか、耳を澄ました。

何も聞こえない。死んだように静かだ。やかましい音楽と、工場の作業員のふざけ合う大声が入り混じり、周囲では夜行性の虫が羽音をたてている。

ビル・ビーマン少佐は振り仰ぎ、月が黒雲に飲まれていくのを見た。星が明るく瞬き、月はほとんどぼやけている。

次の瞬間、夜空がいっぺんに明るくなり、世界は白熱した炎に包まれた。

一発目のトマホークは、谷の北側から飛来し、標的に到達する直前に目の前の地形を撮影した。それはメモリに保管されているデジタル画像と一致した。画像はさらに、記憶装置のGPS図面と照合された。ミサイル内の電子頭脳は標的を正確なものと認めた。かくしてミサイルは予定どおりに命中した。

ミサイル弾頭部のカバーが吹き飛んだ。そこから工場の敷地に、数百個の二・二ポンド子爆弾がばらまかれた。子爆弾はカモフラージュを突き破り、工場の屋根を抜けた。爆弾は大音響とともに爆発し、周囲の設備すべてを破壊して作業員を皆殺しにした。

ＳＥＡＬ隊員たちは最後の子爆弾が落ちるところを目撃した。ミサイルは工場に飛びこみ、自爆攻撃を行なった。残っていた燃料が爆発し、建物から火の手が上がった。最初のミサイルによる攻撃が終わらないうちに、南から低空飛行してきた二発目が、子爆弾をまき散らした。三発目と四発目のミサイルも加わった。工場は地獄の業火に包まれた。かろうじて生き残った数人の作業員が、構内から一目散に逃げ出し、悲鳴をあげながら、密林のなかに消えた。

ほかに聞こえたのは、なおも続く爆発と、とめどなく燃えさかる猛火の音だけだった。

ビル・ビーマンは畏敬の念とともに見守っていた。トマホークが接近するのはまったく見えなかった。ずっと待ちわびていたにもかかわらず。それでも、接近するのは感じ取れた。最初の子爆弾が爆発し、眼下の地面を震わせたときには飛び上がった。あたりじゅうが炎に包まれる。これほどの大爆発を目の当たりにしたのは初めてだった。ほかのミサイルも続き、数百個の子爆弾が引き起こす轟音は、敵の首魁（しゅかい）デ・サンチアゴの寝床まで届くのではないかと思われた。

谷の両側に配置されていた反乱勢力の守備隊が、夜空へ向かってやみくもに撃ちだした。空爆と思いこんだ彼らは、見えない飛行機を撃ち落とそうとした。スティンガーミサイルの炎が夜空に筋を描き、大混乱に拍車をかけた。

　ビーマンはにやりとし、ジョンストンを肘で突いた。それから身を起こすと、ジョン・ワードとその艦が太平洋の西から放った破壊のありさまをよく見ようとした。

「信じられるか？」快哉（かいさい）をあげる。「あれだけの大工場が全部燃えちまった！　やってくれた！」

　ジョンストンはビーマンを掴み、丸太の陰に引き戻した。

「部隊長、うかつな真似をしないでください。いきり立った敵どもの流れ弾に当たったら、それこそ目も当てられません」

　言いながらもジョンストンは、ビーマンとハイタッチを交わした。二人とも破顔一笑し、目の前で猛り狂う地獄の業火を見つめる。

　第二波が到達するころには、工場は完全に焼き尽くされていた。追加の四発は子爆弾をまき散らすほかに、できることはほとんどなかった。

　ビーマンは口笛を吹き、部下に集合の合図をかけた。

「みんな集まれ。そろそろ帰るぞ。戻ったらミラーで乾杯だ」

24

　ワードはゆっくりと潜望鏡をまわし、暗い夜空を見ていた。南太平洋で、この一帯にいるのは彼らだけだ。商船は大陸沿岸を航行し、魚群もさほど多くないので、これほど沖合まで出てくる漁船も稀なのだ。美しい夜だった。水平線の低いところに月が出て、西の海が銀の小道さながらにきらめいている。遠くの水平線にたなびく雲のあいだから、南の星空が顔を覗かせていた。

　ワードと〈スペードフィッシュ〉は、任務が果たして成功したのかどうか、報告を待ちわびていた。万一ミサイルが命中していなかった場合に備え、追加のトマホークを魚雷発射管室に待機させてある。果たして、それらをデ・サンチアゴの死の工場へ向けて発射する必要があるのだろうか。

「副長、命中時間は？」ワードは潜望鏡から目を離さずに訊いた。

　グラスはセシウム原子時計の赤いＬＥＤ表示を見た。

「艦長、第一波はいまごろ命中しているはずです。第二波はあと二十三分で命中します」

「わかった。第三波の装塡状況は、水雷長？」

グールはイヤホンを外し、肘を載せている発射管制コンソールから身体を離した。それから困惑の表情を浮かべ、振り返った。

「何かおっしゃいましたか、艦長？　いまラルストン魚雷発射管長から、報告を受けているところですが」

ワードの後ろにある隔壁で、傍受モニタースピーカーから耳障りなノイズが聞こえてきた。発令所内で声をひそめて話していた乗組員が、音の発生源を見きわめようとするかのように、いっせいにスピーカーを注目した。スピーカーは極高周波のシグナルを傍受するように設計されたもので、たとえば敵艦の射撃管制レーダーが〈スペードフィッシュ〉の潜望鏡を照射すれば、そうした音が出ることはありうる。シグナルの分析はこれからだが、この甲高い音はなんらかの不吉な前兆に思えてならない。

ワードが訝しげに眉根を寄せた。傍受用受信機の周波数帯からすれば、水平線になんらかの艦艇が見えてもおかしくないのだ。これだけ大きな音をたてるのであれば、そうである可能性が高い。それなのに、洋上には何も見えない。艦長は目を皿のようにして海面を確かめた。

何が起きているのだ？　不要なノイズにしては、シグナルが強すぎる。ワードは頭上のオープンマイクに向かって呼びかけた。

「ESM、こちら発令所だ。いったい何事だ？」

暗号解読の専門家ラーソンが応答した。

「艦長、正直わかりません。目下、分析中であります。ESMマストを上げてもよろしいでしょうか？」

「ESM、発令所だ。ESMマスト上げ」ワードが命じた。「一刻も早く分析結果を出してくれ。見わたすかぎり、洋上には何も確認できない」ワードはいま一度潜望鏡を覗き、自らの言葉が正しいかどうか確かめた。やはり、月と星と漂う雲だけだ。「方向探知機[DF]の使用は許可できんぞ。いま潜望鏡を下げるわけにはいかないからな。それに、任務報告が届くまでは電信マストも上げておかなければならない」

傍受モニタースピーカーの苛立たしい空電の理由は非常に気になるところで、場合によっては危険な徴候かもしれないのだが、いまは遂行すべき任務がある。第一波のミサイルが標的を逃した場合には、海岸へ向けて追加を発射する必要があるかもしれないのだ。ワードは潜望鏡から目を離し、スタン・グールを見た。

「水雷長、何か言ったか？」

「艦長、ラルストン魚雷発射管長から、たったいま報告がありました。再発射に向け、全発射管の装塡が完了したとのことです。目下、通電チェックを行なっているところです。引きつづき、準備を進めます」

ワードは口を引き結んだ。あらゆる事態に対応できるよう備えておかなければならない。苛立たしい雑音の原因が敵艦であれば、応戦の準備も必要だ。

ジョン・ベセアは快哉をあげ、拳を突き上げてガッツポーズをした。味方が試合を左右するタッチダウンを決めたのだ。攻撃結果を知らせるビル・ビーマンからの電文が机に載っており、偵察衛星が送信してきた写真も、SEAL指揮官の言葉を裏づけていた。

「やったぞ！　すばらしい！　敵の急所を突いたんだ！」局長は誰にともなく叫んだ。オフィスには誰もいない。何せ現地時間で午前二時なのだ。

ベセアは電話を摑み、短縮ダイヤルを押した。まずはビーマン率いるSEAL部隊を帰還させよう。彼らはコロンビアの山中を長距離にわたって徒歩で移動し、ファン・デ・サンチアゴの根拠地を長期にわたって探索してきたのだ。一刻も早く本国へ帰し、勇者にふさわしい歓迎をしてやらねばならない。かなうものなら、ブロードウェイをパレードさせ、紙吹雪を降らせて祝ってやりたいところだ。しかしベセアは、現実には決してそんなことができないのを承知していた。彼らの任務は極秘であり、ＪＤＩＡ関係者以外には、作戦が行なわれたことすら伏せられているのだ。

　ベセアはコロンビア陸軍に連絡を取り、ＳＥＡＬ部隊を輸送させる手配をした。ヘリコプターの降下地点は、デ・サンチアゴの工場がいまだ燃えさかる現地から数マイルの場所だ。ボゴタまではヘリで二時間、着いたらシャワーを浴びてもらい、温かい朝食と着替えを与えて、サンディエゴのリンドバーグ飛行場まではファーストクラスの便に乗せてやろう。夜には彼自らが出迎え、全員と握手してから、帰宅させてゆっくり休ませるのだ。彼らにはそれだけの資格が充分にある。

　喜びに浸りながらも、ベセアにはまだ心配事があった。いまだ不明な要素がふたつある。あれだけの大工場が数週間にわたってフル操業を続ければ、何トンものコカインが精製されたにちがいない。衛星写真では、数ヘクタールに及ぶ敷地で建物群が燃えさかっていた。精製されたおびただしい麻薬がどこへ消えたのかはわかっていない。確認できたかぎり、敷地内に倉庫はなかった。アメリカ国内でも見つかっていない。シアトルのトム・キンケイドの報告によれば、このところの情勢は不気味なほど静かだという。あまりに静かなので、最初に立てつづけに過剰摂取による遺体が発見されていなかったら、シアトルが死の麻薬の目的地の候補に浮上することもなかっただろう。それにあの麻薬取締局(DEA)の捜査官は上司の目をかいくぐって、麻薬取締局内の仲間たちと強固なネットワークを築き、国内全域の密輸状況に目を光らせている。最初のテストであれだけの死者を出したとあれば、デ・サンチアゴが目的地をシアトル以外の都市に変更する可能性も考えられた。

しかし、それ以上は何もわかっていない。最初の密輸で死者が出て以来、類似の麻薬は発見されていなかった。

たとえ厳重に秘匿されていた工場であろうと、デ・サンチアゴは工場内に麻薬を貯めこんでおくほど愚かではない。製品は密輸出にまわしたはずだ。もう船に積んで、送り出している可能性は充分にあった。しかし、ベセアの情報網をもってしても、沿岸に不審な船舶が出没しているという報告はなかった。〈エル・ファルコーネ〉からも、そうした報告は寄せられていない。

麻薬の足取りをたどるには、ベセアは〈エル・ファルコーネ〉をはじめとした情報提供者のネットワークに頼るしかなかった。あるいは、デ・サンチアゴの手下が電話で口を滑らしてくれるのを待つか。そんなことが起きた場合は、〈スペードフィッシュ〉に会話を傍受できる海域にとどまってもらう必要がある。あの艦には、ＪＤＩＡがコロンビア一帯に送りこんでいる艦船のなかで最高の傍受設備があるのだ。それに、机に載っている衛星写真を見るかぎり、〈スペードフィッシュ〉は手が空いているようだ。

ぜひとも、そうしなければならない。情報提供者にも、盗聴に精を出してもらうよう頼むのだ。〈スペードフィッシュ〉にはコロンビア沿岸にさらに近づいてもらい、傍受装置を最大限に活用してもらおう。

「麻薬が国内に入ってしまったら、そのときは神のみぞ知ることになる」ベセアは独りごち、致死量の毒物を含むコカインが密輸入された場合に起こりうる事態を懸念した。もっとも、実際に被害者が出るまでにはまだ時間があるだろうが。

局長は立ち上がり、ワードと通話するべく通信センターへ向かった。だが、歩きながらもベセアは、第二の問題を考えはじめていた。すなわち、依存性を高める添加物を作っている研究所がどこにあるのかだ。工場は添加物をコカインに入れていたが、実際に調合を行なっている研究施設は別にあるはずだ。ベセアが見た写真やビーマンの目撃情報によれば、破壊した工場はコカインを大量に精製していたものの、単純な製造施設にすぎなかったことがわかっている。

〈エル・ファルコーネ〉にもさらに働いてもらわねばならない、と彼は思った。情報協力者が、あまり面倒がらずに連絡してくれることを祈ろう。とはいえ、条件が最良のときでさえ、スパイと意思疎通を図るのは容易ではない。ベセアには相手と直接連絡できる手段はなかった。カルタヘナの新聞に、合い言葉を用いた広告を出し、〈エル・ファルコーネ〉から連絡してくれるのを待つしかない。

ベセアとしては、その線で進めるしかなかった。同時に、ワードの潜水艦にも次の仕事にかかってもらわなければならない。

通信センターに足を踏み入れる。当直の技術者がキーボードから目を上げ、ヘッドセットを外した。局長がこんな時間にねぐらから出てきても、彼女は驚いた表情を見せなかった。彼女はベセアが寝ているところを見たことがなかったのだ。

「こんばんは、局長。ワード艦長が、秘話回線でお待ちです。攻撃の結果は判明しましたか？」

ベセアはうなずいた。顔じゅうに広がる笑みが、結果を物語っている。彼はヘッドセットを摑み、耳に装着した。

「ジョン、よくやってくれた！　衛星写真がいま入ってきたところだ。ビーマンの報告とも一致している。谷じゅうが燃えているぞ。再発射は必要ないだろう」

ワードは秘話回線越しに、力強い、明瞭な声で答えた。

「それはよかったです。というのも、こちらで新たな展開がありましてね。うちの人間が、先日と同じシグナルを傍受したのです。覚えておいでですか？　深海の海洋気象ブイに割り当てられた周波数で不審な通信をしていた、〈ヘレナK〉という貨物船を？」

ベセアは瞑目し、ゆっくりと頭を振った。三〇〇〇マイル南東にいても、ワードがあのか細い手がかりに執心しているのが伝わってくる。

「ジョン、もうその話は終わったんだ。われわれはあの船をくまなく臨検した。しかし、何も出てこなかったじゃないか。あの貨物船の船倉は空だった。それよりも、きみの艦にやってもらいたい仕事があるんだ」

ワードは引き下がらなかった。

「ジョン、あの船には必ず麻薬が積んであります。わたしには確信があるのです。できればわたしが乗り移って、この目で捜したいぐらいです」

ベセアは唇をきつく嚙んだ。まったく、頑固な男だ。

「艦長、わたしは〈スペードフィッシュ〉に、沿岸に接近して通信を傍受してもらいたいのだ。デ・サンチアゴの工場が作ったコカインのありかを突き止める必要がある。コロンビアの港のどこかから積み出されるにちがいない。だからきみの艦には、沿海で配置に就いて、そのありかの手がかりになる通話を傍受してほしい。その場所がわかったら、追跡すればいいじゃないか」

ワードはいまにも叫びだしそうだ。

「何を言っているんです！　いま申し上げた場所が、そのありかなんです。麻薬は〈ヘレナＫ〉に積まれています。まちがいありません。わたしはなんとしても、それを証明するつもりです！」

ベセアの顔が怒りで朱に染まった。こうした潜水艦の指揮官たちがひと筋縄でいかないことは聞いていたが、これほど意固地なわからず屋に出くわしたのは初めてだ。当直の技術者は、空になったコーヒーカップの底にじっと目を落としている。

「いいかね。あの船には何もなかったんだ。われわれは隅から隅まで捜索した。それなのに、純度の高いコカイン数トンはおろか、ドラッグのたぐいはいっさい出てこなかったんだぞ。艦長、わたしの命令に従い、沿岸に向かって通信傍受任務に就くんだ！　これは最終決定だ！」

三〇〇〇マイル離れた南太平洋の洋上では、ジョナサン・ワード艦長が戦略的に、つまりわざと右腕を精一杯伸ばし、赤い受話器を耳から遠ざけた。彼はふたたび口をひらいた。

「ＪＤＩＡ、こちら〈スペードフィッシュ〉です。回線が不調なようです。最後の言葉が聞き取れませんでした。もう一度おっしゃってください」

ワードは隔壁に手を伸ばし、通話を切って、アール・ビーズリーのほうを向いた。

「哨戒長、マストとアンテナをすべて下げろ。深さ六〇〇。針路を〈ヘレナＫ〉に向けるんだ。全速前進」

ビーズリーが従った。「はっ、艦長」ワードは背を向け、発令所を去っていく。

ジョー・グラスがワードのあとに続いた。二人はワードの艦長室に入っていった。グラスがソファに座りこむ。

「艦長、これはいったいどういうことですか？　ご存じのとおり、通信回線になんら問題はありませんよ」

ワードは薄笑いを浮かべ、うなずいた。

「ジョー、きみが艦長になったときに備えて、覚えておくんだ。ベセアはサンディエゴの海岸の穴倉に隠れているから、実情がわからんのだ」ワードは自席に勢いよく腰を下ろし、すっかり冷たくなったコーヒーをあおった。コーヒーの味などどうでもよかった。「のるかそるかという重大なときに、局長は現場で何が起きているかまるでわかっていない。カルロスとラーソンが口をそろえて、あの船には麻薬があるとわたしに言っているんだ。あの二人は、わたしが知る最優秀の諜報員だ。わたしの勘も、彼らを信用すべきだと告げている。だからわたしは、自分の勘に従うのだ」

グラスは信じかね、ゆっくりと頭を振った。

「わかりました、艦長。その線を追いかけるということですね。しかしなぜ、黙って命令に従わないのですか？　そのほうが、いかなる危険も負わずにすむでしょう」

　ワードはおかしそうに笑った。

「副長、〝虎穴に入らずんば虎児を得ず〟という諺を知っているか？」副長はうなずいた。

「安全策を採っているかぎり、虎児は得られん。確かにわれわれには、沿岸で数日待機して、ラジオ・カルタヘナやタクシードライバーの無線を傍受するという選択肢もある。楽な任務だが、手がかりは何も得られないだろう。われわれは手ぶらで帰港することになる。後日、アメリカ国内で数トンの強力なコカインが見つかったら、すべてJDIAの失策だ。だがわたしの見立てでは、あの貨物船はよからぬ企てに加担しており、それを突き止めるのがわれわれのやるべき仕事だ。ベセアがそれを理解しないとしても、拱手（きょうしゅ）傍観していい理由にはならない」

　ワードはカップの底を見つめ、それがいかによどんでいたかに初めて気づいた。彼は立ち上がり、扉を開けた。「わたしの親父もよく言っていた。〝前もって許可を取れなかったら、あとで許してもらえばいい〟と。さて、少し休んでおいたほうがいい。〈ヘレナK〉の追尾を始めたら、きっと忙しくなるぞ。わたしは発令所に戻る」

　ワードは艦長室を出、発令所へ向かった。ジョー・グラスはゆがんだ笑みを浮かべた。ともに戦うのなら、ジョナサン・ワード以上に頼もしい相手はいない。自分が艦長になったら、せめてワードの半分は胆力を持ちたいところだ。

グラスはコーヒーを飲み干し、自室に引き返した。

ジョン・ベセアは信じがたい思いで、通話の切れた受話器を見つめた。

「あの野郎、いったい何を考えているんだ！　一方的に通話を切るとは。今度連絡がついたら、解任してやる」

彼は秘話回線を摑み、ハワイのトム・ドネガンの番号にかけた。海軍大将が応答した。ベセアは猛然とまくし立てた。ワードの抗命行為を逐一話すまで、腹の虫が収まらなかった。

ドネガンはよく嚙んだ葉巻を吐き出した。深呼吸し、口をひらく。

「まあ、落ち着くんだ。いくら怒っても、得るところはあるまい。ワードが連絡したくなるまで、われわれにできることはないのだ。わたしの見るところ、ワードが貨物船の調べをつけて納得したら、回線不良の問題は解決される。抗命行為の扱いについては、帰港してから考えればいい」

「ですが……」

「それとも、誰かを送ってワードを逮捕し、懲罰房に閉じこめてほしいかね？　まずは彼の気がすむまで貨物船を追尾させ、調べさせることだ。コカインが出てくればめっけものだし、そのときにはすべて許される。さもなければワードは、きみにもわたしにもアメリカ合衆国の国民にも大いに借りを作り、謝罪することになるだろう」

「しかし……」

「きみの情報提供者に働いてもらってくれ、ジョン。わたしに免じて、部下を思いどおりにさせてくれないか。ワードの見立てが誤っていたら、わたしが責任を取る。そのときは、きみが彼をとっちめる番だ。しかし、あれは有能な男だ。それに、あの艦には優秀な人間が何人も乗り組んでいる。率直に言って、いまの段階では彼がやるべきと思うことをさせるしかないだろう」

「ですが……」

「それでは、ジョン」

通話は切れた。

開拓地へ向かって歩くビル・ビーマン少佐の耳に、ヘリコプターの音が聞こえてきた。二機のHH‐60捜索救難用ヘリが、稜線を飛び越えてくる。疲れ切ったSEAL隊員たちが森を抜け出した上空で機首を上げ、ヘリは草地に降下した。

先頭のヘリのパイロットが挨拶した。

「セニョール・ビーマン、大統領（エル・プレジデンテ）ギテリーズからのお祝いを伝えます」パイロットは大声で言った。「これからみなさんを、ボゴタの兵舎へお連れして入浴していただき、それから帰国便が出発する空港へお送りします」パイロットは赤々と燃える火で明るい夜空を示した。「みなさんがあそこで何をしたのかはわかりませんが、エル・プレジデンテは感銘を受けています」

ＳＥＡＬ隊員が全員乗りこむと、二機のヘリは上昇し、稜線の上空を舞った。それからゆっくりと方向転換し、ボゴタへ向かった。


「艦長！　艦長！　起きてください」

コルテス上等水兵が一瞬ためらった後、ジョン・ワードの肩を揺すった。

艦長は楽しい夢をぶしつけに破られ、ぎくりとして目を覚ました。ハワイの砂浜で妻と二人、大きなグラスでマイタイを飲んでいる夢だったのだ。ややあって、ワードは身体を起こし、狭い寝棚から勢いよく脚を出した。いつ横になり、眠ったのか覚えていない。腕時計を見ると、二時間ぐらい眠っていたようだ。二分ぐらいしか経っていないような気がするのだが。

コルテスは一歩下がり、気をつけの姿勢を取った。ポケットから小さなカードを取り出し、読み上げる。「艦長、お休みのところ申し訳ないのですが、哨戒長より伝言です。〈ヘレナK〉をソーナーで探知しました。推定距離は一〇〇〇〇ヤードです。発令所にお越しくださいとのことです」

ワードは両手で髪を梳し、眠けを振り払おうとした。

「哨戒長に、一分で行くと伝えてくれ」コルテスは踵を返し、窮屈な部屋を出ようとした。

「ああ、それから、深度一五〇フィートでバッフルクリアをせよ」と伝える。

ワードは発令所へ向かって歩いた。静かだが熱を帯びた話し声が聞こえてくる。追跡班がソーナー探知から得られた情報を分析しているのだ。21MCスピーカーから、レイ・メンドーサの声が聞こえてきた。

「発令所、ソーナー室です。コンタクトS42は針路三二〇へ変針し、一軸、四枚スクリューです。速力は一二ノットです」

発射管制コンピュータの前に陣取っているクリス・ダーガンが、頭上にぶら下がるマイクを摑んだ。

「ソーナー室、発令所だ。了解した。こちらの解析値も同じだ」コンピュータのデスクのダイヤルをひねり、〈ヘレナK〉の現在位置や速力に関するコンピュータの推定を再確認する。ダーガンは振り向いて言った。「哨戒長、追尾目標は針路変更しています。エクランド測距法（一九五〇年代に米海軍ジョン・エクランド大尉が考案した目標位置の解析法）の計算値では九七〇〇ヤードです。推奨、取舵変針、針路三一〇度」

潜望鏡スタンドの向こう側に立つスティーブ・フリードマンは、ソーナーリピーターに表示される航跡を目で追いながら、ダーガンの言葉を聞いていた。重なり合った点は、〈スペードフィッシュ〉の艦首に設置された巨大な球形パッシブ・ソーナーによって探知された音の履歴を示している。フリードマンは点の集積に秘められた謎を解き明かそうとしているのだ。

彼はうなずき、言った。「操舵員、取舵一杯。針路三一〇度に定針」

コンパスが反時計まわりに回転する。〈スペードフィッシュ〉が針路変更していることを知るすべは、ほかにない。潜水艦が新たな針路を取ると、ソーナーリピーターの点の集積がすぐに反応し、右へ傾く。〈スペードフィッシュ〉の航路が新たな針路で安定すると点の集積も直線状になり、さっきよりも右を向いた。

ワードは潜望鏡スタンドへ上がり、フリードマンのかたわらにかがんだ。

「何かわかったか、スティーブ？」

フリードマンは一瞬見上げ、答えながらもソーナースクリーンへ目を戻した。

「艦長、目下〈ヘレナK〉の追尾を続行中です。距離九五〇〇ヤード、針路三五二、速力一二ノットです。ほかにコンタクトはありません」

ワードは笑みを浮かべ、何秒かソーナースクリーンを見た。優秀な部下たちだ。長い時間をかけた訓練、いつ果てるともしれない演習は、やはりそれだけの成果を生んでいる。

「スティーブ、きみがよければ、浅深度へ上昇して船を見てみないか？」

〈スペードフィッシュ〉は海の深みから苦もなく上昇し、潜望鏡を露頂させた。ワードはモニター画面に目を注ぎ、フリードマンが潜望鏡をまわして覗くのと同じ映像を見ている。太陽は東の水平線から顔を出したばかりだ。〈ヘレナK〉は水平線上の小さな黒い点にすぎなかった。この距離から見ても、さしたることはわからない。貨物船のほうも、追尾されていることに気づくすべはなかった。

ワードはフリードマンの肩を叩いた。

「スティーブ、二十四倍に拡大してみろ」

画面が劇的に変わった。まるで貨物船のすぐそばにいるかのように、接近して見える。料理人が朝食の残り物を捨てたら、お粗末なメニューまで見えそうだ。画面はがたの来た貨物船の左側から船尾甲板を拡大している。キングポストの上端から主甲板の真下に至るまでが克明に見えた。それより下は、湾曲した水平線に隠れている。

ワードはしばし、画面に目を凝らした。不審なものは何も見当たらない。

「スティーブ、喫水線まで見たいんだ。もっと高いところから見てみよう。深さ五六」

〈スペードフィッシュ〉は黒いセイルがあと二フィートで水面に露出する浸洗状態ぎりぎりのところまで上昇した。潜望鏡は海面から一四フィートの高さに突き出している。貨物船の泡立つ航跡が視界に入ってきた。船尾に〈ヘレナK〉と記されている。

「艦長、不審な徴候は見当たりません」フリードマンがつぶやいた。「荷物を満載して北へ向かっている、ただの貨物船です」

ワードはひらめいた。

ベセアの話では、臨検にあたった兵士たちは何も発見できなかったらしい。〈ヘレナK〉は、バラストを積んだ貨物船にすぎなかったはずだ。バンクーバーへ小麦の積み出しへ向かう、空荷の船ではなかったのか。ひとつだけ、明白な事実がある。いま目の当たりにしている貨物船は、バラストを積んでいるだけではない。なんらかの荷物を満載しており、喫水線は水面下深くに沈んでいる。やはり、何かおかしい。臨検を受けたあと、この古い貨物船がどこかに入港して荷物を積み、ふたたび出港する時間はなかったはずだ。

貨物船は一二ノットで航行しており、〈スペードフィッシュ〉は三ノットで追尾している。〈ヘレナK〉は水平線の向こうへ消えていった。ワードはもう一度ベセアと話す必要に迫られた。前回の通話がいかに険悪な終わりかたをしたとしても。

「哨戒長、BRA‐34を上げ、秘話回線で発令所と繋いでくれ」

数分後、ワードはJDIA局長と通話していた。ベセアは開口一番、怒りを露わにした。

「艦長、この愚かな不届き者が！　作戦海域にとどまり、デ・サンチアゴのコカイン探しを手伝ってほしかったのに、きみは手前勝手な戦いへ突っ走っている。その追いかけっこのせいでこれまでの血と汗が台無しになったら、どう責任を取るんだ」

ワードは深く息を吸った。ベセアが怒るのはもっともだ。しかしいまは、なだめている時間はない。

「落ち着いてください、局長。行方不明のコカインは見つかったと思うのです」

受話器の向こうで間があり、ワードの耳には鋭く息を吸う音が聞こえた。

「では、どこにあるというんだね？」

「目下本艦は、〈ヘレナＫ〉を潜望鏡で観察しているところです。貨物船は喫水線を深く沈めて、北へ向かっています。局長のお言葉では、同船は空荷で、バンクーバーへ積み出しに向かっているということでしたね？」

「ああ、あの船は空荷で航行していた。荷物を積みこむ方法はなかったはずだ。臨検が終わってからずっと、われわれは偵察衛星で監視していたんだ」ワードの耳に、ベセアが書類のページをめくっている音が聞こえてきた。何かを探しているようだ。「あれから〈ヘレナK〉は一度も入港しておらず、いかなる船とも会合していない。一路、北へ向かっている。何か思い当たる説明はあるか？」

ワードはベセアを目の前にしているかのように、首を振った。

「わかりませんが、必ず突き止めて見せます。またお知らせします」

ベセアの怒りはやわらいでいなかった。

「ずいぶん声がよく聞こえるじゃないか。さっき〝回線不具合〟をでっち上げてから、きみの立場は危うくなっているんだぞ」

ワードは通話を終了し、フリードマンのほうを向いた。

「スティーブ、深さ三〇〇。あの船の前に出るぞ。いったん追い抜いて、近づいてくるところをよく観察する」

ワードは海図台のかたわらに腰かけた。〈スペードフィッシュ〉が急加速して貨物船を追い抜きにかかる。二六ノットに加速した潜水艦は、難なく追いつき、追い越した。スティーブ・フリードマンが潜望鏡深度に艦を上昇させる。

〈ヘレナK〉が視界に入ってきた。〈スペードフィッシュ〉が待っている地点へと直進してくる。貨物船は水を切り裂き、船首の白波が、錆の浮いた船体の両側へ飛沫をたてる。

ワードの推定では、貨物船は〈スペードフィッシュ〉から一〇〇〇ヤードの距離を通過するはずだ。これだけ近づけば、はっきりと見える。やはり貨物船は喫水深く進んでいた。左舷側にペンキで記された喫水標が読み取れる。海水は満載を示す喫水標より上だ。〈ヘレナK〉が通過していく。ワードは凝視した。やはり不審な点はどこにもない。船橋で人が動いている。操舵室に二人の船員の姿があった。コーヒーやバナナを積んで太平洋を北上する、やましいところのない貨物船となんら変わりはないように見える。

それにしても、筋が通らない。〈ヘレナK〉は積荷を満載しているのだ。その点は疑いの余地がない。ほんの二日前まで、空荷だったのに。

ワードはフリードマンのほうを向いた。

「この広い海で、どうやって大量の麻薬を隠せる？　しかも、ハイテクの偵察衛星がじっと監視していたんだぞ？」

ワードは額をぴしゃりと叩いた。いま一度、潜望鏡を覗く。もしかしたら、灯台下暗しということもあるのではないか。

「哨戒長、総員戦闘配置に就け。これからあの船の船底の下へ潜航するぞ」

25

「総員、戦闘配置に就きました」ダグ・ライマンが報告した。

通信員長がチェックリストの最後の項目を消去した。彼はバラスト制御パネルの前に陣取り、部下がせわしなく動きまわって、戦闘に備えて機器を準備するのを見届けた。先任伍長のレイ・ラスコウスキーは潜航長席に座っている。ラスコウスキーはうなずき、副長のほうを向いた。

「各科より、総員戦闘配置に就いたとの報告です」

ジョー・グラスはヘッドセットを装着し、要員がひしめく発令所内のざわめきのなかで耳を澄まして、相手の声を聞いた。副長はワードのほうを向いた。

「艦長、総員戦闘配置に就きました。ソーナーの報告によると、この一帯のコンタクトは〈ヘレナK〉一隻だけで、広帯域ディスプレイに鮮明に映っています。方位〇〇五、信号対雑音比はプラス五です」

接近しつづける貨物船の航跡は、〈スペードフィッシュ〉の音響探知機器にくっきり映し出されている。

ワードは発令所内を見わたした。麾下の乗組員は全員が配置に就き、あらゆる不測の事態に備えている。艦長はあえて間を置き、彼らが呼吸を落ち着けるのを待った。それから、潜望鏡スタンドの前に踏み出し、おもむろに口をひらいた。

「発令所の指示に注意せよ。本艦はこれより、作戦行動に入る。本艦が探知しているコンタクト、〈ヘレナK〉は、針路三五三、方位〇〇五、速力一二ノット、距離三五〇〇ヤードで航行している。わたしはこれより、同船の船尾に一〇〇〇ヤードまで接近し、もう一度潜望鏡深度に上昇して解析値を確認してから、第二潜望鏡を使って、水中から同船の船底を観察するつもりだ」

ワードは一同を見まわした。誰もが一語一句たりとも聞き逃すまじと耳を澄ましている。誰一人として、恐れている者はいなかった。これから〈スペードフィッシュ〉は、貨物船の船底をくぐり、数インチの至近距離まで近づこうとしている。当然、貨物船に衝突するリスクを冒すことになり、万一それが現実になった場合は、取り返しのつかない結果になる。一瞬の躊躇やささいな操艦ミスで、〈ヘレナK〉の鋼鉄の船首が〈スペードフィッシュ〉を切り裂くことになりかねないのだ。潜水艦の乗組員全員が、そうした衝突が起きた場合、最も打撃を受けるのは誰だろうと思っていた。確かに彼らは、そうした巧みな操艦訓練を、訓練装置や標的船を使用して積み重ねており、一糸乱れず連携することができる。しかし、何も知らない標的に対し、実際にこのような行動を取るのは初めてのことだ。

ワードは深呼吸し、語を継いだ。

「諸君、訓練どおりにやればよい。スクリューが見えるまで、相手より一ノット速い速力を維持するんだ。それからしだいに減速し、船底で貨物船の前進速度と速力を合わせる。速力変換は軸回転数で指示する。針路の変更は十分の一度ずつ行なうこと。貨物船が方向転換したら、一度離れて再接近する。本艦に何か問題が生じても、同様だ。すぐに船底から離れる」

クッキー・ドットソンがワードに、無言でコーヒーを手渡した。ワードはうなずいて感謝し、マグカップを受け取って、続けた。

「わたしが緊急待避を命じたら、ライマン上等兵曹はすぐに深度制御タンクに注水し、本艦を急速潜航させること。先任伍長、前後水平を維持し、前進原速を守れ。そして深度一五〇フィートまで潜航せよ。操舵員は針路〇九〇度まで五度ずつで変針し、目標の船底から本艦を離脱させろ。全員、理解したか？　質問は？」

ワードはコーヒーに口をつけながら、乗員に指示が浸透するのを待った。質問はなかった。彼はジョー・グラスに向かって言った。

「副長、武器制御班の配置をいったん解け。武器が必要な事態が発生する見こみはない。応急班の配置も解く。彼らが必要な事態にもしてはならない」

グラスはヘッドセットに向かって指示し、それからワードのかたわらに踏み出した。

「艦長、コンタクトにより接近しやすい解析値があります。お望みなら、現在の地点からまっすぐ近づけますよ」

ワードは首を振った。

「いや、副長。ここは訓練どおりの方法で、わたしがいま話したとおりに行なおう。そのほうが、乗組員は混乱しない」ビーズリーに向きなおり、艦長は言った。「哨戒長、潜望鏡下げ。深さ九〇。一五ノットで旋回する」

〈スペードフィッシュ〉は速力を増し、貨物船にそろりと近づいた。相手より三ノット速く進めば、ワードの計算では〈ヘレナK〉から一〇〇〇ヤードの距離に近づくまで二十分かかる。確かに、それより早く近づくことはできる。ずっと早く。だが、乗組員の全員に指示を浸透させ、あえて時間を置くことで、昂揚する神経を落ち着かせたほうがよい。

〈ヘレナK〉が急に速度を上げる徴候はなかった。

ワードは自席に深く腰かけ、部下たちがそれぞれの仕事にいそしむのを見守った。いまの気分はさながら、リトルリーグでダブルプレーを決めた息子たちを見守る誇らしい父親や、フィールドの選手たちがプランどおりに完璧に試合を進めるのを見届けるフットボールチームの監督のようだ。

何も知らない獲物に近づくにつれ、ソーナーが受信する信号対雑音比が増し、雑音が少なくなっていく。ワードがコーヒーを飲み干した。ソーナーリピーターに映る航跡が密になってきた。艦長は潜望鏡スタンドを降り、先任伍長の肩越しに、操艦系統の計器を覗いた。潜航長を務める先任伍長、潜舵手のコルテス上等水兵、横舵手のマクノートン上等水兵の三人が、これから海中で繰り広げるバレエの鍵を握ることになる。彼らは呼吸をぴったり合わせ、一体となって動かなければならない。指示の誤りや、ささいな躊躇が許される余地はない。誰一人として、ミスステップしたときの結果については考えたくもなかった。

「準備はいいか?」ワードは静かに訊いた。「用心を怠るな。訓練どおりだ。ゆっくり、落ち着いて」

コルテスが力強く笑みを浮かべた。

「朝めし前ですよ、艦長」

「ええ、朝めし前です」マクノートンも合いの手を入れ、それから急に思いついたように言った。「艦長、めしと言えば、これがうまくいったら、晩めしはピザにしてもいいですか？」

「おまえの仕事ぶりからすれば、ずいぶん厚かましいと思わないか？」ラスコウスキーが若い水兵をからかう。

ワードは声をあげて笑った。

「では、こうしよう、マクノートン。うまくやり遂げたら、クッキー・ドットソンにきみの好きなものを作らせよう。取引成立かな？」

マクノートンが返事をする前に、ビーズリーがワードの肩を叩いた。

「艦長、時間です。予定地点に到達しました」

ワードはうなずいた。

「よし、では三ノットに減速し、深度六二フィートに上昇せよ。あのボロ船の腹をとくと拝ませてもらおう」

〈スペードフィッシュ〉は減速し、潜望鏡深度に達した。潜望鏡が露頂すると、ワードは期待どおりの眺めを見た。潜望鏡は貨物船の真後ろから、船尾の高い位置まで見上げている。やはり貨物船は船体を深く沈めていた。スクリューは完全に水面下にあるが、猛然と水をかきまわし、前に進もうとあがいているようだ。

〈スペードフィッシュ〉の潜望鏡は、貨物船の白く泡立つ航跡のまっただなかだ。いよいよ、作戦行動にかかるときだ。

ワードは潜望鏡の接眼部をじっと見た。そのまま、艦長は静かに言った。「深さ九五。一三ノットで旋回」

〈スペードフィッシュ〉が潜航するにつれ、潜望鏡が波に洗われる。明るい青空が熱帯の太平洋の紺色に変わった。

「深さ九五」ラスコウスキーが告げた。「一三ノットで旋回します」

海水が渦を巻き、潜望鏡がワードの手のなかで震動する。通常であれば、潜望鏡は微速で使うものだ。潜水艦が一五ノット以上で航行しているときには展開できない。それほどの速力では、打ちつける波の力で潜望鏡マストがたわんでしまう危険性が大きいのだ。一三ノットでも潜望鏡はがたがた揺れ、接眼部がワードの額にぶち当たるが、彼は決して目を離さなかった。なんとしても見なければならないものがあるのだ。

艦長は潜望鏡をまわし、後部へ向けた。右のハンドルを時計まわりに回転させ、下へ向ける。この海中で視界がどれほど利くのか感触を確かめたかったのだ。濁りがひどくて視界が悪ければ、船底の下を通り抜けても意味がない。試しに〈スペードフィッシュ〉の後方を見れば、どの程度の距離まで見えるかわかるだろう。

ビーズリーがモニター画面で、ワードと同じものを見ていた。

「艦長、後部脱出筒と、縦舵の前端が見えます」

ワードはうなずいた。

「わたしにも見える。視界はおよそ二〇〇フィートだな。われわれの目的には充分すぎるほどだ」

作戦開始だ。

ジョー・グラスがコンピュータコンソールのクリス・ダーガンと、海図台に向かうディブ・クーンのあいだに立っている。

「艦長、本艦は近接解析針路に移行しました。距離を九二五ヤードに固定してください。目下、一分間に一〇〇ヤードずつ接近中です。まもなく航跡の泡が見えてくるはずです」

高速回転する貨物船のスクリューにより、水中には無数の気泡の渦が発生する。泡は船尾を漂い、ゆっくりと水面に浮上するのだ。潜望鏡でこの気泡が見えれば、いよいよ貨物船に接近しているということになる。それもスクリュー本体が見分けられそうなほど近距離に。

「いや、このまま接近しよう、副長。船底を確かめるには、五〇〇ヤード以下まで接近しなければならない。メンドーサ上等兵曹から、近接効果の報告はあるか？」

近接効果とは、標的に至近距離まで接近した場合に、ソーナーに起こる現象のことである。ソーナーに映る貨物船が、実際には単一の音源なのに、いくつもの音源のように見えてしまうことがあるのだ。その結果、いくつもの方位に複数の低い雑音を生じる標的があるものとみなされてしまう。潜水艦乗りがこうした現象を解明する以前は、惑わされて標的と衝突してしまったり、接近を断念したりした艦長が何人もいた。近接効果は、標的に五〇〇ヤードよりも接近したときに起こりはじめる。

「ソーナーの報告では、近接効果が起きはじめています」グラスが応じた。「コンタクトの仰俯角（D/E）は上がっています、いまはプラス六度です」

仰俯角とは、ソーナー音の発生源が水平より上か下かということだ。たいがい、この数値はマイナスであることが多い。だが接近するにつれ、標的の位置は潜水艦より上になり、D/Eはプラスになるのだ。これはよい徴候であり、〈スペードフィッシュ〉が〈ヘレナK〉の竜骨より深い位置にいることを意味する。その位置に居つづけることが、決定的に重要なのだ。

「了解した。航跡の泡が見えている」ワードが大きな声で言った。潜望鏡の前を無数の小さな白い点が舞う。「スクリュー本体はまったく見えない」

ジョー・グラスが報告した。「近接解析、引きつづき追尾中。距離六五〇ヤード。速力一・七ノットと推定されます。わずかに左に寄っています。推奨、取舵十分の一度」

ワードは目を潜望鏡から離さないまま、命令した。「操舵員、取舵十分の一度。副長、横流れに注意しろ。縦舵を切りすぎて、右往左往したくないからな」

グラスは頭を振った。ワードはときおり心配性になる。

「その点は織りこみずみです、艦長。本艦は徐々に、標的の針路に戻る見こみです」

「コンタクトが方向転換を始めた可能性があります。針路が逸れはじめました」ダーガンが声を張った。

グラスははじかれたように、コンピュータ画面に向かった。〈ヘレナK〉が針路変更を始めたとすれば、最悪のタイミングとしか言いようがない。これまでの努力は水泡に帰すことになる。貨物船がふたたび直進するのを待ち、最初から接近をやりなおさなければならない。せめてもの救いは、錨を投げ落とされる心配がないことだ。グラスがまだ若年士官だったころ、実際にそんな事態に見舞われたことがある。ここからはるかに北の海で、いまとまったく同じような操艦を行ない、旧ソ連の艦艇を観察しようとしていたところ、敵艦から錨をお見舞いされたのだ。いかつい錨がグラスの艦から数インチのところをかすめ、激突を免れたのは、ひとえに幸運の賜だった。

「副長、方位がそこらじゅうに分散しています！」クーンが叫んだ。「まるで航路図が機関銃に撃たれたようです。実際には、コンタクトは方向転換していません。ソーナーが失探しているのです」

グラスは紙の航路図に目を向けた。クーンの言うとおりだ。さっきまでは容易に認識できた標的に接近するや、近接効果が起きたのである。いかに訓練を積んできても、標的がいくつにも分かれれば、ソーナー要員は混乱をきたしてしまう。

「ソーナー員長、そちらの追尾機器は標的を見失っている」

「ソーナー室、了解です」メンドーサの声がスピーカー越しに響く。「最善を尽くしているところですが、目標に接近しすぎです」

ビーズリーは一心にモニター画面を見据えている。口をひらいたとき、その声がかすかに昂ぶった。

「艦長、そこで潜望鏡を止めてください。何か見えたような気がします」

ワードは予定針路に沿い、潜望鏡をゆっくりと前後に動かして、航跡の泡の向こうに〈ヘレナK〉の船体が見えないかどうか探した。それからゆっくりと潜望鏡を、ビーズリーが何か見えたと指摘した位置に戻した。

「ああ、わたしにも見えるぞ。たぶんスクリューの先端だろう。気泡の向こうにわずかに見えるだけだが。さっきより接近している。一フィート深く潜航せよ」

「一フィート深く潜航します」ラスコウスキーが復唱した。「深度九一フィート」ワードは潜望鏡の右ハンドルを回転させ、わずかに上向きにして、スクリューの先端を視野に収めた。

「速力一回転数、落とせ」貨物船の下に、ゆっくり接近したいのだ。急いで船底の下に潜ってから減速するよりは、時間をかけて近づいたほうがよい。もうもうたる気泡の向こうに、貨物船の船体がぼんやりと見えはじめた。いよいよ近づいている。「潜航、あと六インチ深く」

「六インチ潜航します。深度九一・五フィート」

いまやインチ単位の操艦が要求されている。

ワードはもう一度、潜望鏡の角度をかすかに上げた。それから、もう一度。潜望鏡の上端からわずか一フィートのところに、猛然と回転する銅合金の巨大なスクリューが見える。しゃっくりでもして操艦を誤れば、甚大な被害が出るかもしれない。

潜水艦は貨物船の真下に潜っている。乗組員の誰もが息を詰めた。

「速力、さらに一回転数落とせ」ワードが命じる。その声はいかにも落ち着いているが、内心はそれどころではない。

〈スペードフィッシュ〉は貨物船より速い速度で、竜骨の真下に入っていった。ワードの視界に、船の両側から差しこむ明るい陽光の筋が見える。船の下部にも、取り立てて変わったところはなさそうだ。不審な徴候は見当たらなかった。

ワードは艦をゆっくり前進させながら、貨物船をじっと見た。見るべきものはさして多くはない。造船所で修繕したばかりと見え、いたってきれいな船底だ。フジツボのような海生生物も付着していない。結局のところ、なんの変哲もない貨物船だったということなのか。これだけ危険な操艦をしておきながら、収穫なしとは。わたしは艦と乗員を危険にさらしたあげく、なんの成果も得られないのだろうか。

「操舵員、取舵十分の一度」ワードは命じた。

コルテスが復唱する。「取舵十分の一度、了解しました」

視点が貨物船の左舷方向に変わり、ワードは食い入るように潜望鏡から見つめた。艦は貨物船の真下から流されかけている。

「面舵、十分の一度」ワードは下令した。〈スペードフィッシュ〉は貨物船と平行に戻ったが、まだ左舷側だ。潜水艦はそのまま進み、今度は船首の下に出た。「速力、一回転数落とせ」

潜水艦は心持ち速度を緩め、前進速度を〈ヘレナK〉と合わせた。

彼らは血眼(ちまなこ)になって、〈ヘレナK〉が入港もせず、積み替えをした形跡もないのに大量のコカインを積載したはずの手がかりを探し求めた。しかし、船体の下におかしなところはない。

「あっ、艦長！　いま通ったところに、何か見えたような気がします」アール・ビーズリーが声を張り上げた。

「何が見えたんだ？」

「竜骨に平行して、かすかですが、黒っぽい線のようなものが見えました。溶接が甘かったのかもしれませんし、塗料の線かもしれません。確かなことはわからないのですが、どこか不自然でした」

「よし、航海長、戻ってもう一回見てみよう。操舵員、速力一回転数落とせ」貨物船が前に出る。ワードは目を皿のようにし、航海長が指摘した線を探した。あった。ようやく見つけた。塗料ではなく、溶接が甘かったのでもない。なんらかの構造物があるように思える。それがなんなのかは、はっきりしないが。もっと近づいてみないと、それを見きわめることはできない。「潜航長、六インチ上昇」

「六インチ上昇、了解しました。深度九一フィート」ラスコウスキーは答えたが、固唾を呑むのを艦長に気づかれないよう努めた。

ワードには、それでもよく見えない。

「あと六インチ上昇」艦長は命じた。〈スペードフィッシュ〉がさらに貨物船に接近する。危険なほどの至近距離だ。貨物船の鋼鉄の船体と潜望鏡の上端のあいだには、もはや一フィートもない。「航海長、あそこを見ろ。扉が完全に閉まっていないんだ。何か問題があったにちがいない。もし完全に閉まっていたら、われわれには決してわからなかっただろう。きみが見つけたのは下側にひらく扉の線で、それが溶接の継ぎ目のように見えるんだ」

まだ貨物船より遅い速度で進みながら、〈スペードフィッシュ〉はゆっくりと後ろへ下がった。扉の継ぎ目は、船尾方向へ三分の二以上下がったところまで続いていた。

ワードは信じかねるという表情で、頭を振った。

「こいつはずいぶんでかい扉だ。全長一〇〇フィート以上はあるだろう。貨物船と同じ速度で、右舷方向へ移動してみよう。同じようなものがあるのかどうか、確かめるんだ。操舵員、速力一回転数上げ」命令を受け、潜水艦は速力を上げて、〈ヘレナK〉に追いついた。「操舵員、面舵十分の一度」

ワードと乗組員たちは、ゆっくりと慎重な操艦で、貨物船の右舷側に出た。潜水艦を船からわずか一フィートの距離まで近づけ、貨物船とともに前進を続けながら、ワードは船底を凝視した。観察に没頭し、一歩まちがえれば大惨事になりかねないことさえも彼の念頭にはなかった。

「あったぞ!」ワードは思わず叫んだ。「探すべきものがわかっていなかったら、見逃していたにちがいない。それにしても、よく改造したものだ。船底全体が、イワシの缶詰みたいに開けられる仕組みになっているんだろう」

そろそろ、離れる潮時だ。もう見るべきものは見た。

「潜航長、深度九五フィートまで微速で潜航せよ」ワードは静かな口調で命じた。「操舵員、軸回転数、五回転落とせ。面舵五度」潜水艦が速力を落とし、貨物船の船底から後ろへ離れていく。「潜望鏡、下げ」

ワードはハンドルを叩き、頭上に手を伸ばして昇降用ハンドリングを回転させ、潜望鏡を格納した。艦長はくたくたに疲れていた。貨物船の船底の下で操艦していたときには、押しつぶされそうな緊張感を意識する余裕もなかったのだ。いまは安全な距離まで遠ざかった。艦内に満ちていた緊迫感がほぐれていく。しかしいまごろになって、ワードは肩にレンガの山のような重みがのしかかるのを感じた。

「みんな、よくやってくれた。船底の下での操艦は、いままで見てきたなかで最高だ。きみたちは優秀だ。今晩、マクノートンはピザにありつけるぞ!」

「クッキーの調理室にアンチョビの缶詰があるといいんですが。俺、アンチョビが食べたくてたまらないんです！」有頂天な水兵の声に、塩辛い小魚を嫌う数名の乗組員から不満のうなりがあがった。

グラスがワードとビーズリーのかたわらに近づき、二人の背中を叩いた。副長はタオルで額の汗を拭った。クッキー・ドットソンが、たくさんのマグカップとコーヒーポットを持って現われた。

「艦長、どうぞ。ちょうど飲みたくなるころかと思いまして」

「ありがとう、クッキー」

ワードは差し出されたマグを受け取り、ぐいと飲んだ。グラスが自分のカップの縁から、艦長を見た。

「艦長がおっしゃったとおりでした。まさしく、虎穴に入って虎児を得ましたね。次はどうしますか？」

ワードはソーナーリピーターに寄りかかり、もう一度コーヒーを飲んでから、口をひらいた。

「うーん、背中が痛い。年甲斐もなく、無茶をしてしまったようだ」背中の下をさすりながら、副長の問いに答える。「わたしの考えでは、本艦はあの錆びついた船に先まわりすることになるだろう。それから潜望鏡深度に上昇し、見つけた扉のことをベセアに報告する。そして、やっこさんがわれわれを追い越すのを待ち、追尾して行き先を見届けるつもりだ」

グラスがカップのコーヒーを飲んだ。

「JDIAがその報告を受け入れるでしょうか？　艦長が通話を打ち切ってから、ベセアはかんかんです」

ワードはみぞおちを揉みほぐしながら、腰掛けにどんと座った。

「ベセアにはあまり選択肢はないはずだ。われわれはここまで来ており、追跡の準備は万端だ。これだけ遠くに来てしまえば、哨戒艇を差し向けて妨害するわけにもいくまい。近海にはほかに誰もいない。われわれの艦を使う以外に、貨物船を追跡する容易な方法はなく、われわれはなんとしても、大量のコカインを見失わないようにするんだ。落ち着いて考えれば、ベセアはわれわれの見解に同意してくれるだろう。さもなければ、是が非でもわれわれの見解に同意してもらうしかない」ワードはビーズリーに向きなおった。「航海長、あの貨物船の一〇マイル先に進み、同船の進路から一マイル離れた位置につけろ。ソーナーでコンタクトを失わないように。あの船は音が大きい。こちらが二〇ノット以上出していても、簡単に探知できるだろう。予定の地点に到達したら、潜望鏡深度への上昇に備えてバッフルクリアせよ。それから司令部との通信を実施する」

ビーズリーはうなずいた。

「イエッサー」

「さて、わたしもピザが食べたくなってきたぞ……アンチョビにはこだわらんが」ワードはにやりとした。

セルジュ・ノブスタッドは、この日で三本目のキューバ製葉巻を誇らしげに吹かし、火が吸い口まで赤々と燃えて、煙が顔にかかるまで吸いつづけた。フィリップ・ザーコが鼻を鳴らす。上質のタバコのうまさも知らない野蛮人が。この男は、デ・サンチアゴにも彼の革命にも、彼が愛してやまない人民にもまるで共感していないのだ。ノブスタッドは金のためだけに働いている。それ以上でも、それ以下でもない。ザーコにとって、人民解放への情熱を分かち合えない人間はみな、行為と引き替えに得られる金銭しか頭にない売春婦や男娼と変わらないのだ。

「ところで、セニョール・ザーコ」スウェーデン人船長は言った。「どうやらきみたちの指導者は、われわれの首をちょん切ろうとはしていないようだな。名高い暗殺部隊は、太平洋を泳いでこないじゃないか。扉がちょっと閉まらないので、予定よりわれわれのスピードは遅いんだがね」

「そのことはまだ話していない」ザーコは小声で言った。

「なんだって?」

「その問題についてはまだ話していないんだ」

「それはつまり、革命運動の最高幹部であるきみが、この程度の悪い知らせを指導者の耳に入れるのも怖がっているということか? われわれは本国から八〇〇マイルも離れた太平洋上にいるというのに? いやはや!」

「怖いのは、エル・ヘフェがさらに悪い知らせを受けているからだ。アメリカ軍が新工場を破壊したらしい。やつらはなんらかの手段で大爆発を起こし、コカインの製造をストップさせた。ということは、われわれの積荷はますます貴重になっているんだ。われわれに失敗は許されない。わかったか?」

ノブスタッドは無表情のまま、船橋の向こう側へ歩き、広漠とした太平洋を眺めた。

「心配無用だ、わが友よ。小型潜水艇の収容は、見事に成功したじゃないか。これだけ天候がよければ、スケジュールは守れるだろう。潜水艇が積荷を届けに出発したら、扉の修理もできる」彼は葉巻の吸いさしをくわえ、片腕を伸ばして、水平線まで何ひとつ妨げるもののない大洋を大仰なしぐさで示した。「この海はすべて、俺たちのものだ。失敗はしないよ、革命家の友よ。俺たちが失敗するはずはない」

フアン・デ・サンチアゴは携帯電話を力一杯投げつけた。電話は大理石のマントルピースに当たり、プラスチックや電子部品が砕け散って、値段がつけられないほどのペルシャ絨毯に降り注いだ。

アメリカ人(アメリカーノス)どもが彼の新工場を破壊したという。工場にあったコカインは、すべて燃えてしまった。そもそも連中がどうやってあの工場を見つけたのか、想像もできない。ましてや、それを完全に破壊したというのは、およそありえないことだった。考えられるかぎりの対策を打ってきたのに。

コカの栽培地に続き、秘密工場までも失われてしまった。

〈エル・ファルコーネ〉の仕業にちがいない。

デ・サンチアゴは手近にあったカットクリスタルのゴブレットを掴み、携帯電話に続いて投げつけた。アメリカーノがこんなことをできた理由は、それ以外に考えられない。襲撃の模様を視察したときに、遠くから見えた勇敢な兵士が、今回の攻撃にかかわっているのではないか。あの男が、部下を連れて工場を探し当てたのだ。そしてロケットの雨を降らせたにちがいない。

この攻撃によってわが国の人民が失った金額は、二億ドルを下らないだろう。数年間、革命運動を賄えるほどの額だ。彼自身のみならず、愛人や子どもたちに、革命指導者にふさわしい安全で快適な暮らしを確保できるほどの。

ファン・デ・サンチアゴは怒りのさなかにもかかわらず、より広い視点から考えてみた。潜水艇に載せて送り出した第一回の積荷は、いまは〈ヘレナK〉の船倉にある。このコカインがアメリカに到着したら、敵どもはわたしを出し抜くことなどできないと知るだろう。やつらに手痛い教訓を与えてやるのだ。工場を破壊され、栽培地からの輸送路を寸断されてもなお、わたしの商品は飽くことを知らないアメリカ人顧客のもとへ届けられる。わたしの調合したコカインを、顧客はますます貪欲にほしがるだろう。これほどの打撃を受けてもなお、エル・ヘフェはびくともしない。連中にそのことを思い知らせてやる。反撃の手が迫っていることを、アメリカ人どもが察知するすべはない。

隋海俊が船積みした、添加物入りのヘロインが、とどめの一撃になるだろう。

わたしはまだ大洋を味方につけている。そして大洋は、大陸を征服する鍵なのだ。遠からず、その日も現実になるだろう。

デ・サンチアゴは薄笑いさえ浮かべながら、寝室に向かい、ベッドサイドの電話を摑んだ。打ちつづく凶報のせいで、この家でまだ使える電話はこれだけなのだ。二度目の呼び出し音で、経理責任者のドン・ホルブルックが応答した。デ・サンチアゴは世間話に時間を浪費せず、いきなり本題を切り出した。

「セニョール・ホルブルック、われわれはまたしても打撃をこうむった。アメリカーノどもに新工場を破壊されたのだ。すぐに再建したいので費用がいる。それも、よりいっそう厳重にしなければならん。それには金がかかる。ラミレスに連絡を取り、商品を配送する前金として、代金の五割を要求しろ」

ホルブルックはにやけながら、片手を愛人の乳房に押し当てていた。だったら、六割を要求してやるまでだ。彼は親指で乳首をいじり、それが反応して硬くなっていくのを感じた。売り上げの一割は三千万ドル以上に相当し、それだけあれば彼の銀行口座の残高は合計一億ドルを超える。女がかすかな嬌声をあげ、手をシーツの下に這わせて彼を愛撫しようとした。そろそろ、デ・サンチアゴのもとからずらかる頃合いだろう。この悪臭漂うジャングルを抜け出し、はるかに文明化された土地に高飛びするのだ。

デ・サンチアゴの話は終わっていなかった。

「それからセニョール・ホルブルック、きみは盗んだ一千万ドルを返すんだ。セニョール・隋や、わたしや、自由のために雄々しく戦っているこの国の人民から盗んだ金を。きみの飽くことを知らぬ強欲ぶりは、もう目に余る。これ以上わたしからかすめ取ろうとしたら、ピラニアの餌にしてやるからな」

ホルブルックは女の手を邪険に振り払い、ベッドに起きなおって、送話口に向かって必死な口調で否認しはじめた。だがそのときには、もう通話が切れていた。

デ・サンチアゴは別の番号にかけた。行動を起こすことで頭が一杯になり、電話が秘話回線かどうか気にかけている余裕はなかった。

ホルへ・オルティエスは、研究所を隠している掘っ立て小屋から出て、小便をしに近くのジャングルへ向かっているところだった。何かと口実を作っては、外国人研究者の体臭がこもる狭苦しい研究所から抜け出しているのだ。衛星電話が鳴ったので、彼は小便を途中で止めて電話に出た。電話の相手は一人しか考えられず、その男は小便が終わるまで待ってくれない。

「はい、セニョール・デ・サンチアゴ。オルティエスです。ご用はなんでしょう?」

「ホルへ、三日後にきみを訪ねる。そのときに、添加物の製法をすべてまとめ、コンピュータディスクに記録しておいてほしいのだ。それから、ヘロイン一〇〇キロに混ぜられるだけの添加物を用意して、運べるようにしておいてくれ。それもいっしょに持っていく」

デ・サンチアゴはリスクを分散しなければならないことを承知していた。添加物を調合している施設は、この研究所だけなのだ。それが可能なノウハウ、設備、人材はすべてここに集まっている。白人野郎(グリンゴ)どもが、秘中の秘だったコカの栽培地や警戒厳重な秘密工場の場所を突き止め、破壊できたのなら、この研究所も見つけ出し、デ・サンチアゴの大構想にさらなる痛撃をもたらすかもしれない。そうなったら、隋に対して説明がつかない事態になる。今後のヘロイン積み出しに加えられる添加物がもうないなどとは、とても言えたものではない。そんな選択肢は論外だ。添加物がないなら、隋はデ・サンチアゴの組織への協力を打ち切るだろう。たとえ研究所の場所が特定され、アメリカのミサイルが降り注いだとしても、隋との共同計画は履行できることを、デ・サンチアゴは証明しなければならないのだ。

デ・サンチアゴは、そんな指示を下した理由をオルティエスに説明しなかった。オルティエスと研究所に危険が迫っているなどとは、知らせないほうがいい。オルティエスと科学者たちに逃げられては困るのだ。そんなことを知ったら彼らは、夜行性の動物が下草を揺らしただけで怯える女たちのように、悲鳴をあげながらジャングルを逃げ惑うだろう。

オルティエスはポケットに手を入れ、メモ帳を出して、指導者の指示を書き留めた。

「仰せのとおりにいたします、エル・ヘフェ。必要な添加物はほんの一〇キロです。お見えになるまでにご用意します」

なぜ、急に計画が変更になったのか、オルティエスは疑問を禁じ得なかった。ともあれ、彼は小便を終え、ズボンのボタンを留めて、研究所に戻った。

マルガリータは足音を忍ばせ、寝室に戻った。ファン・デ・サンチアゴはどこかへ出ていった。どうせ取り巻きとごちそうを食べながらどんちゃん騒ぎし、最近の大打撃に反撃を加える作戦を思いついたとか言って、悦に入るのだろう。

彼女は後ろ手に扉を閉め、鍵をかけた。ベッドの下に手を入れ、小型レコーダーを取り出す。ファンはこのところずっと、ベッドサイドの電話を使っている。携帯電話をすべて壊し、壁掛け電話もことごとく、怒りにまかせて引きちぎったからだ。

彼の言葉はすべて、この機械に録音されている。

マルガリータは顔を鏡に映し、自らの目を見た。いっしょに寝ている男に対する憎悪が、その目に表われている。あの男の命を終わらせるのはいとも簡単だろう。あいつがわたしの上になり、殺した者たちのことを自慢しながらわたしのなかを突き、かきまわしているときに、ナイフで突き刺してしまえばいいのだ。しかし、まだそのときではない。いま殺しても、あの男は殉教者に祭り上げられ、組織はいっそう強固になるだけのことだ。

まずは、あいつが築いたものをすべて破壊するのが先決だ。それから、しかるべき時機が到来したところで、一瞬のうちにやつの支配を終わらせてやる。

さぞかし甘美な日になることだろう。

そろそろ、〈エル・ファルコーネ〉がJDIAにさらなる情報をもたらすときだ。ファン・デ・サンチアゴを破滅に導くために。

26

「何をしただと？」ジョン・ベセアはジョン・ワードの報告を聞き、耳を疑った。「貨物船の船底に潜って、写真を撮っただと？　そんな馬鹿なことをしたというのか？」

「いささかリスクはともないますが、決して馬鹿なことではありません」ワードは冷静に答えた。「われわれは日夜、そのために訓練を積んでいるのです。それに、もう一度臨検を行なって船倉を確認できない以上、わたしの考えを証明するには、ほかに方法はありませんでした」

ベセアは目の前のコンピュータ画面で、目を細くして写真を見ていた。ワードからほんの数分前に送られてきたばかりの写真には、何が写っているのかよくわからなかった。

「ジョン、わたしは専門家ではないので、教えてくれないか。この写真を見ても、どこかの船の船底ということしかわからん。いったい何を見ればいいんだ？」

ワードは六枚ほどの写真を手にして、〈スペードフィッシュ〉の潜望鏡スタンドに立った。いまさっきベセアに送信した写真だ。艦長はそこから一枚を引き出し、ソーナーリピーターの上に置いた。

餌は釣り針につけた。それをベセアに少しずつ食いつかせるのだ。

「わかりました。まずは〈左舷側〉と記載された写真をご覧ください。ありますか?」

ベセアはコンピュータで目的のファイルを探し出し、ひらいた。暗い海中に赤い船底が写り、船底には細長く黒い線が走っている。

「ああ、写真をひらいた。それで?」

「黒い線が見えますか? ズームしてみてください」

ベセアは写真を三倍に拡大した。黒い線が鮮明に見えてきた。彼はその線を凝視した。

「これは飛行機のフラップのように、垂れ下がる仕組みだろうか。下に蝶番(ちょうつがい)のようなものがありそうだ」

「いい読みです。おわかりになってきたようですね」ワードは答えた。いまこそ、もっと餌に食いつかせるのだ。「今度は、〈船尾中央〉と書かれた写真をひらいてください。次のファイルにあるはずです」

ベセアはそのファイルを開けた。やはり赤い船底だが、もっと遠くから撮影したものだ。竜骨がはっきり見える。

がひらいたが、蝶番は見えないぞ」

「蝶番は見えないでしょうが、船体を横切って、竜骨と直角に交わるように、かすかな線が見えないでしょうか？　船体が船尾に向かって細くなっていく、直前のあたりです」

ベセアは入念に観察した。高性能のコンピュータを駆使し、最大までズームする。そうするとようやく、ワードが言っているかすかな突起が見分けられた。

「なるほど、きみが言っているものが何かはわかった。あまりよくは見えないが」

「確かに。ですがいま申し上げた線が、船体全体でどのあたりにあるかを考えてみていただきたいのです。今度は、〈右舷側〉のファイルをひらいてください。同じような、かすかな線が見えるはずです。〈船首中央〉にも、やはり線が走っています。わたしの計算では、この線の大きさは幅三二フィート、全長一二〇フィートです。つまりこれは、水中で開閉する大きな扉なのです、局長」ワードには、ベセアが餌に食いついたのがわかった。あとは一気に釣り上げるのだ。「〈ヘレナK〉が積荷を載せるところが、偵察衛星でも確認できなかった理由は、潜水艇を使って積みこんだからです。もっと厳密に言えば、小型潜水艇でしょう。賭けてもいいですが、その潜水艇は、いま現在、貨物船の船倉に収まっているはずです。いまの段階で、連中がそれを使う理由はありません。目的地までは、まだまだ距離があるでしょう。しかし、目的地沿岸に近づいたら、小型潜水艇が使われるはずです」

ベセアは頭を振った。ワードが話していることは荒唐無稽に思える。しかし目の前に、動かぬ証拠があるのだ。まったくもって、つじつまが合う。局長は低く長い口笛を吹いた。

「なんてこった、ジョン。それが事実だとしたら、デ・サンチアゴはわれわれが考えていたよりさらに大きなスケールで計画を進めていたことになる。しかし、見事な着想だ。さぞかし金がかかっただろう！　それに、相当緻密な計画が必要だったはずだ。数年がかりだったにちがいない。いやはや！」

ワードはこの機を逃さなかった。

「わたしの考えを申し上げます。本艦は貨物船を追躡し、行き先を見きわめるべきだと思うのです。まさしく、〈スペードフィッシュ〉にうってつけの任務です。追跡の状況は、逐一報告します。あの船の船長がいかさまをしようとしたら、やつの手札を写真に撮って送りましょう」

ベセアは一瞬しかためらわなかった。

「よかろう、ジョン。きみはその任務に専念してくれ。貨物船を見張るんだ。ただし、何があっても、連中を驚かせないでくれよ。過剰摂取による死者が相次いでから、われわれはデ・サンチアゴの配送網が、合衆国側のどこにあるのか突き止めようとしてきた。もしかしたらこの船が、われわれの突破口になるかもしれん。きみが貨物船を目的地の沿岸まで追いかけてくれたら、あとはわれわれが一網打尽にしてやる。だが、相手の船長がきみの艦を見とがめたら、しっぽを巻いて逃げ出すにちがいない」

ワードは声をたてずに笑った。

「心配ご無用です。この艦は旧式ですが、いままで何度も、世界最高水準の対潜艦艇に忍び寄り、写真を撮って、気づかれずに引き返してきたんです。賭けてもいいですが、われわれが船長のポケットからスリをしても、相手は何ひとつ疑わないでしょう。あのボロ船に気づかれないように、慎重にあとをつけます」

「頼んだぞ。わたしは太平洋艦隊潜水艦部隊（SUBPAC）に連絡して、きみたちの追尾に重なる進路から、ほかの艦艇をよけてもらう。幸運と成功を祈る」

「ありがとうございます、局長。〈スペードフィッシュ〉通信終了します」

ファン・デ・サンチアゴは、ランドローバーがまだ停車しないうちに飛び降り、大股で未舗装の道を横切って、縁から谷を見下ろした。彼のかけがえのないコカイン精製工場は廃墟と化し、焼け焦げた建物の跡から、まだ煙が立ちのぼっている。燃える木々と、胸の悪くなるような焼死体のにおいが、湿気の多い密林の空気に立ちこめていた。デ・サンチアゴは手を伸ばし、黒い土をひと摑み握りしめて、指のあいだから落とした。土くれが弱い風に飛ばされていく。

「グスマン！」デ・サンチアゴは叫んだ。「こっちに来い。わたしの隣に立つんだ。やつらがやったことを見ろ！　あのアメリカの犬どもがやったことを！」男の目に、心底からの涙が光っている。このところ、いやな思いばかりだ。つい先日、輸送路が寸断されたばかりだというのに、今度は密林の丘の上にたたずみ、アメリカの悪魔（ディアブロス・アメリカーノス）どもがもたらした破壊の跡を目の当たりにしている。「やつらは何もかも壊してしまった。この工場は、設計と建造に二年かかったんだぞ。木材や設備をこの土地へ運んだのは、わが人民の疲れを知らぬ背中だった。この工場こそは、人民を解放するもうひとつの武器になるはずだったんだ。それがいまは、このとおりだ。ものの数秒で、忌まわしい帝国主義者どもに破壊されてしまった」

グスマンは賢明にも、エル・ヘフェが立っている場所から二歩下がっていた。この指導者の名高い癇癪（かんしゃく）はすでに沸点に達しており、次にどこへ向かうかは予測できなかった。

「本当に悲しいことです」グスマンは心から言い、頭を振った。「わが人民は、言語に尽くせない苦しみを味わってきました」

デ・サンチアゴは怒りにまかせて自らの太腿を叩き、手の土がズボンにべっとりついた。

明るいカーキ色の、くっきり折り目がついた特別あつらえの乗馬ズボンに。

「わたしは恨みがましい人間ではない、グスマン。きみにはそれがわかるだろう。だが、わが人民に成り代わって、この狼藉に対する代償は必ず支払わせてやる。報復の痛みを味わわせるときが来たのだ。やつらを苦しませてやる、わが友(ミ・アミーゴ)よ。やつらの心臓を突き刺してやるのだ」

エル・ヘフェは眼下の谷をじっと見た。その目は怒りで細くなっている。この破壊の跡を、心に刻みつけているかのようだ。怒りの力の根源となる光景を。憎悪の炎を燃え立たせる光景を。やがて、彼は谷に背を向けた。

「この目で見るためにここへ来てよかった、ミ・アミーゴ」その言葉は、ブリキの屋根に打ちつける雹(ひょう)のように響いた。「神がわたしにこの光景を見せたのは、目的があるからだ。こんな卑怯なやりかたでわが人民を攻撃し、殺した者どもに、わたしは反撃しなければならない。それを示すためだったのだ。さあ来い、グスマン。やるべきことはいくらでもある」

むっとするような暑熱のさなかで、グスマンは震えを抑えられなかった。

ビル・ビーマンは西日が降り注ぐ空港へ踏み出した。暖かく乾いた、南カリフォルニアの空気。やっぱり、わが町はいいものだ。彼は深呼吸し、両腕を広げた。タクシーを拾い、インペリアルビーチのアパートメントへ戻ろう。シャワーを浴び、着替えたら、うまいメキシコ料理と二、三杯の強いマルガリータを求めて出かけるのだ。朝になれば、生まれ変わったような気持ちになるだろう。

「やあ、ビル！　こっちだ！」

ビーマンは声のするほうへ振り向いた。黒いフォード・エクスペディションの運転席から、ジョン・ベセアが手を振っている。

「これはどうも、局長。帰国祝いのパーティのお誘いですか」

ビーマンは手を振って応えながら、大型のＳＵＶへ近づいた。

「きみの隊員たちはどこだ？」ベセアは訊きながら、ＳＥＡＬ指揮官が差し出した手を握りしめた。

「局長、お会いできてうれしいです。まさか今晩から任務報告を聴取するつもりじゃないでしょうね。カルニタス・ブリトーとテキーラのボトルが俺を待っているんですが」

「まさか、今晩は仕事はなしだ」ベセアは声をあげて笑った。「ここへ来たのは、きみたちを歓迎し、よかったら、ラホヤで感謝の夕食をごちそうさせてほしいからだ。ラホヤ・ショアーズの海岸にある〈マリン・ルーム〉を予約している」

ビーマンは驚きの声をあげた。

「ＪＤＩＡはよほど予算が潤沢なのか、局長が寛大なお方なのか、どちらかでしょうね。あそこは安くないですよ。それにうちのやつらはみんな、喉がからからです」

「あとで、けちな役人からいろいろ言われるかな」ベセアはくすくす笑った。「きみの部下たちはどうするだろうね？　時間外の接待をさせてくれるかな？」

ジョンストン上等兵曹が六名の生き残ったＳＥＡＬ隊員をひきつれて、ターミナルの出口から現われた。一行はビーマンの立っている場所へ近づいてきた。

「手荷物は回収しました、部隊長」ジョンストンはベセアに会釈してから、報告した。「準備完了です。ダンコフスキーが最後のひと勝負に負けたので、最初の一杯をおごってもらいます」

「上等兵曹、もっといい話があるぞ」ビーマンはにやりとして言った。「ＪＤＩＡが張りこんで、俺たちを〈マリン・ルーム〉に招待してくれるそうだ。無料で飲み放題に行きたいやつは？」

「ぜひ俺も入れてください！」ダンコフスキーが最初に声をあげた。「みんなにおごったら、破産します」

ベセアは隊員たちの絆の強さを感じずにはいられなかった。誰もが、ぴったり息が合っている。同時に、この場にいない隊員たちのことも強く意識させられた。

ここにいる兵士たちは、ベセアが送り出した部隊の生き残りなのだ。彼を司令官とするチームで、戦闘が起こり、何人もの隊員が死んでいった。作戦そのものは成功裏に終わったとはいえ、喪失感と罪の意識がベセアの双肩から払拭されることはないだろう。いかなる経緯であろうと、SEAL隊員を死地に追いやったという思いはつきまとった。

そうした感情に、ベセアが慣れることはなさそうだ。彼と同じ立場の人間は、果たして平然としていられるのだろうか。若者たちがエクスペディションに乗りこんでくると、彼はそうした思いを念頭から振り払った。隊員たちは屈託なく、誰が〈マリン・ルーム〉で最初に酔いつぶれるかをめぐって賭けをしている。SUVがターミナルを離れ、幹線道路に入っても、車内は騒がしくなる一方だった。

フィリップ・ザーコは〈ヘレナK〉の操舵室の後部に立っていた。漆黒の闇夜で、星は厚く垂れこめた雲に隠れている。暗灰色の海は沸き立ち、波飛沫は塩辛い霧となって風に舞う。古い大型の平底船は、南西から近づく嵐に翻弄されていた。〈ヘレナK〉の船尾甲板には、大波が打ちつけている。船が大きく揺れ、乗員はひたすら耐えるしかない。貨物船は船体を軋ませ、かろうじて持ちこたえている。

ザーコは隅に摑まり、上下動する床で安定を保とうとした。夕食であんなにスズキを食べるのではなかった。いったいなんだって、わざわざ好き好んでこんな荒れた海に出たがる人間がいるのか、彼には理解できなかった。あらゆるものが動き、このうえなく気分が悪い。何かに摑まって果てしなく荒れ狂う海面を見つめ、食べたものを吐き出さないようにこらえているしかない。

デ・サンチアゴから電話があったのは、夜遅くだった。エル・ヘフェはこの時間に通話するので、誰にも話を聞かれないようにしろと厳命してきたのだ。ノブスタッドはこんな嵐の夜に自分の船橋を追い出されると聞いて露骨にいやな顔をしたが、それでも〈ヘレナK〉を自動操縦モードにして、むっつりした表情で船長室へ向かった。

スピーカーが鳴り、ザーコはぎくりとして飛び上がった。

「フィリップ、ファン・デ・サンチアゴだ」

「はい、エル・ヘフェ、ここにいます」

「フィリップ、命じたとおりにしたか?」

「はい、エル・ヘフェ」ザーコはマウスピースに向かって言った。「この部屋にいるのはわたし一人だけです。ほかの無線はすべて封止しています。この通話を聞くのはわたしだけです。わたしの声を立ち聞きされる心配もありません」

ザーコは操舵室の暗がりを見まわし、周囲を確認した。やはり、ほかには誰もいない。まちがいない。

「よし」デ・サンチアゴは言った。「これからする話は、きみだけにしか言わない。誰にも知られてはならない。ノブスタッドにも、ラミレスにも、あの飲んだくれのロシア人にも、だ。わかったか？」

「わかりました、エル・ヘフェ。いまからする話のことは、誰にも言いません」

デ・サンチアゴは質問から始めた。

「わたしの同志(コンパードレ)よ、小型潜水艇に、予備の添加物を積んでいるのは知っているだろう？」

「はい」

予備の添加物はカルロス・ラミレスに届けられ、商品が意図していた効果を発揮しない場合には、彼の手で追加できるようにしていた。デ・サンチアゴは何事も運まかせにはしないのだ。

「フィリップ、きみはその追加分を使って、〈ジブラス〉の積荷の添加量を倍にするのだ。そのことは、船員の誰にも知られてはならず、人に手伝ってもらってはならない。誰にも話すな。わかったか？」

ザーコは怖気(おぞけ)をふるった。反射的に、彼は抗弁した。

「しかし、それだけの量を添加したら、吸引した人間は死んでしまいます。そのことはご存じでしょう。試験品を使った結果どうなったか、よもやお忘れではないはずです」

ザーコはいま聞いた言葉に唖然とし、さらに隅へあとずさりした。それは数千人を殺せと命じられたに等しい。顧客の大半は若者だ。子どもに毛が生えたようなのもいるだろう。デ・サンチアゴがこんな奇怪な命令をするのは、彼の忠誠心を試そうとしているからにちがいない。さもなければ、これほど冷酷無情で、おびただしい人命を奪うような命令をするはずがない。

「フィリップ、きみは本当に、北アメリカ人（ノルテアメリカーノ）ごときの命を気にかけているのか?」デ・サンチアゴは苛立ちも露わな口調で鼻を鳴らした。「きみの気遣いには心打たれるが、見当ちがいだ。きみが気遣うべきなのは、わが国の人民なのだ。ヤンキーどものミサイルがわれわれの工場に降り注ぎ、無辜（むこ）の人民が炎に焼かれて非業の死を遂げたのだから」

「わたしはアメリカーノスのことなど、なんとも思っていません」ザーコは反駁（はんばく）した。「彼らは軟弱で、退廃しています。しかし、彼らはわれわれの顧客なのです。顧客を殺してしまっては、市場を破壊することになります」彼は口早に、必死の思いで言った。論理立てて説明すれば、デ・サンチアゴは邪悪な所業を思いとどまってくれるかもしれない。

「ユーザーがみんな死んでしまったら、われわれはどうやってコカインを売ればいいんですか？　そうなったら、もう革命運動の資金はノルテアメリカーノスから入ってこなくなりますよ。われわれの人民は、奴隷状態のなかで飢えに苦しむことになるでしょう」

　ザーコはわれながら、これだけ理路整然と反論できることに感心した。

「フィリップ、われわれが将来、顧客に困ることなどない」デ・サンチアゴは一顧だにしなかった。ザーコの反論は無視されたのだ。「われわれは何よりもまず、やつらが反撃してこないよう、戦意喪失させなければならないのだ。ゆめゆめ、われわれを軽んじてはならないことを教えてやる。われわれは、やつらに踏みつけにされる土くれではない。やつらがわが人民を攻撃して殺すのなら、われわれもやつらを攻撃して殺すまでだ。いいか、われわれは戦争をしているのだ、わが親愛なる友よ。では、わたしの言ったとおりに、添加量を増やしてくれ」革命指導者は一度言葉を止め、さらに思いついたように、恐ろしいことを命じた。「それから、フィリップ、隋(スイ)のヘロインを積みこんだら、そっちの添加量も倍にするんだ」

　隋海俊(スイカイシュン)は繊細な陶磁器の茶碗を、御影石のテーブルに置いた。数百年も前に作られた硬いテーブルに両肘を置き、両手の指を組んで、霞がかった山々を望む。テラスにかかる朝の空気は爽やかだ。すでに日は昇っている。

隋は太陽の軌道が予測できることに、慰めを覚えた。彼のような生業の人間には、あす何が起こるかわからない。だが太陽は、前日にも、昨年にも、歴史をさかのぼる数百年前にも、変わることなく大地を照らしてきてくれた。人間もこれほど予測可能で、当てになればいいのだが。

彼は物思いから覚め、最も信頼を置いている腹心の部下の言葉に注意を戻した。彼女はアメリカへ送り出した積荷の最新状況を報告している。

「われわれの積荷は滞りなく、〈マレー・メッセンジャー〉に船積みされました。同船は二日前に広州市を出港しています。おもちゃや庭園用品を積んだコンテナを、ロサンゼルスへ運ぶ船です。積みこまれたヘロインの代金には、一〇パーセントの運送料が上乗せされます。われわれの商品はいくつかのコンテナに分けられ、安全に保管されています」

女性は言葉を止め、ノートを見て何かを確かめている。隋は諸事を手配する彼女の能力の高さに舌を巻いた。一世代前ならば、この愛らしい女性は彼の父親の家で妾にされていただろう。しかしいまや、彼女は世界を股にかけた数十億ドル規模の麻薬運送網を、経験豊かな多国籍企業のCEOさながらに差配している。

「なるほど、続けてくれ」

「乗組員はみな、われわれの一員です。ご指示のとおり、われわれが抱える最高の保安チームを、積み替え地点で〈ヘレナK〉に乗船させます。彼らは……」

　隋海俊は片手を上げ、彼女の報告をさえぎった。

「武器はどうなっている?」

「隋総帥、ただいま申し上げようとしていたところですが、コンテナのうち一台にはチーム用の武器を満載しています。南アメリカ人には、コンテナ三台を甲板に積みこむと伝えてあります。洋上で大量のヘロインを積み替えるのに最も手っ取り早い方法は、コンテナごと積み替えることです」

　彼女は小型のラップトップ・コンピュータのキーボードを叩いた。すると、北太平洋の海図がスクリーンに表示された。大きな十字の印が、シアトルからおよそ一〇〇〇マイル真西に表示されている。

　コンピュータを隋の前のテーブルに置き、彼女は続けた。

「積み替えはこの地点で行なわれる予定です。通常の航路よりかなり離れた場所で、アメリカ沿岸からも遠く離れています。われわれは、この地点で二隻だけになることが期待できます」彼女は深呼吸した。「何かご提案はありますか、父上様?」

　太陽を仰ぐと、陽差しがことのほか暖かく、心地よい。隋の笑みは、娘の報告に満足していることを告げていた。

トム・ドネガン大将は東太平洋の海図を見ながら、怒りにうなった。海図はいくつもの入り組んだ長方形に区分され、それぞれに文字と番号が振ってある。長方形のなかには、さらに何本もの狭い幅の線が奇妙な角度で走っていた。

ドネガンはＳＵＢＰＡＣの地下作戦室に立っていた。コンクリートで強化された作戦室は、第二次世界大戦中に、本部の地下に建設されたものだ。太平洋における潜水艦作戦をすべて指揮する心臓部だが、メキシコ国境の北からアラスカ湾までの海域は例外だった。その区域は、サンディエゴ潜水艦部隊の管轄だ。

アセテートフィルムのシートが、海図を覆っている。そちらも同じように区分されているが、網状線が描かれ、それぞれに潜水艦の名前のラベルがついていた。ＳＵＢＰＡＣは複雑なコンピュータのスケジューリング・システムを用い、東太平洋における潜水艦の作戦海域が重ならないようにしていたが、ドネガンは時代遅れと言われようが、昔ながらのやりかたを好んでいた。こちらのほうが、コンピュータのモニターで同じ情報をスクロールするよりも、容易に全体像を把握できる。

紙を使っても、複雑に入り組んでいることに変わりはない。とりわけ、いまはよけいに大変だ。太平洋艦隊が、環太平洋の同盟国をすべて招き、大演習を実施しているからだ。

アメリカ、日本、オーストラリア、韓国、カナダの潜水艦が数十隻参加し、海域を埋めているので、なおさらシートの枚数は激増していた。

赤で囲われた、幅の狭い長方形が南北に走っているが、そのはるか西の区域には、ほかにいくつもの長方形がジグザグに並んでいた。演習に参加している潜水艦の作戦海域だ。〈スペードフィッシュ〉と手書きで記された狭い長方形は、ほかの艦艇が入り乱れた海域に入りこんでいた。

ドネガンは電話を摑んだ。数秒後には、サンディエゴのピエール・デソーと電話が繫がった。この潜水艦部隊司令は、金のかかった執務室で自分のコンピュータの前に座り、ドネガンが癇癪玉を破裂させたのと同じ海図を、電子画面上で見ていた。

ドネガン大将は社交辞令に時間を浪費しなかった。

「司令、〈スペードフィッシュ〉がきみの演習海域を障害なく通航できるよう、充分な海域を空けてほしい」

「大将、われわれはここ数年で最大規模の多国籍演習を行なっている最中なのです」デソーは抗弁した。「十数隻もの潜水艦が参加しています。〈スペードフィッシュ〉のために空けられる海域は、現状で精一杯です」

ドネガンは葉巻を吐き出した。

「大佐、きみがやっているのは、しょせん演習ではないか。〈スペードフィッシュ〉は、本物の作戦任務を遂行中なんだぞ。もっと配慮しようと思わんのか？」

「大将、そのためには、日本の潜水艦を浮上させるしかありません。彼らはいい顔をしないでしょうし、当然ながら、演習は台無しになります」

ドネガンは鼻を鳴らした。

「それでもやってもらおう。〈スペードフィッシュ〉の作戦海域は、貨物船の両側に五〇マイルずつと、前後に一〇〇マイルずつだ。わかったか？」

彼はデソーの承諾もたわごとも待たなかった。ガシャンと受話器を置き、そのまま作戦室を踏み出す。ドネガンは扉から抜け出すと、出ていくところで目が合った要員たちにウインクし、海図台から落とした葉巻を拾い上げて、ふたたびハワイの陽差しのなかへ歩きだした。

27

「まだ貨物船は航行を続けていますか？」ジョー・グラスは発令所に足を踏み入れながら、艦長に訊いた。寝起きの目をこすり、掌を口に当ててあくびをこらえている。「そろそろ交代の時間ですね？」

ジョン・ワードは発射管制コンピュータのかたわらに立ち、きちんと直線状になった点の連なりに目をやった。艦長はうなずき、グラスに一杯のコーヒーを手渡した。

「きみにはこいつがいるようだな。ああ、やっこさんはまだ航行中だ。この十二時間、針路も速度も変わっていない。針路三四七、速力一二ノットだ。こっちに来て、航路図を見るんだ。いまやっていることを見せてやろう」

海図台に広げられた航路図には、この六時間の〈ヘレナK〉の航跡が記されていた。貨物船の針路は矢のようにまっすぐで、ひたすら北北西へ進んでいる。航跡を挟んで左右五〇マイルのところに、作戦海域を示す鮮やかな赤い線が描かれていた。〈スペードフィッシュ〉の針路は、数千ヤードおきに千鳥足でふらついている。これは定期的に貨物船の前後へまわり、ソーナーで情報収集してきたからだ。

「作戦海域はずいぶん広いですね」グラスは行動を許可された海域の大きさを見て言った。

「ああ、そのとおりだ」ワードは認めた。「前回の交信で、許可が下りた。相当広い海域だ。〈ヘレナK〉を中心に、幅一〇〇マイル、前後に二〇〇マイルもある。作戦海域が、一二ノットで移動するのも願ったりかなったりだ。今度は、南カリフォルニア（ソーカル）の作戦海域を見てくれ」

ワードはもう一枚の海図を取り出した。南カリフォルニア沿岸の大縮尺の海図だ。グラスは思わずうなった。

「なんと、こんなに混み合っているのは初めて見ました」

「環太平洋合同演習（リムパック）をやっているんだ。われわれが出港する前から、デソーはこの件でカリカリしていた。いまごろ、さぞかし怒っているだろうな。招待制で兵隊ごっこをやろうと思っていたところに、われわれがど真ん中を突き進むわけだから」ワードは海図を折りたたみ、最初の航路図に戻った。「とにかく、われわれはいま、〈ヘレナK〉の先まわりをしている。貨物船の一〇マイル手前、進路から五マイル離れた地点を航行しているので、浅深度で露頂して交信しても、目撃されるリスクはない」ここで艦長は、グラスに奇妙な表情を投げかけた。副長は眉根を寄せた。いったいワードは、どんな無言のメッセージを伝えようとしているのか？「ところで、発令所に通信文が届いている。きっと、きみも読みたいだろうと思ってね……ジョセフ・グラス中佐」

副長は目をぱちくりさせ、ワードをぽかんと見つめた。まだ夢を見ているのではないかと思ったのだ。ワードは破顔一笑した。

「ジョー、昇任委員会の結果が発表されたんだ。おめでとう！どうやら委員の連中は、きみが昇任できるぐらい、基準を引き下げてくれたようだ。きみは、昇任候補の第一グループに入っていたらしいぞ。略式だが、記章を替えてもらおう」グラスは口をあんぐり開け、驚きからさめやらぬ目をしていた。ワードはオークの葉をあしらった銀の記章をポケットから取り出した。「これをつけるんだ。帰港したら、正式の昇任式があるだろう」

艦長は副長の手を握り、艦長就任の資格を意味する記章を授けた。

グラスはにっこりと笑みを浮かべ、顔を紅潮させて、少佐を示す金のオークの葉を襟から外し、真新しい銀の記章に付け替えた。発令所内の全員が喝采し、心から祝った。

歓呼の声がやんだところで、ワードは概況説明（ブリーフィング）に戻った。

「ジョー、本艦の位置はここだ」艦長は言い、海図の点を示した。「いまは、貨物船の針路から離れすぎないように引き返しているところだ。八〇〇〇ヤード以内の距離に戻ったら、露頂して、潜望鏡でやっこさんを見てみるといい。ところで、昨夜から曳航アレイを展開している。距離がひらいたときに、ソーナーコンタクトを失うリスクを冒したくなかったんだ。とはいっても、あの船はずいぶん音が大きい。半径三〇〇〇ヤード以内なら、しっかり広帯域で受信できている。だから実際には、曳航アレイは必要ないんだ。それでも、展開しておいてくれ。ソーカルの作戦海域を突っ切るときに、いい口実になるだろう。演習に参加している艦艇の通信も傍受できるし、それに……トム・ドネガンに、神の祝福を……本艦の周囲は、たっぷり空いているからな」

曳航アレイは〈スペードフィッシュ〉の後ろに約一マイルも伸ばす線状のソーナー聴音器で、非常に繊細な装置だ。長いケーブルの最後尾には、太いソーセージのような形状のアレイがついている。ケーブルの巻取り装置は、前部区画の左舷にある。潜水艦の艦体に沿って、直径六インチ、全長二〇〇フィートほどのチューブが這っており、ケーブルを格納している。アレイはふだん、左舷後部の安定板に収まっている。使用時になると、アレイは〈スペードフィッシュ〉自身のノイズが聞こえない距離まで伸びるので、受信性能は格段に上がるのだ。この聴音器は水中の極低周波の音も探知できるように調整され、広範囲にわたって聴取できる。だが、大きな障害になりうるのがケーブルだ。アレイを展開している途中で潜水艦が急激に姿勢を変えたら、巨大な銅合金のスクリューは簡単にケーブルを切断してしまう。そうなれば、二百万ドルもの高額な装置は、ゆっくりと海底に沈んでいくだろう。

「了解しました、艦長。何かあれば、わたしが対処します。少し食事をして、仮眠を取ったらいかがですか？　調理員のクッキーが、朝食においしいシナモンロールをオーブンで焼いていますよ」

ワードはうーんとうなって答えた。

「ひと晩じゅう、いいにおいがしていたんだ。早く食べたくてたまらん。何か問題があったら、呼んでくれ」ワードは言葉を止め、副長の襟に輝く真新しい記章をもう一度見た。

「板についているぞ、ジョー」

艦長はもう一度グラスと握手してから、発令所を踏み出し、梯子で潜水艦の中部区画に降りて、誘惑するようなシナモンのにおいをたどった。

ファン・デ・サンチアゴが誇らしげな足取りで寝室に入ってきた。ほかの用事で出かけるまでのあいだ、マルガリータに奉仕してもらう時間はある。ところが、彼女の傷ついた表情を見るや、そんな気分は消し飛んだ。

「どうしたんだ？　わたしが何かしたのか？」革命指導者は懇願するような口調で訊いた。

マルガリータはわっと泣きだした。

「忘れるなんて、信じられない。こんなに長いあいだ、いっしょにいるのに。それなのに、あなたは忘れたのね。また忘れたのよ」彼女が嗚咽する。

愛人はバスルームへ駆けこみ、叩きつけるように扉を閉めた。近くの化粧台に立ててあった子どもたちの写真が、うつ伏せに倒れた。

デ・サンチアゴは木の障壁に隔てられ、困惑の表情を浮かべるばかりだ。

「何を忘れたんだ?」彼は、扉越しに相手に聞こえないようにつぶやいた。「いったい何を忘れたんだろう?」

この男は反政府勢力を統率し、民衆を蜂起させ、地球上で最も強力な国からこのささやかな国に攻撃を引き寄せるほどの力の持ち主だが、この情熱的な女を操るのは望むべくもなかった。いまはただ、罪の許しを求めるので精一杯だ。

「愛しいマルガリータ。忘れてなんかいないよ。あした、二人でピクニックに行こうと思っていたんだ。二人だけで、大農場の廃墟まで遠乗りしよう。きみとわたしだけで。グスマンに用意させている。きみを驚かせてやりたかったのさ」

扉がわずかにひらいた。隙間から、信じられないほど深みに満ちた、茶色に輝く大きな目が見える。彼女はバスルームを飛び出し、デ・サンチアゴの腕に飛びこんだ。

「忘れていなかったのね」女は口早に言った。「疑ってごめんなさい。わたしを許してくれる?」

デ・サンチアゴは声をあげて笑った。

「もちろんだよ。きみが許しを求める理由なんかないさ」

「一日じゅう、二人きりになれるのね! ファン、この前、一日じゅう二人きりになれたのはいつだったかしら?」

彼はマルガリータの美しい顔を眺め、空いた手で長い黒髪を撫でながら答えた。

「ずいぶん前だったな、かわいいインコちゃん。もうかなり前だ。でも……」

マルガリータはその声にためらいを聞き取り、一歩身を引いた。目にはすでに、新たな怒りの色がよぎっている。

「でも、何よ?」

「きょうはこれから出かけて、あすの朝に、アルヴァラードの古いハシエンダで、会わなければならない相手がいる。川を下るのではなく、馬に乗っていくから……」

「でもファン、それにはジャングルをひと晩じゅう馬に乗っていくことになるわ。そんなに大事な用なの? 会合を延期するか、代わりの人を行かせるわけにはいかないの? アルヴェーネ・デュラに行ってもらったらどう? あの人、最近ぶらぶらしていて、メイドをからかうぐらいしかしていないわ」彼女はデ・サンチアゴの腕にすり寄り、身体をこすりつけた。男は欲情をそそられている。「こんなに気持ちのいい日なんだから、そんなに急ぐことはないじゃない」

デ・サンチアゴは彼女のつややかな黒髪を撫で、そのすばらしい身体が彼の腕のなかでとろけそうになっているのを感じた。

「ああ、そうだな。だが、とても大事な用件なんだ。今回はわたし自身が出なければならない。それさえなければ、あすは朝から、きみと二人で一日じゅう過ごせるんだが。それに、アルヴェーネはわたしと同行することになっている。さて、そろそろ出ないといけない。用事がすんだら……ベッドに行こう」

彼はマルガリータを引き寄せ、からかうように膝を股に差し入れてから、部屋を出ていき、扉を荒々しく閉める前にグスマンを呼びつけた。

マルガリータ・アルヴァラードは笑みを浮かべた。彼女は叔父の言うことを聞いて、女優になるべきだったのだ。いまのはアカデミー賞ものの演技だった。そもそも忘れるようなデートの約束など、最初からしていなかったのだ。それなのに、彼女がでっち上げているのではないかという疑いは、デ・サンチアゴの脳裏をかすめもしなかった。

エル・ヘフェは大規模農園の廃墟へ遠乗りするという。また、あの場所に行くのだ。あそこは密林の奥深くにある。マルガリータが知っているかぎり、彼がかかわる案件はどれも、あの場所から遠いはずだ。わりあい最近にも、デ・サンチアゴはあの場所へ出かけている。そのときにはマルガリータの通報で、デ・サンチアゴは政府軍の襲撃に遭い、危うく命を落としかけた。

急に思い立ったように、ひと晩かけて鬱蒼たる密林を遠乗りし、わざわざあの幽霊屋敷へ向かうという。よほど重要な用事にちがいない。〈エル・ファルコーネ〉は一刻も早いうちに、このことを通報するだろう。

ジョン・ベセアは、ビル・ビーマンとジョンストン上等兵曹とともに、会議用テーブルを囲んでいた。よく磨かれた木目の机には、朝食のパンの残りや飲みかけのコーヒーカップが散乱している。彼らがいる場所はJDIA司令部だ。カブリヨ岬の突端の地中深くに築かれた、掩蔽壕の奥深くである。強化コンクリートの壁は、現代的なクルミ材の会議用テーブルや、毛足の長いワインレッドの絨毯と好対照をなしている。天井に取りつけられた真鍮やクロムめっきのハロゲンライトが室内を煌々と照らし、ベセアの背後の壁には、海図や地図が所狭しと貼りつけられていた。

なかでも最大の海図は、ひたすら北西へ向けて針路を取る〈ヘレナK〉と〈スペードフィッシュ〉の航跡を示したものだ。その海図のかたわらには、大縮尺のコロンビアの地図が数枚並んでいる。いずれにもさまざまな印がついているが、ビーマンにはなんのことかわからず、あえてその意味を尋ねようともしなかった。これまでの経験から、学んだことがひとつある——必要に迫られないかぎり、知らないに越したことはない。

ビーマンは濃いコーヒーを飲み干した。一枚の地図が、大いに好奇心をかきたてた。その地図には、〝リオ・ナポ〟というほとんど無名の川から数マイル離れた場所に、円が描かれている。その円はたちどころに彼の目を引いた。地図を見ればおのずから明らかだが、ビーマンの知るかぎり、その一帯は人跡未踏のジャングルであるはずだ。

ベセアはビーマンの視線をなぞり、その地図にたどり着いた。

「ビル、昨夜さんざんテキーラを飲んだあとでも、きみの観察力は鈍っていないと見える。その地図の円がきみの注意を惹いたのは至極当然であり、まさにそのために、けさのミーティングをひらくのだ」

ビーマンが首をひねった。

「そうでしたっけ？　俺はてっきり、偵察任務の報告に来たものとばかり思っていましたが」言いながら、クッション入りの革張りの椅子にもたれる。

「確かに本来はそのつもりだったのだが、つい先ほど、新たな情報が入った」

その言葉とともに、ベセアはドーナッツを盛っていた空っぽの大皿の下から、分厚いファイルを取り出した。ファイルの表紙には、高さ二インチの赤い文字で、〈機密、秘匿を要する情報源〉と書かれている。ベセアはハーフリムの眼鏡をかけ、ファイルをひらいて、何かを探しはじめた。

「ジョンストン上等兵曹も俺も、その情報源がスパイであることは察しがつきますよ」ビーマンは言った。「今回のスパイが優秀な人材であることを祈るばかりです。もうさんざんジャングルを歩きまわって、無駄な骨折りをしてきたんですから。それから念のために言っておきますが、敵が情け容赦ない攻撃をしてきたこともお忘れなく」

ベセアは読書用眼鏡をかけたまま、上目遣いでビーマンを見た。訝しげな視線をじっと注ぐ。ビーマンはまるで、飢えた狼に睨まれた兎のような心地がした。

「心配ご無用、優秀な人材だよ。〈エル・ファルコーネ〉はさまざまな情報を入手できる立場にいるようだ。今回もたらされた情報の内容には、きみも興味を持つだろう。きみの昔なじみ、ファン・デ・サンチアゴにかかわる内容だからね」

ビーマンの表情が活気づいた。

「昔なじみどころではありませんよ」

「どうやら彼と腹心の部下一名が、昨夜から、重要な会合に出席するため馬に乗って出かけ、ジャングルを駆け抜けているらしい」ベセアは地図のほうを向いた。「目的地は、この円の中央だ。いままさに、われわれが話しているあいだにも、会合は始まっているだろう。残念ながら、〈エル・ファルコーネ〉から通報があった時点では、現地にわがほうの人的資産を送って、会合をつぶさに見届ける手配はできなかった」

「偵察衛星は使えないんですか？」ジョンストンが訊いた。

ベセアはファイルから二、三枚の衛星写真を取り出し、テーブルの上を二人のほうへ滑らせた。

「わたしもまったく同じことを考えていてね。見てのとおり、この一帯は鬱蒼としたジャングルだ。最初の一枚は、可視スペクトルによる写真だ。ジャングルのほかには、焼け落ちた古い大規模農園の廃墟しか見えず、建物は下草に覆われている。二枚目は、赤外線写真だ。やはり、めぼしいものは写っていない。さまよっている人間の姿も見当たらない。この二枚はけさ早くに撮影された。さて今度は、その一時間後に撮影された二枚の写真をお目にかけよう。二人の馬に乗った男たちの姿が、赤外線写真で鮮明に確認できるだろう。目下われわれは、この一帯を常時、偵察衛星の監視下に置いているところだ。〈エル・ファルコーネ〉の情報が正しかったら、何かが進行しているにちがいなく、まさにこの場所こそ、さらなる探索に値することになる」

　ジョンストンはそっと写真を置き、入念に吟味した。テーブル越しにベセアを見つめ、彼はビーマンの思いを代弁した。

「なぜ、わざわざここまで行く必要があるんでしょう？　どこからも隔絶され、密林しかないような場所まで？」

　ベセアがにやりとした。

「問題はまさにそこなんだ、上等兵曹。なぜわざわざ、こんな場所へ行くのか？　デ・サンチアゴがやろうと思えば、秘密裡に会合を行なう方法はほかにいくらでもあったはずだ。これよりもはるかに容易な方法が。たとえば会合場所ひとつ取っても、いつものように、彼自身のハシエンダでひらけばすむはずなのだ。デ・サンチアゴは傲岸にも、われわれが彼の組織内に情報源を持たないと思いこんでいる。しかしこれまでの経験から、われわれには、あの男がまずありえないような場所に重要施設を構えることがわかっているのだ。それを真っ先に証明してくれたのは、まちがいなくきみたちの功績だ。賭けてもいいが、デ・サンチアゴはこの一帯に、重要施設を隠し持っているにちがいない。そしてきみたちもすでに感づいているだろうが、わたしはきみたちに、ふたたび現地へ赴いて、いかなる施設なのかを突き止めてほしいのだ」

「しかし、それはいったいなんでしょう？　別の麻薬精製工場とか、栽培地ではないでしょうか」

「それはなんとも言えない。わかっているのは、それがきわめて重要な施設であることだ。だからこそ、革命指導者がじきじきに、ひと晩がかりでつらい道のりを馬に乗っていくんだ。しかも、いつもの用心棒さえ引き連れていない。われわれは以前に一度、この地域でデ・サンチアゴを見ている。政府軍の部隊がリオ・ナポでこの男を襲撃し、もう少しで仕留めるところだったのだ」

「この場所に関して、背景になるような出来事はありましたか?」ビーマンは尋ねた。

「デ・サンチアゴをこの土地となんらかの意味で結びつけるような過去は?」

ベセアはファイルから何枚かの書類を引き出し、フォルダーの隣に並べた。

「いい質問だ、ビル。目下、可及的すみやかに、情報収集に努めているところだ。ここはかつて、牛の大放牧場を所有していた富裕な一家のハシエンダだった。アルヴァラード家だ。アルヴァラード家は、この地方で大変な権勢を振るい、その起源はスペインによる征服期までさかのぼり、王家から土地を下賜されたという。しかし彼らは、革命期の権力闘争に敗れた。そして虐殺されたのだ。ただ一人、娘だけが難を逃れたらしいが、その行方はわかっていない。そのあたりの情報は錯綜している。ともかく、なんらかの大きな対決が起きた結果、この大規模農園は焼け落ちたようだ。こうした出来事が起きたのはかなり以前で、デ・サンチアゴがこの地域の実効支配を始めた初期のころだ。それ以来、この一帯は荒廃にまかされている。かつての富裕な大放牧場は、密林に逆戻りしたようだ。地元のインディオたちは、この場所が呪われていると信じている。惨殺された家族の幽霊が、夜な夜なさまよい出るというので、地元のインディオを含め、誰一人ここには立ち入らない」

「ひとつだけ、確かなことがあります」ビル・ビーマンは言った。

「なんだね？」

「赤外線写真に写っているのは、幽霊ではありません」

ファン・デ・サンチアゴは、ひどく泡汗をかいた栗毛のスタリオンの手綱を握って、密林から狭い開拓地へ踏み出した。ジャングルの暑熱のなか、酷使された馬は息をあえがせている。すぐあとに続いて、アルヴェーネ・デュラが開拓地に現われた。彼の馬も疲労困憊している。

デ・サンチアゴは地面に降り立ち、伸びをして、馬から鞍を外しにかかった。

「アルヴェーネ、着いたぞ。馬を休ませるんだ。すぐに引き返すことになるからな」

デュラは背中を揉みほぐしながら、こわばった足取りで歩いた。

「どうして馬で来なければならなかったのか、いまだに釈然としませんね。川船を使ったほうが、距離も近いし簡単でしょう?」

「今回の用件がどれだけ重要かを考えると、リオ・ナポで襲撃に遭うリスクを冒すわけにはいかんのだ。この道を使えば、誰にも知られることはない。銃創より、鞍ずれのほうが治りは早いだろう」

デュラは開拓地を見まわした。彼はこの人里離れた場所に、秘密研究所を設計する責任者だったのだ。だが、建設が始まってからは一度もこの場所を訪れていなかった。

「エル・ヘフェ、前回ここを訪れてから、何も変わっていませんね。ジャングルの草木がいっそう深くなっただけです。館の廃墟さえ、ほとんど隠れていません」彼は遠くを見るまなざしになった。「いまでも、ここで戦ったときのことを覚えていますよ。あのときに、ギテリーズに立ち向かう人民革命の火が燃え上がったのです。われわれはまだ若く、怖いもの知らずでした」

デ・サンチアゴはくっくと笑い、青年時代の最初期の戦いを思い出した。

「ああ、それに無謀だった。革命が始まる前に、われわれは危うくすべてを失いかけた。ギテリーズが最精鋭部隊を使って、急襲をかけてきたからな。われわれがもっとうまく立ちまわっていれば、木々のなかに身を隠しただろう。そして機が熟するのを待って、他日の反撃を期したはずだ。だが、あのときのわれわれは向こう見ずで、理想主義だった。退却を拒んだ結果、革命の殉教者をいたずらに増やしてしまったのだ。こうしてギテリーズが最初の勝利を収め、それがあの男を大統領の座へ押し上げることになった」

「グスマンが負傷したのも、あの日でしたね？」

デュラはここへ来るたびに、同じ話をさんざん聞かされていたが、革命指導者がそのときの回想をこよなく愛しているのを知っていた。

「ああ。あのときわたしは、敵の部隊に追い詰められた。ちょうどあのハンモックのあたりだ。あそこは馬小屋だった。やつらは小屋に火をかけ、わたしを焼き殺そうとしたんだ。わたしは熱さと煙で、意識を失った。そのときグスマンが駆けつけ、わたしを肩に抱きかかえてくれた。敵はグスマンの背中を狙って撃ってきたが、彼は安全な場所まで逃げおおせた。あの日、彼は死んでいてもおかしくなかった」

デュラはかつて母屋だった大きな廃墟を指さした。

「敵はあの家にも火を放ち、われわれを焼き殺そうとしました。われわれが戦っていたあいだ、あの家の家族はワインセラーに身を隠していたのです。その結果、全員が死亡しました。炎に焼き殺されたのです。あれは悲劇でした」

デ・サンチアゴは鼻を鳴らした。

「つねに犠牲は避けられないものだ。人々は大義のために死ななければならない。アルヴァラード老人は、旗幟を鮮明にしなかったことで、致命的な過ちを犯した。あの男は、日和見を決めこんでいれば、彼自身も、その家族も、ハシエンダも安全だと思いこんでいたのだ。そのあげく、誰からも救いの手は差し伸べられず、どちらの側からも利用された。あの男の優柔不断が、最終的に一家の滅亡を招いたのだ」

歴戦の勇士たちは、馬を開拓地に放して草を食ませ、蔓草に覆われた馬小屋の廃墟へ並んで歩いた。馬小屋の端には、馬具庫だった納屋の跡が、かろうじて焼け残っている。そこはいまにも崩れそうで、黒焦げになった廃墟に混じって朽ち果てつつあった。

二人はがたがたの納屋の跡へ近づいた。すると、なかからホルヘ・オルティエスが姿を現わし、手を振って二人を出迎えた。

「エル・ヘフェ、またお会いできて光栄です」オルティエスは大きな声で言いながら、近づいてきた。「それに、セニョール・デュラも。ここまで来るのは大変だったでしょう」

デ・サンチアゴは身を乗り出し、小柄で肥満した科学者を抱擁した。

「ホルヘ、きみはよくやってくれている。革命運動は、このジャングルできみたちが払ってくれた犠牲のおかげで、大いに前進しているのだ。きみはすでに人民の英雄であり、遠からずその名は広く知れ渡るだろう」

オルティエスはサンチアゴの賛辞に赤面した。このような賞賛を受けることはめったになかったのだ。彼はふだん、同僚のロシア人やイラク人やアメリカ人研究者から、聞き慣れない言葉で機関銃のように投げつけられる罵声を耐え忍んでいた。

「身に余るお言葉です、エル・ヘフェ。わたしは自分の仕事をしているだけですから、ご命令に従うまでのことです。すべて、ご指示どおりに手配しています」

オルティエスは開いた扉から、小屋のなかへ二人を先導し、隠し通路を下りて研究所に入った。デ・サンチアゴとデュラは、階段を上がってくる冷気に身を震わせた。密林のうだるような暑さと湿気から、つかのまでも抜け出せるのは心地よかった。

清潔な施設内ではさまざまな設備が光を放ち、階段を下りてくる三人以外には誰もいない。デ・サンチアゴは眉を上げ、大枚を払っている外国人科学者たちの姿を探した。オルティエスが急いで説明した。

「二、三時間ほど、図書室で仕事をするように言ってあります。ご指示の内容から拝察して、あなたがたがいらっしゃることは誰にも知られないほうがよいかと思いまして」

デ・サンチアゴは笑みを浮かべ、うなずいた。

「いつもながら、きみは実に賢明な判断をしてくれる。いかにも、われわれがここへ来たことは誰にも知られないほうがいい。訪問の目的がなんだったのか、いらぬ好奇心をそそるだけだろう」

オルティエスはそわそわしたが、勇気を奮って、内心にわだかまっていた疑問を口にした。

「こう申してはなんですが、添加物すべてを渡してほしいとおっしゃったのは、わたしも不思議に思いました。秘密の調合法をデータにしてほしいとおっしゃったのも。ここはどこよりも安全なはずですが」

「もちろん、そうとも。この場所はアメリカーノスにも、ギテリーズのろくでもない軍隊にも決して見つかるまい」デ・サンチアゴは冗談めかして男の肩を突いた。「だがわれわれは、添加物を使う火急の必要に迫られているのだ。厳重なかたちで秘密裡に操業している工場から出荷された新製品に、この添加物を加えようとしている。われわれにはやはり、外国人は信用できない。いつホームシックにかかり、このささやかな天国を逃げ出して、荒れ果てた故郷へ帰ろうとするかわからないからな。ここを逃げ出した者どもはすぐさま死ぬだろうが、調合法まで失うわけにはいかない。そうだろう、ホルへ。この場所が危険だというわけではないのだ」

オルティエスは儀礼上、革命指導者の説明を受け入れた。彼はてきぱきと動き、ロッカーに手を入れて、バックパックを取り出した。そして、それをデ・サンチアゴに手渡した。

「すべてここにあります、エル・ヘフェ。仰せのとおり、調合法をすべて印刷するとともに、CDにも記録しました。コカイン数トンを賄えるだけの添加物もあります。先月の生産高すべてに添加できる量です。もう、われわれの手元にはいっさい残っていません」

デ・サンチアゴは差し出されたバックパックを受け取った。

「それにしては、ずいぶん軽いな。一〇キロもなさそうだ。本当に、すべてこのなかに入っているのか?」

「エル・ヘフェ、大半は印刷物の重さです。添加物は全部で四キロしかありません。濃度が非常に高いのです」

デ・サンチアゴは声をあげて笑い、バックパックを広い肩に背負った。

「たったこれだけの量が、敵には大変な苦しみをもたらすのだ」彼は階段を、一段飛ばしで駆け上がった。「来い、アルヴェーネ! 日が沈む前に、距離を稼ぐぞ」

デュラは無言で追いかけた。

ホルヘ・オルティエスは空調の冷気で、かすかな震えを覚えた。

偵察衛星は一時間ごとに、この一帯の画像を撮影しつづけた。そして、ジャングルの狭い開拓地を横切る二人の男たちの姿を収めることに成功した。一人の男が、ひらけた場所に出てきた。この男はなんらかの狭小な構造物から姿を現わしている。そのあとに撮影された画像からは、全員の姿が消えていた。そしてふたたび、馬の鞍にまたがる二人の男の姿が写った。

ジョン・ベセアは最後の画像がコンピュータ画面に映し出されるのを待った。

もう疑いの余地はない。この人里離れたコロンビアのジャングルのただなかには、なんらかのきわめて重要な施設があるのだ。

いかに最先端のテクノロジーが駆使された人工衛星といえども、現場で実際に何が行なわれているのかまで知ることはできない。そのための方法はただひとつしかない。昔ながらの方法だ。

局長はビル・ビーマンが現地に降下し、突き止めるのを待つほかなかった。

28

デイブ・クーン機関長はつま先立ちで、士官室の暗がりから抜け出した。スティーブ・フリードマンとスタン・グールが、狭い廊下で彼を待っていた。ほのかな赤色灯が、寄り集まって何やら密談をする三人を照らしている。

「準備はできたか？」フリードマンが小声で訊いた。

グールは彼を一瞥し、目に邪悪な光をたたえて、うなずいた。

「ああ、やつはこれから何が待っているか、知りもしないさ。用意はいいな？」

「オーケーだ。録音データを再生するだけさ。先週、緊急対処訓練をしたときに艦内放送（1MC）を録音しておいたんだ」

ちょうどそのとき、ジョー・グラス副長が廊下に現われ、三人の潜水艦乗りが群れて、声をひそめて話し合っている現場を見とがめた。副長はつかつかと近づき、クーンの肩をぐいと摑んだ。

「そこまでだ。三人の悪漢が、何をこそこそたくらんでいる？　そんなに暇だったら、もっと忙しくしてやろうか？」

クーンは指を一本、唇に当てた。

「シーッ！　せっかくの計画を台無しにしないでくださいよ、副長。航海長がふだんから、いつでも動き出せるように、作業服をまんなかのハンガーにきちょうめんに吊るしているのはご存じですか？　俺たち、その作業服を入れ替えてやったんです。クリスの服を、ビーズリーのハンガーに吊るしています。やっこさんに気づかれないように、襟の記章やバッジも入れ替えておきました。航海長はクリスより、少なくとも八インチは背が高くて、体重も五〇ポンドほど多いんです」クーンはにやりとした。「お楽しみはこれからですよ」

スティーブ・フリードマンが小型の録音再生装置を取り出し、アール・ビーズリー航海長の士官室の扉にかざした。

「見てろよ」クーンがフリードマンに合図すると、フリードマンはレコーダーの再生ボタンを押した。

「衝突警報！　衝突警報！　航海長、発令所へ急行せよ！」

小型の機械から、思いがけないほど大きな声がした。

室内から、アール・ビーズリーが飛び起きて、あたふたする音が聞こえてきた。〝衝突警報〟とは、〈スペードフィッシュ〉が文字どおり座礁する寸前の差し迫った危機にあり、本来の針路からはるかに逸脱していることを意味する。乗組員は大至急、思い切った手を打たなければならず、航海長は打つべき対策の指示を下す立場なのだ。

ビーズリーは作業服を定位置のまんなかのハンガーからひっ摑み、廊下で着替えようとした。なめらかな動作で、片脚をつなぎのズボンに突っこみ、次いでもう片方の脚を入れて、服を背中まで引き上げようとする。しかし、作業服は思うように伸びない。寝起きの状態のまま、ビーズリーはぐいと力を入れて、袖を通し、ファスナーを閉めようとした。作業服が股にきつく食いこみ、肩が後ろに引っ張られて、航海長はうめいた。

ビーズリーはふたたび、言うことを聞かない作業服を強く引いた。しかし、よけいにうまくいかず、戸惑うばかりだ。

半分寝ていた意識が徐々に覚めるにつれ、短い廊下の突き当たりで三人の乗組員が立って、自分の悪戦苦闘ぶりを見て笑っているのに気づいた。その後ろでは、副長が頭を振っている。

ビーズリーは小さすぎる制服から手を離した。服が床に落ちると同時に、彼はクーンに拳を向けた。

「機関長の差し金でしたか！　これでおあいこですね。まったく肝を冷やしましたよ！」

だがその口調は、本気ではなかった。

クーンは笑い転げ、話すのもやっとだ。

「航海長、潜望鏡に靴墨を塗ってくれた仕返しだ。確かに、これでおあいこだな」あえぎながら、彼は言った。

小柄なクリス・ダーガンが廊下に出てきた。

「何を子どもみたいな真似をしているんですか？　わたしの作業服を返してください。仕事があるんです」

その言葉で、三人の笑いはますます止まらなくなった。ダーガンはビーズリーの制服を着ていた。つなぎの作業服はだぶだぶで、股は膝まで垂れ、脚の生地は足のまわりに溜まり、袖はたっぷり余っている。

ジョー・グラスでさえ、笑わずにはいられなかった。


麻薬の売人カルロス・ラミレスは、小さな木のテーブルを挟んで手下のジェイソン・ラシャドと向かい合わせに座り、ビールのコースターをいじっていた。薄暗い酒場にはほとんど人けがない。冷たいシアトルの雨が降る平日の夕方、郊外の酒場の前を通るまばらな車の音はほとんど聞こえなかった。壁ぎわに置かれた真鍮のランプの光で、酒場の奥の隅に座る二人の姿がほの暗く照らされている。二人の場所は、バーカウンターで最近の株式市場や新規公開銘柄の話をしている客からは離れていた。カウンターの隅にぶら下がったテレビから流れるクイズ番組の音も、二人の会話をかき消すには好都合だ。

バーテンダーが二杯の黒ビールとプレッツェルの籠をテーブルに並べているあいだ、二人は話をやめた。バーテンダーが御影石のバーカウンターの奥へそそくさと戻るまで、どちらもひと言も話さなかった。

「南にいる友人から聞いた話では」ラミレスが静かに話を再開した。「すべてを動かす時が来たということだ。最初の商品は、五日以内に届く。準備はいいか?」

手下の黒人は笑みとともに、指で鼻ピアスをいじった。

「いつでもオーケーです。代金の五割を前払いするように言ったら、得意先の連中は渋っていましたけどね。それでも、これは破格の好条件なんだと説得してやりました」ラシャドはビールをぐびぐび飲み、舌鼓を打った。「ただ、ちょっとした問題がひとつありました。仲介人が一人足りなくなったんです。デトロイト方面の販売人が交渉の最中に、銃弾による急性鉛中毒を起こしましてね。致命傷でした。でもほかの連中が、そいつの開けた穴を埋めてくれると言ってます」

「大変結構だ」ラミレスはうなずき、ラシャドが犯した殺人をひと言も咎めなかった。それが必要な行為だったと確信していたのだ。むしろ、適切に執行されたとさえ思っていた。

「ひとつだけ訊きたいんですが」ラシャドが言った。「いままでの話では、ゆっくり慎重に動き、まずはここシアトルで新商品を試して、添加物が狙いどおりの効き目を発揮するかどうか見きわめるということだったと思うんです。いったいなぜ、藪から棒に、配送をこんなに急ぐことになったんですかね？」

「わたしに訊くな。わたしはただ、デ・サンチアゴにやれと言われたからやるんだ。わたしに分別がなければ、エル・ヘフェが急いで金を調達する必要に迫られたからだろう、と答えるところだがね。きっと大農場（ハシエンダ）に、新しいカーテンでもつけるんだろう」ラミレスは自分のビールをぐいと飲み、しばらく無言でプレッツェルを噛んだ。「こんなふうに急いで金を稼いだって、誰が気にするんだ？　俺たちだって、すぐに粉を売りさばけるんだからな」彼はウインクし、ラシャドに笑いかけた。それから、真顔に戻った。「本来の計画を、かなり前倒ししなきゃならなかったのはわかっている。受け渡しと配送の段取りは順調なのか？」

　ラシャドはビールを飲み干し、舌で縁の泡をなめ取ってから、質問に答えた。

「万事順調ですよ、ボス。カー海峡の海軍の試験施設跡に、すべて陸揚げする予定です。

施設はずっと使われておらず、カモメの糞溜めになっています。大きな建物が並んでますから、トラックもうまく隠せます」

ラミレスはうなずき、テーブルについたビアジョッキの水滴を眺めた。

「大丈夫そうだな。ただし、ひとつ心配がある。相当な台数のトラックを、どうやって人目につかずに出入りさせるんだ？」

「こういうことは、白昼堂々とやったほうが、不審を抱かれずにやりおおせるものです。トラックは全部、UPSの配達用トラックと同じ塗装にしています。街でよく見かけるのと同じ、焦げ茶色ですよ。ふだんより一、二台多く走っていても、誰もなんとも思わないでしょう」

ラミレスはビールをあおった。

「よし、さっそくかかれ。商品は月曜日に到着する。見張りをしっかり立てておくんだ。滞りなく、配送をすませたい。何せ莫大な金がかかっているからな。手抜かりは許されんぞ」

彼はラシャドに長いこと、意味ありげな視線を注いだ。無言のメッセージの意味に、誤解の余地はなかった。大柄な黒人の男はかすかにうなずき、計画の遂行に自信たっぷりな印象をボスに与えようと努めた。

ラミレスは立ち上がり、新札の百ドルをテーブルに置いて、踵(きびす)を返し、酒場を立ち去った。

ラシャドは信じがたいと言いたげに頭を振り、百ドル札を拾い上げて、皺の寄った十ドル札と一ドル札二枚を代わりに置いた。ボスがいつまで経っても覚えないことがいくつかある。ほんの二杯ばかりのビールに、九十ドルものチップを置いていったら、バーテンダーは片隅の暗がりでこそこそ話していた二人組に強い印象を持つだろう。ジェイソン・ラシャドはとりわけ、人の記憶に残ることがいかに危険かを知っていた。

環太平洋合同演習(リムパック)で、ジム・プルーイット機長はP3Cを左に急旋回させた。四発エンジンの大型機が水平飛行に戻ったところで、機長は副操縦士のランディ・ダルトンのほうを向いた。

「ここらへんに、日本の潜水艦がひそんでいるはずなんだが。もう、南カリフォルニアからハワイにかけての海を、一平方インチ残らず捜してきたような気がするよ。仮想敵は、あの貨物船の騒音に隠れているにちがいない」機長は波打つねずみ色の海面で、北西へ向けてあがくように進む黒っぽい灰色のシルエットを指さした。「ちょっと調べてみよう。センサーを別の捜索パターンで投下できるか？　貨物船の一〇〇〇ヤード先までソノブイを投下し、船の進路をなぞってみたい」

ダルトンは振り返り、年季の入った哨戒機の通路の奥を見た。センサー制御員のジェス・カーモンが親指を上げた。

「了解です、機長。ソノブイを作動してくれれば、すぐに自動投下できます。あの船ではなく、こっち側にいられてよかったですよ」

低空飛行する哨戒機の風防に、雨が叩きつけてきた。強風で雨が上下左右に揺れる。洋上はさぞかし荒れているだろう。

プルーイットは右側の制御ハンドルのスイッチから、小さな赤いカバーを上げ、オンにした。

「ソノブイを作動した。針路二七五で直進」

プルーイットはヘッドセット越しに、カーモンのきびきびした声を聞いた。

「自動パターン投下、用意。準備完了。投下開始」

P3Cは雨雲を衝いて飛んだ。六基のソノブイが哨戒機から次々と、コンピュータ制御による間隔で投下される。AN/SSQ-53DIFARソノブイが海面にパラシュート投下され、各ソノブイからは、長いケーブルをつけた水中聴音器が、嵐が荒れ狂う太平洋の海中に吊り下げられる。ソノブイの本体は海面にとどまり、波立つ海に翻弄されつつ、その上部からは発信用の細いアンテナが伸びた。

　カーモンがマイクに話しかけた。

「機長、六基のソノブイを設置しましたが、この海況では、どれぐらい作動するかわかりません」

「最善を尽くしてくれ、ジェス。これから上昇し、逆合成開口レーダー（ISAR）による捜索を行なう。シェパードは、じっと目を光らせるんだ。日本の潜水艦が浅深度にいたら、この荒れた海で海面に押し上げられるかもしれん。浸洗状態になったら、その瞬間を押さえてやる」

　プルーイットは操縦桿を引き戻した。灰色の大型機は徐々に高度を上げ、低く垂れこめる雲に飲みこまれていった。海面が視界から消える。そこにはP3Cとまったく同じ色の、そそりたつ壁のような明るい灰色の波が残った。

　ケビン・シェパードが画面から顔を上げ、うなずいた。

「おまかせください、機長。レーダーを〈待機〉から〈ISAR捜索〉にしました。これから、半径二〇〇マイルの捜索を開始します」シェパードはスイッチをいくつか操作した。目の前にある大型スクリーンが、眼下の海の様子を映し出す。「機長、電波を放出しています。波のほかに反応しているのは、貨物船だけです」

「了解、引きつづき見張っていてくれ」

乗員は長いこと待ちつづけた。潜水艦狩りは、戦略を立て、相手の行動を読み、ひたすら待つことの繰り返しだ。プルーイットはかつて、戦闘機乗りの友人に、潜水艦狩りに成功したときの喜びを説明しようとしたことがある。そのとき彼は、潜水艦狩りをチェスに喩え、戦闘機の空中戦はゲームセンターの子ども向けゲームみたいなものだと言った。しかしそこで、プルーイットは説明をあきらめた。ジェット戦闘機のパイロットは秒刻みの世界で瞬間的な喜びを感じるのに対し、彼はよりゆったりしたペースで、腰を据えた根比べをするからだ。ひとつ策略行動を取るたびに、それをじっくり味わうことができる。

そのひとつひとつが、彼自身の選択によるのだ。

哨戒機は灰色の世界で、大きく旋回した。三発のエンジンで飛行を続けている。レーダー制御員が装備を活用し、灰色の世界に電波を繰り出して、眼下の海にひそむ秘密を探り当てようとしている。

「機長、三番ソノブイが反応しています！」カーモンが叫んだ。「強いコンタクトです。方位二四三」彼はスクリーンに表示される情報を読み取った。「ちょっと待ってください。こいつは日本の潜水艦ではありません！　この波形はスタージョン級と同じものです。わが軍の〈スペードフィッシュ〉にちがいありません」

「本当なのか？」プルーイットが鋭く訊き返した。「日本の潜水艦が偽装している可能性は？」

カーモンは躊躇しなかった。

「機長、その可能性はありません。信用できなければ、こちらへ来てご自身の目で確かめてください」

プルーイットはダルトンのほうを見た。そこまで行って、画面を見るには及ばない。カーモンが海面に十六世紀スペインのガレオン船がいると言うのなら、そのとおりにちがいないのだ。

「いったい何事だ？〈スペードフィッシュ〉はこの演習には参加していないはずだ。ここで何をやっているんだ？ 戦術支援センター（TSC）に連絡し、報告しよう。対応策はそれからだ」

TSCはノースアイランド基地のシンダーブロックの建物にある。そこから、対潜水艦戦司令官が、航空機による潜水艦捜索を指揮しており、ジム・プルーイットの哨戒機もその指揮下にあった。洋上の波にも、乱気流にも翻弄されない机上で、司令部要員が全体像を判断するのだ。しかし彼らが把握している全体像には、〈スペードフィッシュ〉の作戦遂行に指定された、赤線で囲われた広い海域は含まれていなかった。したがって、彼らにも哨戒機に提供できる情報はなかった。

ダルトンはプルーイットに、そのことを報告した。

「TSCに〈スペードフィッシュ〉に関する情報は入っていません」

「それでは、われわれから直接、〈スペードフィッシュ〉に連絡するしかないだろうな。日本の潜水艦と衝突でもされたら、たまったもんじゃない」

ワードは潜望鏡スタンドのクロムめっきの手すりにしっかり摑まっていた。潜望鏡深度での横揺れと縦揺れは、前回の観測時よりもひどくなっている。嵐が起きつつあった。海面近くへの上昇はますます耐えがたいものになっている。

「状況は、ミスター・ダーガン？」

「現在の海況は五ですが、六に近づいています。波の高さは二〇ないし三〇フィートです。〈ヘレナK〉の姿はまったく見えません。この雨で、視界は推定四〇〇〇ヤード以下です」

ソーナー員長のレイ・メンドーサの声が、21MCのスピーカー越しに聞こえてきた。

「発令所、こちらソーナー室です。この海況で、シグナルの探知が困難になっています。目下、手動で方位を少しずつ変えながら、追尾しているところです。シグナルが弱いので、自動追尾装置（ATF）が使えません。艦長、リムパック演習の海域に近づいたら、ほかの艦艇にまぎれて、判別できなくなります」

ワードは揺れるマイクを握りしめた。潜水艦の艦首が波に翻弄されて下に傾き、艦長はソーナーリピーターに強く叩きつけられた。それでも、どうにか踏ん張った。

「できるだけがんばってくれ、上級上等兵曹。貨物船からあまり離れたくないからな」

〈スペードフィッシュ〉が急に右舷に傾いた。陶器が割れる音に続き、調理室でクッキー・ドットソンが悪態をつく声が、中部区画から聞こえてくる。昼食の用意が台無しになってしまったらしい。

ＥＳＭ担当のダン・ラーソンが報告した。

「発令所、ＥＳＭです。ＩＳＡＲレーダーを感知しました。シグナル強度、五。Ｐ３哨戒機が接近していると思われます」

ワード艦長は、バラスト制御パネル（BCP）の前に座っているビル・ラルストンに目をやった。ラルストンは両手で手すりに摑まり、肌は奇妙に緑がかっている。両脚でゴミ箱を摑んでいるのは、荒れた海に弱い潜水艦乗りの特徴を無言のうちに物語っていた。ワードは吐き気に苦しんでいる上等兵曹にすまないと思ったが、任務遂行上、避けて通るわけにはいかない。

「上等兵曹、ＢＲＡ‐34マスト上げ」

ラルストンはうなずき、ゴミ箱を足下の床に戻した。それからすばやく立ち上がり、スイッチをひねってマストを上昇させると、いきなりかがみこんだ。上等兵曹はゴミ箱に顔を突っこみ、痛々しく肩を震わせて、嘔吐した。

「通信室、周波数を対潜作戦海域に合わせ、秘話設定にしてくれ」艦長は命じた。

一分後、ダグ・ライマンが答えた。

「発令所、こちら通信室です。周波数を合わせました。艦長、ＥＳＭより、ソノブイの発信シグナルを感知したとの報告です。Ｐ３哨戒機がわれわれを捜索しているのは確かだと思われます。あるいは別の潜水艦を捜しているのかもしれませんが」

ワードはダーガン少尉をよけ、潜望鏡スタンドの奥へとよろめいた。艦長は勢いよく腰掛けに座り、赤い通信用ハンドセットを摑んだ。配管の支柱を握りしめ、隅に身体を押しこんで揺れに抗い、通話ボタンを押す。

「こちら〈スペードフィッシュ〉。作戦海域Ｃ３ＤのＰ３哨戒機、応答せよ、どうぞ」

「〈スペードフィッシュ〉、こちらＰＶ４」間髪を容れず、応答があった。「ＤＩＦＡＲに反応していたのは、貴艦だったようだな。ここで何をしている？　二カ月前に緊急浮上して以来、貴艦の姿を見かけていなかったが」

「PV4、またお会いできてうれしい。われわれは目下、機密任務の監視作戦を遂行中であり、支援をいただけるとありがたい。本艦から五マイルほどの地点に、貨物船のコンタクトがないだろうか？」

プルーイットがシェパードを振り返ると、彼はうなずいた。

「ある。現在、その貨物船をレーダー捕捉しているところだ。いままさに、この荒れた海で翻弄されている」

波が打ち寄せ、ワードを隅に叩きつけた。艦長は体勢を立てなおし、応答した。

「そうか、詳しいことを聞かせてほしい。そちらにISARレーダーで捉えた船影はあるか？」

ISARレーダーは本来、ソ連海軍の艦艇をレーダーで捕捉し、P3が対空ミサイルの射程圏外へ退避するために開発された。この装置はレーダー画像処理ができる。これにより、夜や曇天時でも快晴時と同じように、はっきり目標が見えるのだ。画像技術はきわめて優秀であり、一フィート程度の大きさのものまで判別できる。かくしてPV4は、〈ヘレナK〉の乗員にまったく気づかれることなく、貨物船の写真を何枚も撮影できるのだ。

「お安いご用だ」プルーイットが応答した。「近所で現像を頼む写真屋と思ってくれて結構。写真はどちらにお届けすればよろしいかな……ドライブスルーで受け取りをご希望なら、そうするが？」

「いやいや、ドライブスルーはやめておこう。貨物船の写真は、ＪＤＩＡのジョン・ベセア局長に送信できるだろうか？」

プルーイットはその機関名に聞き覚えがあった。それが何をしているところで、〈スペードフィッシュ〉の任務がいかなるものかはわからないが、艦長の要請には応えるつもりだ。

「もちろんだ。ＴＳＣを経由して、地上回線で転送してもらおう。お申し越しのベセア局長には、一時間以内に貨物船の鮮明な写真をご覧いただけるはずだ」

いったいなぜ、このアメリカ原潜がその貨物船をそれほど熱心に追っているのかと思わずにはいられなかった。ＪＤＩＡなる機関がいかなる行きがかりで、この荒れ模様の海に〈スペードフィッシュ〉を翻弄させることになったのかも。しかしそうした事柄は、彼の関知するところではない。

「心から感謝する」

「いやいや、どうぞお気軽に」

プルーイットは不恰好な大型機を旋回させ、〈ヘレナＫ〉と平行に飛んだ。右を向き、レーダー制御員に命じる。

「シェパード、あの船の横を通りすぎるから、何枚か画像を撮ってくれ。やつの右舷を通過したら、今度は船尾、左舷、船首にまわる。できるだけ多く撮影してほしい」

ケビン・シェパードはレーダー画像の画面から顔を上げ、笑みとともに親指を上げた。

「貨物船の連中ににっこり笑って、〝セックス！〟と言ってもらいましょうか。記念写真を撮ってやりますよ」

眼下では、ワード艦長がしっかり身体を支えながら、艦が傾くのに耐えていた。押し寄せる波に、潜望鏡が洗われる。潜望鏡スタンドの前で真鍮のプレートに取りつけられた、気泡測定型の傾斜計が、傾きを二〇度と表示している。ダーガンが潜望鏡からのけぞった。ハンドルにしっかり摑まり、からくも転倒を免れる。彼はワードを見、平静な口調で告げた。

「潜望鏡は水面下です」

ワードはうなずき、ハンドセットに話しかけた。

「PV4、引きつづき配置に就き、貨物船が作戦海域を通過するあいだ、追尾を支援していただけないだろうか？　この荒天では、目標を見失い、別の船とまちがえてしまいかねない」

「もちろん、お力になろう」プルーイットは快諾した。「われわれはあと七時間、配置に就く予定だ。本来の任務は、この海域に隠れている日本の潜水艦を探索することだったが、この近海では見つかっていない。この気象条件では、ブイを投下して標的のセイルにぶつけてしまいそうだ。気象予報では、今後天気はますます悪くなるようだ。ただし、ハッピーアワーには将校クラブに戻りたいのでそのつもりで」

ワードは発令所を見まわした。ラルストンはまだ、ゴミ箱に頭を突っこんだままだ。彼はそのゴミ箱を、コルテス上等水兵と共有していた。ラスコウスキー先任伍長は、潜航長席に身体をくくりつけ、あらゆる術策を駆使して、〈スペードフィッシュ〉を潜望鏡深度にとどめ、荒れ狂う海で転覆しないように努めていた。横舵手と潜舵手は、操舵装置を押したり引いたりして、波に上下動する潜水艦の姿勢を維持しようと苦闘している。操舵員と発射管制員は、海図台の陰でゴミ箱を共有していた。換気用のファンが、吐瀉物のにおいをどうにか我慢できる範囲にとどめている。

乗組員がこの状況に耐えられるのは、せいぜいあと二、三時間だろう。絶え間ない縦揺れと横揺れは、すでに彼らを消耗させていた。休息はほとんど不可能だ。嵐の海で、非番の乗組員も寝台から投げ出される。調理も無理だ。大半の乗組員には、むしろそのほうがよかった。食事を摂ることなど、考えたくもなかったからだ。波に翻弄され、転倒する者や、備品の鋭利な角にぶつかる者、梯子から転落する者がいつ出てもおかしくなかった。

今回の任務で、これ以上負傷者を出すのはご免だった。一刻も早く、静かな海中へ戻らねばならない。

ワードには支援が必要であり、助けを求めることに躊躇はしなかった。

「PV4、TSCに哨戒機の任務変更を求めるよう要請する。JDIAも後押しするだろう。貨物船がこの海域を通過するのに十五時間はかかるだろうし、それまでに天候は好転しているかもしれない」

プルーイットは艦長の声に耳を澄ました。この悪天候で憔悴し、疲れ切っているように聞こえる。パイロットは潜水艦の乗組員でなくてよかったと思った。哨戒機とて、厚い雲のなかを通過すれば揺れるが、高い波に翻弄される潜水艦の比ではない。

「了解した、〈スペードフィッシュ〉。そのように要請してみよう」彼は答えた。「さして時間はかからないはずだ。許可が得られたら、われわれは水中音響信号を投下し、配置を離れる前にもう一度投下しよう」

SUSとは、小型爆弾の形をしており、P3Cが潜水艦の近くの海中に投下する信号装置だ。一度水中に投下されれば、その装置は暗号化されたシグナルを大きな音で発信し、潜水艦は数マイルの距離からソーナーで聴取できる。

「了解した。これより潜航する。〈スペードフィッシュ〉、通信終わり」

声の震えから、艦長はさらなる波の打撃をこらえているようだ。プルーイットは手を伸ばし、ダルトンの腕を軽く叩いた。

「しばらく操縦をまかせる。コーヒーを一杯飲み、サンドイッチを食べてくるよ。何かほしいものは？」

「いまは結構です。少し経ったら、わたしも昼食を摂ります。下の連中は、まったく食欲がわかないでしょうね」

副操縦士が示した眼下の洋上では、どんよりした雲の下で海が怒り狂って逆巻いている。

プルーイットは同情するように頭を振り、サンドイッチを食べに奥へ向かった。

29

コロンビア政府の下級官僚ホセ・シルベラスは椅子に寄りかかり、満足げな笑みを浮かべた。彼の机では、灰色の箱がブーンと音をたてている。北アメリカ人（ノルテアメリカーノス）どもが彼の部署にくれた、この新型のコンピュータのおかげで、ふだんの仕事はとても簡単になり、人目を忍んで行なっている探索も、より安全かつ効率的になった。彼自身は机の前に座り、濃いコーヒーを飲みながら、画面をじっと見ているだけでいい。エル・プレジデンテの政府に求められた仕事は、コンピュータがすべてこなしてくれる。その仕事と引き替えに、シルベラスは毎週いくばくかのペソを受け取っているのだ。かつて彼が何日もかかっていたのと同じ作業を、この機械はほんの数分で片づけてくれる。まったく驚くばかりだ。

コンピュータは倦（う）むことなく、政府の官僚組織が求める無数の無味乾燥なデータを処理している。内部で稼働するマイクロチップの奥深くで、この機械は別の仕事もしていた。きわめて重要かつ危険な仕事だ。にきびだらけの白人（グリンゴ）のコンピュータ技術者はなんと言っていたっけ？　確か、〝裏画面で動かせる〟だ。このコンピュータが裏画面でどれだけのことをやり遂げたか知ったら、あの若造はどんな顔をするだろう。

シルベラスが政府の退屈な内容のファイルをあちこちへ動かしているあいだに、コンピュータは電子空間でエル・ヘフェが求めている特定の必要不可欠な情報を探している。機械はファイルの引き出しを電子的により分け、銀行の取引記録や船舶の積荷目録を検索して、以前はシルベラス自身が冒していたリスクをすべて担ってくれるのだ。

画面にアイコンが表示され、小さな電子音が鳴った。誰に見られていても、このなんの変哲もない電子音が何を意味するかはわかるはずがない。特別なキー操作法を知らないかぎり、シルベラスがやっていることは誰にも露見しないのだ。

昔からの習慣は、たやすく変わるものではない。シルベラスはキー操作を始める前に、乱雑な狭い事務室を見まわした。周囲には誰もいない。いるのは彼一人だけだ。キーを操作し、すばやくパスワードを入力して、彼はエル・ヘフェが求めた特定の単語を含むファイルの長いリストを見た。

ふむふむ、セニョール・ホルブルックが、ちょっとしたヨーロッパ旅行を計画しているらしい。エル・ヘフェに知らせたら、さぞかし興味を持つだろう。あの銀行家はどうやら、金を動かそうとしているようだ……それも巨額の金を……彼の個人名義の銀行口座から。

これは大変興味深い。

シルベラスは入念にファイルを読み、めぼしい情報をすべて記憶した。必要な情報を収集し、記憶したところで、彼はこの特別プログラムを閉じ、事務室から狭い廊下へ踏み出すと、扉に鍵をかけた。

がぜん食欲がわいてきた。早めに昼食を摂り、電話をかけて、この耳寄りな情報を知らせよう。

ビル・ビーマンは合成樹脂を網目状に張った簡易シートで身動きした。なるべく疲れない姿勢を保とうとしてはいるのだが。C－130輸送機のターボプロップ・エンジンの轟音が、耳元でがなっているように思える。この身ごもったアホウドリのような輸送機にこれ以上乗っているぐらいなら、人を寄せつけないジャングルや砂漠に一カ月野宿したほうがましだ。何度乗ろうが、同じことだった。輸送機にじっと乗せられている時間を、しのぎやすくする方法はない。ひどい騒音と寒さに加えて、このお粗末なシートでは、眠ることなど不可能に等しかった。

ビーマンは向かいに座っているダンコフスキーに、驚きの目を見張った。なんと、ぐっすり眠っているのだ。よだれがひと筋、口の端から垂れている。

こうした任務の始まりはいつも同じだ。いつ果てるともしれない時間、C－130の仮設のベンチに座り、部下の顔を眺めながら、作戦の一部始終を思い描き、不測の事態を想像する。そうして、自問自答するのだ。負傷する可能性があるのは誰だ？　生還できない者はいるだろうか？　全員の生還を期すには、どうすればいい？　俺たちは任務を無事遂行できるだろうか？

答えのない疑問だが、無視することはできない。だからこそ、どうにかして休める姿勢を探そうと身もだえするあいだ、こうした疑問がビーマンの脳裏に渦を巻くのだ。

ジョンストン上等兵曹が、ビーマンのかたわらに腰を下ろした。絶えざる風のうなりとエンジンの轟音に負けじと、声を張り上げる。いつもどおり、彼はビーマンの心を読んでいるようだ。

「また、いろいろ心配しているんでしょう、部隊長？　いったい何度言えばわかるんですか？　心配してもなんにもなりませんよ」ジョンストンはにたりと笑い、ＳＥＡＬ指揮官を務める少佐の膝をぴしゃりと叩いた。「それに、今回の任務は楽勝ですよ。公園をちょっと散歩するようなものです」

ビーマンはどうにか疲れ切った笑みを浮かべ、叫び返した。

「ああ、そうだな、上等兵曹。俺は心配などしていない」嘘だった。「公園をちょっと歩くようなもんだ」

「全員の装備をチェックしました。準備完了です。最後の瞬間に機械の不具合で慌てることはありません。輸送機の乗員とも話しました。あと二十分で、降下地点に到達です。気象予報によると、視界はきわめて良好とのこと。降下地点上空の風は、南西方向から五ノットないし七ノットです。部隊長の実家へ夕食を摂りに寄るようなもんですよ」

ビーマンの笑みが心持ち広がった。

「そうか、おまえは俺のおふくろのビスケットを食ったことがあるんだったな。あれはうちの最終兵器だ。劣化ウラン弾より強力だぞ。およそ知られている、どんな装甲でも貫通するのは請け合いだ」

ジョンストンは笑い返し、ゆっくり立ち上がると、わずかに傾斜した機内で足を踏ん張った。

「そろそろ、みんなを叩き起こします。降下の準備をしなければ」機内を歩きまわり、隊員たちをブーツのつま先で蹴って起こす。今回はチーム全員で六名しかいない。飛行目的がSEAL隊員の輸送だけであれば、広大な貨物室はほとんど空っぽだっただろう。しかし今回、隊員の輸送は単なるまわり道にすぎなかった。C-130はそのあとボゴタまで飛び、重要な軍需品を届けるのだ。こうした目的の存在が、SEAL隊員降下の恰好の目くらましになっていた。前回の任務で情報漏れがあり、それが襲撃を招いたとしたら、ビーマンにとって、この隠れ蓑は大いにありがたかった。

降下長がビーマンの肩を叩いた。

「時間だ！」彼はエンジンの轟音に負けない大声を張り上げ、尾部の大きな貨物用ハッチを指さした。

ビーマンはぎくしゃくした動きで立ち上がり、伸びをして、自分の装備をしっかりと固定した。装備をひとつずつ、二度点検する。それから、ジョンストンと互いの装備をチェックし、ほかの隊員たちも二人ひと組で降下前の儀式を行なった。パラシュートのハーネスを締め忘れていたり、パラシュートをひらく曳索を収納したままにしたりしていたら、目も当てられない。空中を落下している途中で、そうしたことを修正するのは至難の業だ。

六名の隊員たちは輸送機の尾部へ向かい、後部の貨物扉の前に並んだ。降下長がヘルメットのインターコムで短く通話し、右側隔壁のボタンを押した。扉がゆっくりと下にひらき、機の後方に星を散りばめた夜空が現われる。ビーマンの目に、一〇〇〇〇フィート下の地上が見えた。明かりはどこにもなく、暗闇だけが彼らを招いている。

右側の貨物扉横の頭上で、小さな赤いライトが消え、緑のライトが点灯した。降下長がSEALの指揮官に、飛び出せと手で合図した。

ビーマンは何げない足取りで扉へ向かい、虚空に向かって飛び出した。部下の隊員が次々とあとに続く。

機外に出て降下すると、ビーマンは手首の高度計を顔の前にかざし、夜空を落ちていきながら数値を見た。瞬く間に数値が減っていき、降下地点の地上から一〇〇〇フィートになった。平均的なテレビ塔ぐらいの高さだ。そこに至ってようやく、ビーマンはパラシュートをひらくDリングを引き、本能的に上を見て、開傘したかどうか確かめた。流線型の大きなパラシュートがすぐに空一杯に広がり、彼の身体をぐいと引いて落下速度を抑える。ビーマンは頭上を見、星空を横切る隊員たちの黒っぽい輪郭をかろうじて判別した。人数を数える。一、二、三、四、五。よかった。五人全員の落下傘が見える。彼はハーネスを引いて方向転換し、自分のパラシュートを北西の降下地点に向けた。部下たちも、バレエダンサーのように整然とあとに続く。

ビーマンは狭い開拓地のほぼ中央に着地した。と思いきや、沼地の深みに頭から突っこんでしまった。道理で、この場所だけがぽっかり空いていたわけだ。彼らはまっしぐらに沼をめざしていたことになる。ビーマンが立ち上がり、パラシュートを引くと、その隣にジョンストンが降りてきた。彼も沼に突っこんだ。

上等兵曹が立ち上がり、悪態をついているところに、ほかの四人がほんの数フィートの距離を置いて降りてきた。ジョンストンの指示で、全員が降下用具を埋め、移動の準備を整えた。

「隊長、全員が準備完了しました……底なし沼でなくてよかったです。これだけ泥だらけになったら、カモフラージュをするまでもありませんね。きっと豚の群れにしか見えないでしょう」ジョンストンはスーツの前についた泥を放り投げた。「すでに〝無事着地〟のメッセージを出し、受信されました」

「オーケー、ここでうろついていてもしかたがない。これからジャングルを一マイルほど歩くことになる。日が昇る前に、お化け屋敷の廃墟に到着したい。そこのお化けが、鶏といっしょに起きる前に」

一行は痕跡を何ひとつ残さず、生い茂る密林のなかに姿を消した。

ジョナサン・ワード艦長は士官室のテーブルでくつろいでいた。右隣にジョー・グラス副長が座り、ばかでかいオムレツにむしゃぶりついている。まだ未明とあって、室内には二人しかいない。ほかの将校は、当直に就いているか、まだ寝ていた。気のおけない話をしたり、任務で起きたことを振り返ったりするにはちょうどよいタイミングだ。ワードは発令所で夜を明かし、〈ヘレナK〉の動きに目を光らせつつ、乗組員を見守っていた。大皿一杯のオムレツを平らげたら、グラスが日中の発令所を指揮し、ワードはその時間を運動と休息にあてる。

ワードはカップのコーヒーをすすりながら、朝食をたらふく食べる副長を見ていた。

「本当にいらないんですか、艦長？　クッキーの腕は魔術師さながらですよ。冷凍の卵とはとても思えません。サンディエゴのホテル・デル・コロナドでも、これだけのチーズとマッシュルームのオムレツにありつけるかどうか」

ワードは声をたてずに笑った。

「海中に戻ったとたん、きみの食欲も戻ったようだな。負傷者が一人も出なかったのは幸いだった」

グラスは口一杯に卵を頬張りながら、うなずいた。一気に飲みこみ、口をひらく。

「ええ。確かに幸運でした。天候はどうなっていますか？　少しはましになったんでしょうか？」

「ソーナーの報告では、北東へ向かうにつれて穏やかになっていくようだ。前線が通過したらしい。ソーナーでの海況は三前後だ。少し前に、上昇して様子を見てみた。まだ波は高いが、収まりつつある。さもなければ、上昇したときにきみを起こしてしまっただろう。貨物船は相変わらず、われわれの先で北西をめざしている」

グラスはコーヒーをぐいと飲んだ。

「よかったです。われわれも任務に戻れます。P3哨戒機はまだ飛んでいるんですか？」

ワードは首を振った。

「いいや、午前二時ごろに帰投させた。ソーナーの反応は良好で、演習海域も順調に通過できたからな。これ以上、哨戒機の支援を乞うには及ばないと判断したのだ。必要もないのに拘束して、彼らの睡眠時間を奪っても無意味だからな」

「貨物船の目的地はどこなんでしょう？」

ワードは頭を振った。

「かいもく見当もつかん。わかっているのはただひとつ、表向きの目的地はバンクーバーということだけだ。だとしたら、バンクーバーではないだろうが、ほかのどこかにちがいない。われわれは追尾して、目的地を見きわめてやるまでだ」ワードは室内を見まわし、腹を軽く叩いた。「クッキーはどこにいる？　わたしもオムレツを食べたくなってきたよ。ただし、きみの半分にしてもらおう。もしかしたらきみは、肥満で潜水艦を追い出される最初の艦長をめざしているのか？」

グラスは無言でウインクし、さらに卵を頬張った。

トム・キンケイドはため息混じりに悪態をついた。一台のコンパクトカーが急に彼の車の前に割りこみ、キンケイドがそこにいたのが悪いとでもいわんばかりに、けたたましくクラクションを鳴らしたのだ。道路はひどく渋滞し、ときおり思い出したようにしか車列は動かない。ただでさえ、ラッシュアワーに車を運転するのはいやでたまらないのに、いつ果てるともしれない霧雨が追い討ちをかける。

助手席で携帯電話が鳴りだし、急に割りこんできたドライバーへの怒りを逸らした。キンケイドはシボレー・サバーバンのシートに手を伸ばし、電話を摑んだ。

「キンケイドだが」苛立ちとともに応答する。

「こんな朝早くに起きていたとは驚きだ。あんたがたDEAの捜査官（カウボーイ）は昼ごろまで寝て、起きたら爪でも磨いているのかと思っていたよ」

ケン・テンプル警部補の嗄（しゃが）れ声に、キンケイドは思わず笑ってしまった。月並みなジョークだが、彼はいつも有益な情報をもたらしてくれる。トム・キンケイドが喉から手が出るほどほしがっている情報を。

「ああ、そうなんだ。しかし、われわれは政治的嗅覚が鋭いので、ワシントンDCの時間に合わせて動くのさ。だから、こっちで働くのはなかなか大変でね。それなりの評価をしてほしかったら、九時には起きていないといけない。ハワイに赴任している捜査官が本当に気の毒だよ……」キンケイドはそこで急ブレーキを踏んだ。まだ黄信号なのに、目の前のコンパクトカーの女性が独自の判断で停まったのだ。「こんちくしょう……おい、ケン、どうしてきみは、ぼくがシアトルの道路で得がたい経験をしているところを邪魔してくれるんだ？」

「おなじみのラミレスとラシャドが、またぞろ浮上してきたんだ。ベルビューでパトロール中の警官が、酒場の外に駐まっていたラシャドのＢＭＷに気づいた。あのへんに、金ぴかでシャコタンのＢＭＷなんかめったにないだろうな。ともかく、その警官は何か臭いと感じ、探りを入れてみたんだ」

信号が緑になると同時に、キンケイドはアクセルを踏んだが、右から錆だらけのピックアップトラックが信号無視して突っこんできたので、またも急ブレーキをかけた。キンケイドはステアリングを拳で叩き、不完全燃焼の青い排気ガスにかすむテールライトに向かって、悪罵を投げつけた。

「ナンバープレートを照会してくれないか？　あの車のナンバーをいまから言う。あのろくでなしを、こてんぱんにしてやる！　まったく、シアトルの車の運転はひどい。危うく死ぬところだったぞ」

「まあ落ち着け、トム。血圧によくないぞ」テンプルはくすくす笑い、キンケイドの怒った顔を思い出した。「とにかく話を戻すと、警官が事情聴取しようとしたときには、BMWは消えていたそうだ。その警官は、バーテンダーに訊きこみをした。そうしたら、出ていった客はその二人にまちがいないと認めたそうだ。そのバーテンダーは、大柄な黒人がテーブルのチップをかすめ取ったと言って怒っていた」

キンケイドは話を聞き、情報を咀嚼（そしゃく）した。それから訊いた。「追跡調査はしたのか？二人はいまどこにいる？」

「それが、いまわかっているのは、二人が戻ってきて、ふたたび動きまわっているということだけなんだ。市内の分署すべてに二人の情報を送り、警戒するよう指示を出したが、手出しはしないように伝えた。やつらはまた、しっぽを出すにちがいない。あの派手好みの二人組が、そんなに長く隠れていられるとは思えんからな」

キンケイドは二、三分ほど唇を噛み、考えに耽った。

「当面は様子を見、相手の出かたを待つしかなさそうだな」ようやく、彼は口をひらいた。「やつらが再浮上してくるときには、密売の仕事の再開にかかるだろう。これ以上の人的被害が出る前に、あの二匹のゴキブリどもを踏み潰してしまうべきだ。ぼくの勘はそう告げている」

トム・キンケイドの勘はいつも大いに信頼でき、これまでに組織内で受けた仕打ちや不遇にもかかわらず、その勘は鈍っていなかった。彼の本能は、この二人を捕まえればファン・デ・サンチアゴの死のビジネスを頓挫させられると告げていた。そしていま、目の前のコンパクトカーが一マイル以上も制限速度の半分以下で走り、ウインカーを点滅させつづけているにもかかわらず、キンケイドは女性ドライバーへの怒りが冷めていくのを覚えた。世の中には彼女よりはるかに邪悪な人間がいるのであり、自分こそはその悪人どもに怒りを燃え立たせ、懲らしめるべき立場にあるのだ。

そのチャンスはすぐ目の前まで来ている。

ファン・デ・サンチアゴは大農場（ハシエンダ）の執務室で、古いマホガニーの机の奥に座っていた。この部屋には年代を経た革、葉巻の煙、埃のにおいがこもっている。壁ぎわの本棚には、革表紙の帳簿がぎっしり並び、数百年もの歴史で耕された農地の記録、代々の農場主が使ってきたすべての支出が記されている。

デ・サンチアゴがこの部屋を使うことはきわめて稀だ。豪奢な革張りの椅子や重厚な真鍮のランプは、彼の好みではなかった。農場主の執務室に座っている革命指導者を見たら、支持者はどう思うだろうか？　しょせんは主人が替わっただけのことで、やはりデ・サンチアゴも蓄財のために日雇い人をこき使うつもりではないかと思うにちがいない。

しかしこの部屋は、当面の目的にはうってつけだ。これから対決を控えている相手には、彼が強大な財力と権力の持ち主であるという印象を与えたかった。相手にメッセージがよく伝わらなかった場合には、厚い壁や、ほかの部屋から孤立した位置も有利に働くだろう。

凝った装飾の紫檀の扉に、強いノックの音が響いた。デ・サンチアゴが答える前に、グスマンが入ってきた。

「エル・ヘフェ、例のアメリカーノが来ています。いますぐお会いしたいとのことです」

デ・サンチアゴは笑みを浮かべ、柔和な口調で言った。

「すぐにお通ししろ、グスマン。あれほどの重要人物を待たせておくわけにはいかないからな」

グスマンは疑念を露わにした表情で、指導者を見た。エル・ヘフェがあのめめしい経理責任者を蛇蝎のごとく嫌っているのを知っていたからだ。エル・ヘフェはあの男の存在すら我慢ならず、その国際金融に関する該博な知識を必要としていなければ、とっくに喉を切り裂いていただろう。

もうひとつ、グスマンが熟知していることがあった。エル・ヘフェは、物静かで慇懃なときほど危険なのだ。用心棒は怖気をふるい、この晩に自分があの経理責任者でないことに感謝した。

ドン・ホルブルックがグスマンを押しのけ、足音も荒く、静かな部屋に入ってきた。彼は怒り心頭に発しており、怒号をあげながら拳を振りまわしている。

「いったいこれはどういうことだ？」

経理責任者はデ・サンチアゴに拳を向け、いつものわざとらしいハーバード風の訛りもどこかに忘れているようだ。

グスマンはすばやい身のこなしで腰に手を伸ばし、いつも携えている鋭い切れ味の格闘用ナイフの柄(つか)を握りしめた。その動きを予測していたデ・サンチアゴは、用心棒がこの愚かな経理責任者の首を切る前に、かすかな動きで制した。

「セニョール・ホルブルック、わが友よ。いったいなぜ、そんなに泡を食っている？」デ・サンチアゴは訪問者にワインレッドの革張りの肘掛け椅子を勧めた。「どうぞ、座ってくれたまえ。まずは落ち着いて、きみの問題がなんなのか話し合おうじゃないか。どんなことかはわからんが、われわれは文明人なのだから」

ホルブルックは足を踏みならし、反乱勢力の指導者を睨みつけた。

「座るつもりなどないし、話し合うこともない！　言いたいことはただひとつだ。金を返せ！　きさまがわたしから盗んだ金を！　いますぐ返さないと、後悔させてやるぞ」

デ・サンチアゴは笑いを押し殺し、この金の亡者が動転しているさまを楽しんだ。まったく滑稽そのものだ。こともあろうに、わたしの家でこのわたしを脅すとは、厚かましいにもほどがある。

「葉巻はいかがかな？　それとも、コニャックを一杯どうだろう？　極上のナポレオンのビンテージがある」

ホルブルックは怒りにわれを忘れており、デ・サンチアゴの穏やかな応対ぶりはかえって火に油を注いだ。彼は勧められた椅子にどすんと座り、デ・サンチアゴの言葉から滲む皮肉のとげに気づかなかった。

「フアン、ごたくもいいかげんにしろ。きさまにどうやってあんなことができたのかはわからんが、きさまがやったことだけはわかっている。さあ、盗んだ金を返してもらおう。さもなければ、秘密口座の金がすべて露見するように仕向けてやるから……」

「しかし、セニョール・ホルブルック」デ・サンチアゴはさえぎった。「その点では多少見解の相違があるようだ。ヘル・シュミットをはじめとしたスイスの友人たちのおかげで、われわれは由々しい窃盗行為が行なわれていることに気づいた。それに革命運動とわたしのほうが、彼の銀行にとってはきみよりもはるかに上得意であり、そのためにスイス人からは多少なりとも忠誠心を得られている。わたしの計算によれば、きみは革命運動の発足当初から、金をかすめ取っていた。技術的に言えば、そもそもわたしのものだった金を、わたしが盗むことはできないのではないかな？　この点でわれわれは、何度も話し合ってきた。きみが私腹を肥やすのに、わたしは目をつぶるつもりだったのだ。きみが一定の節度を守っていてくれれば」ここで、デ・サンチアゴの口調が一変した。彼はやおら席を立ち、座っている経理責任者を睥睨（へいげい）して、怒りに満ちた言葉を投げつけた。「しかし、きみの強欲ぶりはとどまるところを知らなかった。とんでもない！　きみはあらゆる機会を盗んではわたしの金を奪い、それでも満足しなかった。数百万ドルでもまだ飽き足りず、なおもむさぼり取ろうとした。あげくの果てにきみは、わたしの秘密をエル・プレジデンテに売り渡したんだ！　セニョール・ホルブルック……それともコードネームを言ってやろうか、〈エル・ファルコーネ〉？　きみはもはや、翼を失った鳥だ」

　ホルブルックは口をぽかんと開け、憤怒に満ちたファン・デ・サンチアゴの形相に目を見ひらいた。蛇のようなまなざしに睨まれ、経理責任者は凍りついた。すっかり怯えてしまい、否認しようとしても舌が動かない。彼はデ・サンチアゴのかすかな身振りを見逃し、グスマンの動きに気づくこともなかった。用心棒は猫のようなすばやさで椅子の背後にまわり、格闘用ナイフを電光石火の速さで抜いた。

　目にも留まらぬ早業で、グスマンはホルブルックの白い長髪をぐいと摑み、強引に頭をもたげて、ひくひく動く喉仏をさらした。

ホルブルックの視界に、振り下ろされるナイフがよぎることはなかった。ただ、焼けつくような奇妙な熱さが喉をよぎった。次の瞬間、息を吸いこめなくなった。言葉が出てくるのなら、彼はエル・ヘフェに〈エル・ファルコーネ〉のことなどまったく知らないと言いたかった。しかし、口からは泡の混じった血がごぼごぼと出てくるばかりだ。

「さて、グスマン、この豚野郎をつまみ出してくれ。わたしの家にいるだけで不愉快だというのに、汚らしい血で汚されるのは我慢ならない」デ・サンチアゴは言った。瀕死の男に目もくれず、革命指導者はかび臭い部屋を踏み出し、上階へ向かった。にわかにマルガリータのもとへ行きたい衝動に駆られたのだ。たったいま挙げた勝利を彼女に伝えよう。〈エル・ファルコーネ〉の化けの皮を剝ぎ、とどめを刺したことを。

そしてもう一度、自らの下であえぐ彼女の肉体を感じるのだ。

30

ビル・ビーマンは密生して絡まり合うジャングルの下生えを、音を忍ばせて滑り降りた。足を取って前進を阻もうとする枝や蔓のあいだを縫うように移動する。東の尾根の向こうから、夜明けの光が兆（きざ）している。一行は予定よりも遅れていた。夜行性のジャングルの動物たちは、すでにねぐらに帰っている。日中に行動するコンドルなどの清掃動物は、腐肉を漁りはじめたところだ。SEALの指揮官は、明けてきた暗がりのなかで、隊員たちがかたわらに散開しているのをかろうじて見分けた。

降下地点からここまでは平坦ではなく、つらい道のりだった。人間が生活している気配はまったくない。六名のチームはほぼ完全な暗闇のなか、尾根を登り、そして下ってきた。午前三時ごろ、西から沸き起こった雷雲で夜空はさらに暗くなり、星明かりをかき消した。一時間後、SEALチームは吹きすさぶ嵐と豪雨のなかで進むのを余儀なくされた。絶え間なく降り注ぐ滝のような雨で、目の前の木々さえ見えなかった。ものの数分で、肌までぐっしょり濡れた。しかし同時に、突然の嵐にはいいこともあった。敵兵の監視の目をくらましてくれ、SEAL隊員がうっかり物音をたてても、かき消してくれるだろう。ビーマンは祈るしかなかった。敵兵がひそんでいても、自分たちと同じぐらい不愉快な思いをしていることを。

雨は密林の薄い土を、滑りやすくぬかるんだ泥に変え、それがブーツにまとわりついた。泥と濡れた草のせいで、迅速な行軍はたちまち不可能になった。尾根を登ろうと一歩前進しても、滑って半歩後退してしまう。斜面を登ろうとあがくうちに、休養を充分に取ったSEALチームさえも疲労してきた。

雨は降ったときと同じく、唐突にやんだ。男たちが尾根を越えて下りはじめたころ、爽やかな涼風が雷雲を東へ吹き飛ばしてくれた。豪雨がやんでも、目の前の谷を見はるかすことはできなかった。鬱蒼(うっそう)と茂る草木が雨水で垂れ下がり、視界を覆っていたのだ。

それでも、重力の助けで斜面を滑り降りることができたのは楽だった。一行が開拓地の端にたどり着いたころ、目の前に高くそびえる尾根の向こうから、ちょうど朝日が差してきた。

ビーマンは手を上げ、左右を指さして、手信号で部下に、散開して偵察すべき場所を指示した。彼らの前の狭い開拓地では、昇ってくる太陽のほのかな黄色い光に、焼け残った大農場（ハシエンダ）の廃墟が照らされている。密林の草木が繁茂し、建物の廃墟を覆い尽くそうとしていた。それでも、この場所は衛星写真に写っていたのとまったく同じだ。こここそ、まちがいなく彼らが捜索すべき場所なのだが、軍事力を行使すべき重要施設がありそうにはとても見えなかった。

何ひとつ、そよとも動かない。あたりは薄気味悪いぐらいに、しんとしている。

ジョンストン上等兵曹とブロートン隊員が開拓地の右手にまわり、近距離で互いに援護しながら、廃墟のなかに監視兵がいた場合に備えて、ジャングルを遮蔽物にしつつ、草木を縫って移動した。ダンコフスキーとマルティネッリは左手に移動し、視界から消えた。カントレルはビーマンの右側数ヤードの地点へ滑りこみ、木立から出る直前で止まった。彼は大きなマホガニーの木の股を支えにし、M‐60機関銃を構えた。

ビーマンは自分の雑嚢に手を入れ、双眼鏡を取り出した。この距離なら肉眼でも充分に見分けられるのだが、細部に目を凝らすのに役立つ。どんなに小さなものでも、それを見落とさないかどうかが、作戦の成否を、ひいては生死すらも分かつことがあるのだ。最初に開拓地をひととおり見たときには、何ひとつ不審なものはなかった。しかし、掘っ立て小屋の近くにある何かが、ビーマンの目を引いた。どうもおかしい。彼は全神経を集中し、双眼鏡の焦点を合わせて、ひとつひとつを注意深く見た。

ようやく、注意を惹いたものの正体がわかった。それは小屋の背後の木立にひそんでいた。ランの花の根にほとんど隠れるように、小型ビデオカメラが、開拓地のほうへ向けられていたのだ。これほど人里離れた荒地で起きていることに、誰かが関心を抱いている。ビデオカメラを慎重に隠して据えつけ、このジャングルのただなかにあるうら寂しい開拓地を見張っているのだ。川辺へ水を飲みに現われるバクを見ようと、どこかの自然愛好家が据えつけたとは考えにくい。

ビーマンはため息をついた。暗がりを滑るように移動してきた隊員たちの姿がカメラに映っている懸念は、ほとんどないだろう。彼らは監視を想定していたからこそ、そもそも開拓地をうろつきまわるような真似をしなかったのだ。より大きな懸念は、この見捨てられたような廃墟の周囲に、別の監視機器が隠されていないかどうかだ。圧力センサー、人感センサー、レーザー光線——招かれざる客に目を光らせる方法はいくらでもある。これからは、いよいよ注意して行動しなければならない。

監視カメラの存在で、ひとつの事実が裏づけられた。一見、なんの特徴もなさそうなこの開拓地には、周到な偽装が張りめぐらされている可能性がある。

ビーマンはゆっくり、慎重に、辛抱強く探索を続けた。掘っ立て小屋に踏み入って内部を検(あらた)めたいのはやまやまだったが、思いがけない仕掛けや罠がないかどうか、時間をかけて見きわめる必要があった。ここ最近、人間が住んでいたと思われる痕跡はなさそうだ。ビーマンは双眼鏡をもう一度木々のほうへ向け、樹上に監視カメラがないかどうか確認した。さっきのランの花が目に入った。枝の分かれ目の付け根に咲いている、白と金のかわいらしい花だ。

ビーマンは笑みとともに、おかしなことを考えた。エレン・ワードなら、即座にランの花を見分け、通名と学名を教えてくれるだろう。彼女は昔から、草花に詳しかった。彼女とジョンの招きで夕食に自宅を訪問した折には、ガイド付きの庭園ツアーをしてくれた。

ビーマンは双眼鏡の倍率を最大にし、木にもたれて姿勢を安定させた。ランの根元に目を向ける。そこからは黒々としたガラスの非人間的な目が、冷たく彼を見据えていた。

ビーマンは暗がりに深くあとずさりし、カメラのレンズの視界から隠れた。衛星用の無線電話機を背嚢から取り出し、スイッチをオンにする。小さな緑のLEDライトが瞬き、サンディエゴのJDIA司令部と通話する準備中であることを告げた。待ちながら、ビーマンは思った――局長は楽なもんだな。深々と椅子に座って、ジャングルをうろついている間抜けから知らせが来るのを待っていればいいんだから。八時間、静かで安全な部屋で退屈をしのいだら、家に帰って温かい食事を摂り、暖かく乾いたベッドに寝られるんだろう。

いつだったかワードから、こう言われたことがある。ビル・ビーマンは生まれながらのSEAL隊員であり、もしSEALがなかったら、自分で同じような特殊部隊を作り出していただろう、と。

ビーマンは苦笑とともに、小型のイヤホンを耳に装着し、送話用のマイクを口元につけた。それから、静かに口をひらいた。

「司令部、こちらチームです。廃墟の土地に来ています。監視カメラが配置されていたことをお知らせします。どうぞ」

ビーマンの耳に、ベセア局長の声が聞こえてきた。

「了解、チーム。ほかには？」

「いまのところ、まだよくわかっていません。周辺を偵察しているところです。ここに来るまでは、計画より時間がかかりました」

「ご苦労、ビル。くれぐれも気をつけるんだ。その場所には、デ・サンチアゴの研究施設があるとわれわれは見ている。いかなる伏兵が守備についているか、知れたものではない。だが、内部に何があるのかを知る必要がある」

ビーマンは反射的に、周囲を見わたしながら答えた。

「局長、果たして〝内部〟があるのかどうかも、はっきりしないんです。いまわかっているのは、監視カメラがあるということだけです。もしも〝内部〟があったとしたら、どうしてほしいんですか？」

「ブリーフィングで言ったとおりだ。内部に入り、何があるのかを突き止めてほしい。できるものはなんでも入手して、脱出するんだ」

「この場所を制圧してほしいということですか？」

「きみの裁量にまかせる。実行可能で、かつ合理性があるなら、除去してくれ。しかし忠告しておくが、今回は外部から攻撃できる兵器がない。きみの部下を不要な危険にさらしてはいかん」

ビーマンは顔をゆがめた。恐れていた言葉だ――〝きみの裁量にまかせる〟。JDIAのもとで作戦を行なうに際し、ビーマンはその言葉の怖さを思い知らされた。敵地に潜入し、標的を特定して、それを破壊し、無事に脱出するのは、決して簡単なことではない。しかも今回は、あいまいで定義困難な地域での作戦だ。この目で見きわめ、内部に突入してその全貌を確かめたあとは、困難な決断の重荷が彼一人の双肩にのしかかってくる。

「ありがとうございます、局長。そこまで信頼していただけるとは」ビーマンは辛辣な口調で言った。「脱出用のヘリだけ待機させておいてください。現地時間の正午には必要になると思いますので。ヘリの乗員に、着陸地点で交戦状態になる可能性があると言っておいてください。また報告します。チーム、通信終わり」

ビーマンがイヤホンを耳から取り、通話装置を収納したとき、側面で偵察していた二人が匍匐で即席の司令部に戻ってきた。

「めぼしいものはありません」ジョンストンはささやき声で言いながら、エナジーバーの包みを開けて食べはじめた。「いまいましい蔓草や小枝のほかには、蛇しかいませんでした。蛇の巣窟です。蛇がうじゃうじゃいます」

上等兵曹が恐れるものは何もない。蛇以外は。

ビーマンは匍匐で木々のあいだに戻り、ジョンストンについてこいと身振りで示した。

「上等兵曹、ひとつ見せたいものがある」ビーマンは木の枝のあいだに咲いているランの花の根元を指さし、監視カメラを示した。「あれが見えるか？　この場所に目を光らせているやつがいるということだ」

「なるほど、そのようですね」ジョンストンは目を細くして双眼鏡を覗き、うなった。

「ほかにカメラは？」

ビーマンは首を振った。

「俺には見つけられなかった。さて、俺たちがやらねばならんのは、カメラに見られないように、あの掘っ立て小屋に入って内部を検めることだ。何かいい考えは？」

ジョンストンは開拓地のほうへ慎重に目を注いだ。

「カメラに映らずにあそこまで行く方法はなさそうですね。日没までは待てませんし、どのみち夜は赤外線センサーが作動するでしょう。それでは、SEALの伝統に則って、昔ながらの正攻法でカメラを破壊しましょうか」

「カントレルは、あれに命中させられるのか？」

「部隊長、あの若造はM-60機関銃で一〇〇〇ヤードの距離から撃って、十セント硬貨のF・ルーズベルトの鼻に当てられるんです。あの監視カメラぐらい、たやすいもんですよ。監視カメラの映像を見ているやつらは――ちゃんと起きていたらの話ですが――故障には慣れているでしょう。とくにこういうジャングルなら、どこかがおかしくなることは珍しくないはずです」

「よし、さっそくかかってくれ。だがカメラを壊したら、大急ぎで掘っ立て小屋に突入しよう。この開拓地で、ほかにどんな仕掛けがあるかわからんのだ。それから、なかがどうなっているか確かめて、脱出する。カントレルとマルティネッリはここにとどまり、われわれを援護する」

大胆な計画だが、任務を遂行するには唯一の実行可能な方法だ。仕掛け線、偽装爆弾、地雷が、彼らと掘っ立て小屋の下の草に隠されているかもしれない。のみならず、あの崩れそうな小屋に入ったら、何が待ち受けているか見当もつかないのだ。ここの守りが、監視カメラと隔絶した地理的条件だけであることを祈るしかない。

ジョンストンは、マホガニーの木の幹にいるカントレルの配置場所に滑って移動した。ビーマンが見守っている前で、ジョンストンは木々のあたりを指さした。カントレルはそのあたりをじっと見つめ、目をすがめて、風向きを確かめ、鍛錬された目で距離を測ると、うなずいた。カントレルはビーマンに手でオーケーの合図をし、ウインクして、にこりと笑った。

ジョンストンはブロートンとダンコフスキーを集め、ゆっくりと右へまわって、それぞれ一〇フィートほどの間隔で散開させた。数分後、四名のSEAL隊員が身をかがめ、カントレルが監視カメラを除去したら、ただちに開拓地を横切る態勢を整えた。

ビーマンが監視カメラを指さし、カントレルに向かってうなずく。SEALの銃手はM-60の狙いを慎重に定め、引き金を引いて三連射した。七・六二ミリNATO制式弾が高温多湿なジャングルの空気を切り裂き、上方へ向かってから、重力と空気抵抗の働きで弧を描き、計算どおり正確に標的を撃ち抜く。最初の徹甲弾はカメラのレンズを粉砕し、エネルギーを失う前に背後の集積回路も破壊して、容器に食いこんだ。それだけですでに目的は達成されたが、続く二発が容器を粉々にして、ジャングルの地面に叩き落とした。

監視機器の部品が地面に落ちるのと同時に、ビル・ビーマンは開拓地を突っ切り、いまにも崩れそうな掘っ立て小屋の陰に入った。ほかの三人も開拓地をジグザグに走り、扉の数ヤード手前に倒れこむ。ここまでのところは順調だ。銃撃してくる者もいない。

ビーマンは肩越しに三人を一瞥し、掘っ立て小屋の扉を指さした。ヘッケラー・アンド・コッホの短機関銃三挺が、その方向へ向けられる。

ビーマンが立ち上がり、扉を蹴った。錆びた蝶番が簡単に外れ、扉は小屋のなかへもうもうと土煙を上げて、地面に倒れた。ビーマンは身体をかがめ、すばやく突入し、指を引き金にかけていつでも撃てるようにしながら、薄暗がりのなかで周囲を見まわした。壁に背中をぶつけると、がたの来た小屋全体が倒れそうなほどぐらついた。

それきり、何も起こらない。

狭い室内には何もなく、そこらじゅうに蜘蛛の巣がかかり、腐った家具の木材が残っている。地面がむき出しの床をムカデが這いまわり、ビーマンが招き入れた日光から隠れようとしていた。

SEAL隊員の脅威になりうるものは何ひとつない。安堵の息をつきながらも、ビーマンには失望がこみ上げてきた。輸送機から飛び降り、山を越え、祖父なら「若きノアのようだ」と言いそうな豪雨のなかを歩いてきたというのに、収穫なしとは。

三名のSEAL隊員が掘っ立て小屋に踏み入り、銃を構えてビーマンに合流した。ジョンストンが肩をすくめる。

「大して守るべきものもなさそうですね、部隊長」

ダンコフスキーが合いの手を入れる。「爆破するほどのものもないでしょう」

「確かにそのようだな」ビーマンは蜘蛛に気を遣っているかのように、ささやき声で言った。「しかしそれなら、なぜ監視カメラがあったんだ……」

と、ビーマンの足下で床が動きはじめた。ビーマンは飛びのき、壁ぎわで銃を構え、落とし戸がひらいた場所へ向けた。ジョンストンとダンコフスキーが、たったいま入ってきた戸口から飛び出し、両側からH&Kの銃口を突き出す。

ブロートンは逃げ場を失った。彼は掘っ立て小屋の奥で、暗がりにかがみこんで、落とし戸の向こうの人間に見られないことを願うしかなかった。向こうから撃たれる前に、こっちから撃つしかない。問答無用だ。躊躇している場合ではなかった。

床が完全に持ち上がり、蝶番でひらいた。開口部から蛍光灯の光が見える。男が一人、よたよたと階段を上がってきた。寝ぼけ眼だ。悪態の言葉はよく聞こえないが、また猿どもがカメラにいたずらしたのかと、ぶつくさ言っているらしい。男は掘っ立て小屋を出た。

そのとたん、暗がりにひそんでいる輪郭に気づき、はっと身をこわばらせた。驚きの声とともに、遅まきながら、背中に携えたライフルを構えようとする。

ブロートンがゆっくり立ち上がり、すくみ上がっている男の眉間に短機関銃の銃口をまっすぐ向けた。男はライフルを構えるのをあきらめ、命ばかりは助かろうと潔く両手を上げた。土埃にまみれたカーキ色のズボンに、黒く濡れた染みがゆっくり広がっていく。

ビーマンは警備兵の背後からライフルを摑み、奪い取ると、護身用の拳銃やナイフを持っていないかどうかすばやく身体検査してから、丸腰の男を隅に突き飛ばした。怯えきった男は顔面から地面に叩きつけられ、土埃を巻き上げた。ダンコフスキーが警備兵の背中に膝を突き、両手両脚をきつく縛り、大声で助けを呼ばないように猿轡（さるぐつわ）を嚙ませる。男は埃のなかですすり泣き、すっかり戦意を喪失した。

ビーマンがうなずくと、ジョンストンが閃光弾のピンを抜いて、階段に投げ入れた。耳をつんざく轟音とともに、白くまばゆい光が炸裂する。ダンコフスキーを残し、三名のSEAL隊員は、音と煙がまだ収まらないうちに、階段を飛び降りた。

目の前にあったのは、めちゃめちゃに壊れた研究室だった。あたりには割れたガラス、ひしゃげた実験用具などが散乱し、成分のわからない液体が椅子から床に伝い落ちている。数カ所から小さな火の手が上がっているのは、閃光弾によるものだ。室内のひんやりした空気に、煙や埃が厚く垂れこめている。白衣を着た三人の男たちが、閃光弾の衝撃で茫然自失し、ゆっくり起き上がろうとしていた。彼らは衣服や髪についたガラスの破片、断熱材、天井のタイルを振り落としている。カーキ色の軍服を着た男が一人、階段の下に横たわっていた。片脚がありえない角度に曲がり、無数の傷口から大量の血が噴き出している。男は動かなかった。

ジョンストンが軍服を着た男の死体を引きずり、脱出の邪魔にならないようにした。ほかのSEAL隊員たちは麻痺している科学者たちを床に放り出し、緊縛した。彼らは抵抗のそぶりを見せなかった。襲撃チームは周囲を見まわし、ほかに人間がいないか確かめ、相当広いと思われる地下から応援の警備兵が出てこないかどうか耳を澄ました。あるいは、頭上のジャングルから敵兵の銃声が聞こえてこないかどうか。

ビーマンが階段からダンコフスキーに向かって叫び、捕らえた四人を一ヵ所に集めて見張るよう命じた。ダンコフスキーが階段から、警備兵を樽のように転がし、全員を集める。怯えた四人がいっせいに目を見ひらき、SEAL隊員を見上げた。

ビーマンは二人の部下の先頭に立ち、さらに地下深くを探索した。内部は驚くほど広く、ひとつの部屋が別の部屋へと通じている。研究室が何部屋もあったほか、居住区、さらにはビリヤード台を備えた娯楽室や、ロシアウォッカがふんだんに置いてあるバーカウンターまで見つかった。それらのどれひとつとして、地上からはわからない。ハシエンダの廃墟の地下には、完全な設備を備えた研究室のほか、科学者が必要とするあらゆる娯楽を満たす空間があったのだ。しかし、さらに先へ進むと、まったく何もない静かな広い通路が伸びている。

「ここにいるのは、警備兵二人と白衣を着たやつらだけじゃないはずだ」ビーマンは言った。

彼は扉を抜け、注意して進みはじめた。そのとき、視界の隅を動くものがよぎった。とっさの反射と本能で、ビーマンは床に身体を伏せ、叫び声で部下にも警告した。聞きまちがえようのないAK‐47カラシニコフの咆吼(ほうこう)が、フルオートで通路に轟く。セメントの破片が一面に飛び散り、いましがたまで彼の頭があった場所の壁が、銃弾で吹き飛んだ。

ビーマンは横転しながら、暗がりで垣間見た男の顔めがけて、通路に連射した。背後から、ジョンストンがもう一発の閃光弾を投げて叫ぶ。「通路を爆破します!」ビーマンは頭を覆った。閃光弾は壁を震撼させ、SEALの隊員たちに向かって、埃や瓦礫(がれき)の雨を降らせた。

ビーマンの身体が、天井から降り注ぐ破片に覆われた。ジョンストンが彼の踵(かかと)を掴み、かろうじて残った通路の壁の陰へ引っ張った。

「大丈夫ですか、部隊長?」

ビーマンは咳きこみ、唾を吐いて、埃と血飛沫にまみれた顔を拭った。

「ああ、上等兵曹。きわどかった」顔についた血を見るジョンストンの視線に気づき、彼は言った。「俺のじゃない」

ブロートンが身をかがめて扉の向こうへ突入した。攻撃寸前のコブラさながらに、H&Kの銃口が室内に向けて動く。一瞬後、ジョンストンが続いた。ほんの数分前まで、この部屋は保安指令室だったにちがいなかった。粉砕された監視モニターと、破壊された無線機二台が、コンクリートの床に散乱している。さらに四挺のAK‐47が銃架ごと、床やテーブルの残骸に落ちていた。調度品と言えるものは、壊れた三脚の肘掛け椅子だけだ。銃撃してきた男は、壊れたテーブルに強く叩きつけられ、突き当たりの壁に横たわっている。

ブロートンは死体を足で突き、あおむけにした。額に集中して、四つの穴が開いている。

「いまごろあの世で、降参したほうがよかったと思ってるだろうな」ブロートンはつぶやいた。

ビーマンは周囲を見まわし、ほかに部屋や脱出口のたぐいがないかどうか探した。もうそれ以上、探索すべき場所はなかった。研究所の奥にあったのは、狭い調理室、寝室、図書室、いましがた破壊した保安指令室で全部だ。デ・サンチアゴの考えでは、この研究施設の場所が突き止められる可能性は小さく、いわんや襲撃されるようなことは、まずありえなかったのだろう。隔絶された場所と監視機器があれば、あとは関係者が厳重に秘密を守るだけで充分だと思っていたのだ。それにしても、警備兵がわずか三人とは。しかも、脱出口すらない。

その驕慢さに、ビーマンは怒りを覚えた。同時にそれは、ここが反政府勢力の実効支配地域のかなり奥であることを意味する。ここにSEALが潜入していることが明らかになったら、どんな地獄が招来されるだろうか。閃光弾の音や衝撃は、遠くまではっきり響いたはずだ。

三名のSEAL隊員たちは、破壊された研究室に戻った。割れ目やクローゼットに誰も隠れていないかどうかを確かめる。最初の閃光弾で燃えた箇所は、もう消えていた。だが室内には、まだむせるほどの煙が充満している。ダンコフスキーが、四人の虜囚に武器を構えていた。彼らは縛られたままあがいている。四人は床に並べられ、研究室のベンチの脚にもたれていた。彼らは茫然自失の状態から覚醒するや、この扱いに抗議しはじめた。

ビーマンが四人の前に進み出て、どすの利いた声で言った。「よし、それじゃあ話してもらおうか。どいつでもいいから、ここで何をやっていたのか教えてくれ」

重武装したSEAL隊員たちが、縛られた四人を睥睨し、武器を突きつけて近づいてくる。虜囚たちはあがくのをやめ、ベンチの下へ這って逃げようとした。

二人が聞き慣れない奇妙な言葉で、何やらつぶやいた。もう一人の、さえない風采をした小柄な男が、アメリカ南部の訛りで口早にまくし立てた。声は震えていたが、挑発するような言葉だ。

「やい、扱いに気ぃつけろ。おまえたち、アメリカ兵だろ？　俺はアメリカ市民であり、おまえたちはここへ侵入して、俺を殺そうとしたり、拘束しようとしたりする権限はない。俺はいかなる法律も破っていないし、仮に破ったとしても、ここにおまえたちの権限は及ばんのだ。俺には自分の権利がある。さあ、ここから出してもらおう。弁護士を呼べ。あるいはアメリカ大使館から、誰かを呼んでもらおう」

ビーマンは男をじっと睨み据え、その言い分を聞いていた。SEALの部隊長がその訛りを真似して口をひらいたとたん、居合わせた誰もがその声に身震いした。白衣を着たほかの二人は、たとえ英語を理解できなくても、言わんとしていることはよくわかった。

「やい、気ぃつけるのはきさまのほうだ。この『マイペース二等兵』（一九六〇年代に人気を博したコメディドラマ）が。きさまはアメリカ合衆国から遠く離れている。わざわざ助けに来ようという弁護士は誰一人いないぞ。ものの三分で、俺と仲間たちはC4爆薬を爆発させて、ここを木っ端微塵にし、ボゴタまで破片を吹き飛ばす。ここにいて、その花火を間近で見物したくなかったら、俺の訊きたいことを全部話すんだ」

最後のひと言とともに、ビーマンは拳銃の先端をアメリカ人の鼻の下に突きつけ、ぐいと思いきり押した。排泄物のにおいがし、アメリカ人の顔から血の気が引いた。仲間の虜囚を一瞥してから、男は甲高い声で言った。「データは全部そのラップトップに入っている。壁ぎわの一台だ。すべてそこに記録されている。俺たちの研究すべてだ」

そのとき、マルティネッリが落とし戸から頭を突き出した。

「部隊長、大変です。敵兵の部隊が近づいています！」彼は声を張った。「馬に乗った部隊が尾根を越えて、すごい速さでこちらへ向かってくるようです」

ジョンストンがビーマンを見た。

「騎兵隊が俺たちを助けに来てくれたわけじゃなさそうですね、ボス。すぐにここを出ましょう」

ビーマンはダンコフスキーに叫んだ。

「待機させている脱出用のヘリに、すぐに来てもらえ。開拓地から脱出する」

「いま、カントレルが連絡しているところです。大至急、助けを呼ぶべきだと思いまして。十五分で来るということです。敵はもう、すぐ近くまで来ています。コロンビア軍のパイロットは、交戦中の着陸地点に来たがらないでしょうが」

ビーマンは肩をすくめ、ぎりぎりの局面であることを無言のうちに告げた。そして、小柄なアメリカ人を足下へ引きずり、梯子のほうへ突いた。

「こいつらの言葉を話せるか、二等兵？」

「少しなら」

「だったらこう伝えろ。俺たちが押した方向へ進まなかったら、弾よけになってもらう、と」

アメリカ人がそれを伝えると、ほかの虜囚が顔色を変えた。

ジョンストンが背嚢から、二個の小さな包みを取り出した。

「これだけ大きな施設を吹き飛ばすには、C4爆薬の量が足りませんが、それでもめちゃめちゃにぶっ壊して、かなり長期間にわたって使えなくすることはできます。残っている閃光弾も使えば、大爆発を起こせるでしょう」

ダンコフスキーとブロートンが爆薬とタイマーをセットし、ビーマンとジョンストンが下から虜囚たちを押して階段を登らせ、ダンコフスキーが上で手を貸す。アメリカ人が本当のことを言っているかもしれないので、ビーマンはラップトップ・コンピュータを自らの背嚢に押しこんだ。それから、階段を一目散に登った。

一行は掘っ立て小屋から走り出し、まばゆく降り注ぐ朝の陽光を浴びた。西の尾根を、H-60ヘリ二機が飛び越えて近づいてくるのが見える。北からは、三、四十頭の馬に乗った兵士たちが、斜面を駆け下りてきていた。ものすごい勢いだ。開拓地に着くのは、ほぼ同時だろう。

「カントレル、M-60をお見舞いしてやれ」ビーマンが大声で言った。「俺たちの短機関銃では、あそこまで届かん」

カントレルが機関銃を木で支え、引き金を引いて、何度か三連射をした。集団の前方にいた二人の騎兵が、糸で引っ張られたように落馬する。ほかの騎兵は手綱を引き、物陰に隠れた。標的が近づいてくるにつれ、カントレルはさらに撃った。騎兵たちが逃げ場所を探す。反撃してくる者も何人かおり、開拓地の端に飛んできた銃弾が土を巻き上げた。

マルティネッリがH-60ヘリを開拓地へ誘導した。反乱勢力の銃弾が飛んでくる場所から、一〇〇フィートも離れていない地点だ。ヘリが着地寸前のところで機首を上げて滑空しているうちに、ビーマンの部下たちが虜囚たちを機内に押しこみ、自分たちも飛びこんだ。カントレルがしんがりとなり、待機しているヘリに乗りこむ。反乱勢力の兵士たちが態勢を立てなおし、発砲しながら近づいてきた。銃弾がヘリの胴体に跳ね返り、甲高い金属音をたてる。

カントレルが戸口から撃ち返し、迫ってきた騎兵たちを逃れ、機内に足を引き入れた。ヘリコプターが上昇する。ヘリが方向転換し、南へ向かうまで、カントレルは銃撃をやめなかった。

開拓地から遠ざかり、ヘリの回転翼の音で爆発音が聞こえなくなったところで、ファン・デ・サンチアゴが自慢にしていた麻薬添加物の秘密研究所が爆発し、目隠しだった掘っ立て小屋の破片を、上空五〇フィートまで吹き上げた。

ヘリが尾根の向こうへ消えたあとも、反乱軍はむなしく銃撃を続けていた。

31

ジョン・ワードはソーナー室を覗きこんだ。クローゼットぐらいの狭苦しい部屋に、ほの暗く青い光に照らされた四人の男たちが寄り集まっている。そのうちの三人は、大画面のモニターの前に座り、それぞれの目の前に表示される情報を一心に見つめている。部外者から見れば、明滅する点とのたくる線の群れにすぎない。専門家以外の目には、〈スペードフィッシュ〉のソーナーが感知した情報は、大いに興味深いのだが、まったく意味がわからないだろう。しかしここにいる三人は、まさしくその専門家だった。

その三人の背後には、メンドーサ上級上等兵曹が背の高い腰掛けに座り、部下たちの肩越しにモニターを見ている。彼は三台のモニターをいちどきに見ながら、ヘッドセットを通じて聞こえてくる外界の海の音に耳を澄ましていた。メンドーサはソーナー員長として、三人の要員の動きを指揮しているのだ。彼は二十年以上にわたり、海が奏でる交響曲を聴いてその意味を学び、とりわけ人工の音に関してはひとかどの権威だ。ワードから見れば、メンドーサがほかの艦艇の音を聞きつけたら、それらが何もしないうちから、たちどころにその意図を告げてくれるように思える。

いま、そのメンドーサは耳元に強くヘッドホンを押しつけ、深く集中しながら中央のソーナースクリーンを見つめている。

「やっこさんは何をしているところだ、上級上等兵曹?」

単調だが集中を要する追尾に横やりを入れられ、メンドーサは顔をしかめてワードのほうを見た。戸口に立つ艦長の姿を認めると、彼は指を一本立てて、少し待つように告げた。さらに数秒耳を澄ましてからうなずき、いま聴いたものが何を示すのか、脳裏で分析する。そうして初めて、彼はヘッドホンを外した。

「やつが何をするつもりなのか、わかるといいんですが、艦長。貨物船はいま、停船しているだけです。海峡までは、まだ一〇〇マイルもあるんですがね。方位二一〇に漁船群がいるほかは、周囲にコンタクトはありません。その漁船群は少なくとも、二〇〇〇ヤードは離れています」メンドーサは肩をすくめた。「こんなところで停まる理由は、まったく見当がつきません」

「ほかにもあるんだろう?」

「ええ、あるんです。何かの補助機関が動きだす音が聞こえはじめました。ちょうどそのときに、艦長がお出ましになったんです」

ワードは一歩足を踏み入れ、自分の目で中央のソーナースクリーンを見た。メンドーサは非常に優秀だが、艦長自身もまた、優秀な耳の持ち主でなくては務まらない。ソーナー要員がワードにヘッドホンを手渡した。

「こちらをどうぞ、艦長。アナログの広帯域です。あの貨物船の方位に向けています」

ワードはヘッドホンを装着し、海の音に耳を傾けた。どこか遠くで歌うシャチの特徴的な高低音が聞こえてくる。同じ方向の、小エビが跳ねまわる音も聞きまちがえようがなかった。しかし、そうした背景の音や海生生物の鳴き声に混じり、管からほとばしる水の音や、何かの機械装置が回転するような響きも聞こえてきた。ワードはその音に神経を集中した。正体がいかなるものであれ、何かがうまく機能していないようだ。回転ごとに上下する規則的な音が聞こえる。

「船倉に注水している音のようだ。水の音がする。ポンプで水をくみ上げているんだろう。羽根車のベアリングがこすれている。潤滑油を差さないと、だめになるぞ」

メンドーサはにやりとした。

「まだまだ耳は衰えていませんね、艦長。おっしゃるとおり、この音からすれば、ポンプはせいぜいあと数時間しかもたないでしょう。それよりもわたしが気になるのは、チェーンの音です。ほんのかすかな音ですが、聞こえますか？」

ワードはふたたび、これ以上集中できないぐらい、一心に耳を澄ました。ようやく、がたつくような音が聞こえてきた。あるいは、そんな気がしただけかもしれない。あまりにかすかな音で、ワードには確信が持てなかった。

「わかった、上級上等兵曹。聞こえたような気がする。聴取を続けてくれ。もっと近づいて、貨物船の様子を見てみよう」

ワードはソーナー室を踏み出し、煌々（こうこう）と照らされた廊下を通って艦長室を通りすぎると、発令所へ戻った。ジョー・グラスとアール・ビーズリー航海長が潜望鏡スタンドに並んで立ち、ソーナーリピーターを食い入るように見ている。クリス・ダーガン少尉が発射管制コンピュータの前に座り、ダイヤルをひねってデータを確認している。〈ヘレナK〉の動きにずっと目を光らせているのだ。

「きみはどう思う、副長？」ワードはグラスに尋ねた。

不意に現われた艦長にぎくりとし、グラスが顔を上げた。

「ちょうど、艦長にお知らせしようと考えていたところです。まだお休みかと思っていました。いましがた、貨物船が停船したのです」グラスは海図台に踏み出した。操舵員が〈スペードフィッシュ〉の位置と、〈ヘレナK〉の推定位置を記入している。彼らがいまいるのは、ファン・デ・フカ海峡の入口だ。ピュージェット湾やシアトル、カナダのブリティッシュコロンビア州バンクーバーに通じる水路である。そこは漁場と表示されている海域のど真ん中だ。「貨物船が小型潜水艇を積んでいるとすれば、いまが発進させる絶好のタイミングだと思います。ここは漁場のど真ん中で、他の船舶の交通路から離れていますから。それに、ポートアンジェルスの港湾管制所からも遠いので、レーダーで追跡される恐れもありません」

ワードは海図を見つめ、同意してうなずいた。

「ああ、まさしく絶好の場所だな。いまこそ、われわれが仕事にかかるときだ。近づいてよく見よう」ワードは肩越しに振り向き、命じた。「哨戒長、潜望鏡深度につけ。総員、静粛に配置に就け」

ビーズリーは頭上に手を伸ばし、昇降用ハンドリングをまわして潜望鏡を上昇させた。かがみこみ、グリースを塗りつけた潜望鏡がせり上がるのを待つ。操作部が現われるや、彼は黒いハンドルに飛びつき、右目を接眼部に当てて、ゆっくりと旋回しはじめた。潜望鏡から目を離さないまま、ビーズリーは大声で言った。「潜航長、深さ六四」

ラスコウスキー先任伍長が復唱した。「深さ六四、了解（アイ）」振り向き、コルテスとマクノートンに伝達する。二人の操舵員は、〈スペードフィッシュ〉をなめらかに上昇させた。

「当直先任、総員を静粛に配置に就かせよ」ビーズリーはライマン上等兵曹に言った。

ライマンは左に手を伸ばし、〈緊急時用信号灯〉と表示され、クロムめっきで覆われたスイッチをひねって、三度点滅させた。ワードの耳に、点滅する閃光に応えて配置に就く、乗組員たちの静かな足音が聞こえてきた。他の艦艇の音をソーナーで聴取しなければならないデリケートな局面に備え、潜水艦乗りは音をたてずに乗組員に警告する方法を編み出した。静かに乗組員を配置に就かせた理由は、〈ヘレナK〉に聴かれることを恐れたからではない。貨物船にソーナーがあったとしても、彼らは使っていないだろう。ワードはただ、艦を潜望鏡深度に向かわせている乗組員の気を散らしたくなかったのだ。

ワードは画像モニターに目を向けた。そこには、アール・ビーズリーが潜望鏡を通して見るのと同じ映像が映っている。潜水艦が上昇するにつれ、紺碧（こんぺき）の海はしだいに明るくなり、碧青色に変わってきた。潜望鏡が水面に近づくと、何度か白い波がよぎり、それからワードの目の前に、〈ヘレナK〉の船尾が現われた。距離は六〇〇ヤードも離れていない。船尾からは航跡を示す白波が立っておらず、水がかきまわされている形跡もない。〈ヘレナK〉のスクリューは回転していなかった。同船は水上に停止し、動いていない。甲板に人の姿はなかった。

「アール、針路〇一七に変更」ワードは静かに命じた。「貨物船の右舷にまわり、船橋や主甲板に人がいるかどうか確かめたい」

潜水艦は、ワードが錆びた貨物船の船橋を見られる位置まで前進した。「アール、潜望鏡の倍率を二十四倍に拡大しろ」

ビーズリーは潜望鏡の倍率を最大にした。画面が切り替わる。まるで〈ヘレナK〉の船橋ウイングに立っているかのように、ワードの目に甲板室の扉の奥が見えた。そこは無人のようだ。人影はまったくない。主甲板も同様に人けがなかった。幽霊船そのものの光景だ。

ワードは麻薬密輸船の様子を見て、納得した。思っていたとおり、事態は甲板の下で進行しているようで、そこを見るすべはない。

「いいだろう、アール。これで充分だ。深さ一二〇」潜望鏡が水面下に潜ると、ワードは海図台に近づいた。ジョー・グラスがそこに立ち、海図に記された状況を一心に見守っている。ワードはグラスの肩に手を置いた。「提案はあるか、副長？」

グラスは海図を見つづけながら言った。

「艦長、貨物船はこれから小型潜水艇を発進させるにちがいありません。この地点にこんなふうに居座っている理由は、ほかに考えられません。われわれはその潜水艇に接近し、追跡を開始すべきです。わたしの勘ですが、潜水艇はバッテリー駆動か、新開発の非大気依存システムを使っていると思います。だとすれば、静粛性はきわめて高いでしょう。やつが上陸したときに、ただちに発見できるよう、接近しておく必要があります。さもなければ、こちらの運が尽きてしまうでしょう」

ワードは数秒間、唇を噛みしめ、考えに耽った。

「曳航アレイは、この浅海では役に立たん。海底に引っかかってしまう恐れがある。往来する船舶が多いので、パッシブ・ソーナーで追尾するのも不可能だ」ワードはそこで長いあいだ間を置き、それから続けた。「わたしの考えでは、ここはアクティブ・ソーナーの出番かもしれん。小型潜水艇に受信機はついていないだろう。相手の船体に鋭い金属音が聞こえなければ、こちらはやつを追尾でき、相手には決して気づかれない」

「ですが、それでも接近して追尾する必要があり、アクティブ・ソーナーの送信出力は抑制しておくべきです」グラスが所見を述べた。「相手に受信機がないとしても、強すぎる出力でアクティブ・ソーナーを使えば、沿岸の海生生物をすべて麻痺させてしまいかねません」

ワードはうなずき、同意した。

「了解した、副長。〈スペードフィッシュ〉をあの錆びた船の一〇〇〇ヤード船尾につけろ。わたしはソーナー室に行き、メンドーサ上級上等兵曹と話す」

フィリップ・ザーコはいやいやながら、ルディ・セルジオフスキーに続いて金属製の梯子を降り、小さな円形のハッチを通り抜けて〈ジブラス〉の艇内に入った。肥満した、醜悪なロシア人が操舵席に身体を押しこめ、ヘッドセットのプラグを通信システムに接続する。ザーコはセルジオフスキーから一顧だにされず、そこにいないかのように扱われた。セルジオフスキーが黙々とスイッチを入れると、小型潜水艇は徐々に眠りから覚めた。

ザーコは肩掛け鞄を置き、腰掛けに座って窮屈な船内の後部を見た。まだ艇は貨物船から出ておらず、潜水もしていないというのに、すでに壁がのしかかってくるような圧迫感を覚える。彼がこの悪臭漂う穴倉に戻った動機はただひとつ、任務に失敗したら、エル・ヘフェの逆鱗に触れるという恐怖だけだった。〈ヘレナK〉と合流したときでさえ、ザーコには忍耐の限界だったのだ。それなのに、今回は片道だけでもその倍以上の距離がある。さらに、彼らはアメリカ国内に潜入しようとしていた。それには世界で最も厳重に警戒された、潜水艦基地の鼻先をかすめることになる。仮にうまく警戒をかいくぐり、目的地の港まで麻薬を届けられたとしても、ふたたび〈ヘレナK〉まで戻って合流し、今度は隋(スイ)が送ってきたヘロインを積みこんで、同じ距離を往復しなければならない。

途中どこかで見つかったら、まちがいなく撃沈されるだろう。ザーコは身の毛のよだつこの穴倉で溺死することになる。しかしそれでさえ、ファン・デ・サンチアゴの怒りに比べれば、まだましだった。

セルジオフスキーがヘッドセットに向かって言った。

「ノブスタッド船長、〈ジブラス〉は出航準備を完了した。ハッチをひらいてくれ」

「これよりハッチをひらく」セルジュ・ノブスタッドが応答した。「五日後に、会合地点で会おう。幸運を祈る、セルジオフスキー艇長」

貨物船の船底の扉がひらき、セルジオフスキーは〈ジブラス〉を海中に解き放つ。セルジオフスキーは小型潜水艇のバラストタンクの弁を開け、潜水させはじめた。

ザーコは震えを抑えられなかった。潜水艇のセイルの側面についた厚いガラスの舷窓越しに、みるみる嵩(かさ)を増していく海水が見える。視界は貨物船の黒い船倉から、碧青色の海中へと変わった。

「フィリップ、わが友よ、これから俺たちは深度五〇メートルまで潜り、大胆不敵にアメリカの港をめざす!」セルジオフスキーは大声で言った。「自動操縦で、あと数時間はこのまままっすぐ進む。ウォッカでこの旅の前途を祝おうじゃないか!」

フィリップ・ザーコは差し出された飲み物を喜んで受け取り、一気に飲み干して、お代わりを頼んだ。

〈ジブラス〉の一〇〇〇ヤード後方で、ワード艦長はソーナー室に立ち、メンドーサの隣で、ヘッドホン越しに小型潜水艇の音を聴いていた。

「どうやら発進したらしい。副長が言ったとおりだな。ひどく静かな艇だ」

メンドーサがうなずく。

「ええ、通航する船舶の多い沿海に入ったら、監視しつづけるのは難しくなるでしょう。いまのうちに、この艇のノイズを精密に記録しておいたほうがいいと思います。アクティブ・ソーナーによる追跡は、いつから始めますか？」

ワードは答えた。「いますぐ始めてくれ。やつの針路と速力を把握し、もっと接近したい」

メンドーサはうなずき、ソーナー要員の一人に身を乗り出して指示した。その要員は、スクリーンの周囲に配置されたボタンを押した。スクリーンの画像が変わり、小さな扇形の区画と、線状のグラフを表示しはじめる。

「アクティブ・ソーナーの使用準備ができました。四ミリセコンドで、セクターパルスは一二度の低出力に設定しています」メンドーサが告げる。

ワードはスクリーンに目を注いだまま、うなずいた。

「アクティブ・ソーナー発振」

ソーナー要員がボタンを押した。ワードの耳に、一瞬カチリという音が聞こえた。湾曲した軌跡が、画面の扇形の部分をよぎる。軌跡の背後に輝点が現われ、線状のグラフに頂（いただき）が表示される。要員が大声で言った。「ポジティブな反応あり！　距離一一〇〇ヤード、方位〇一三」

「いいぞ、小型潜水艇を捕捉していたのと同じ方位だ。上級上等兵曹、もっと接近する準備ができたら知らせてくれ。海峡に入ったら、やつの五〇〇ヤードぐらい後ろまで近づく必要があるだろう。さもなければ、この混雑だと見失ってしまう」

「まだ、海峡までは多少余裕があります、艦長」メンドーサが言った。「しかし、水深がこれ以上浅くなってわれわれが浮上せざるを得なくなったら、アクティブ・ソーナーによる追跡はきわめて困難になります。浮上した場合、水面の反響で追跡は台無しになり、広帯域のパッシブ・ソーナーも、効果はあまり期待できないでしょう」

「その心配はない、上級上等兵曹」ワードは懸念を一蹴するように笑った。「わたしが高給をもらっているのは、こういうときのためなのだ。本艦が浮上することはない。これ以上進めなくなるところまで、潜水を続ける」

ワードは踵（きびす）を返し、発令所へ引き返した。メンドーサはその姿を見送りながら、ごくりと唾を飲んだ。

鋼鉄製の壁で覆われた狭苦しい船内に、大きなブザーの音が響きわたった。セルジオフスキーはうたた寝から目を覚まし、伸びをして、放屁すると、ウォッカのボトルを押しのけた。身を乗り出し、かすんだ目で自動操縦の画面を読み取ろうとする。

「よし（ダー）、順調だ」ロシア人は低い声で言い、それから大きくげっぷをした。「いま、フラッタリー岬を通過したところだ。フィリップ、わが友よ、ここからファン・デ・フカ海峡に入るぞ。往復航行分離方式（衝突を防止するため、船舶の通路を分離する）の水路の真下で、ちょうどまんなかを突っ切るんだ」

ロシア人は制御盤の小さなノブをひねり、斜め上にあるデジタル表示板の数値が一一〇と表示されているのを見た。これから彼は、いわば海の高速道路へ小型潜水艇で乗り入れようとしている。バンクーバー、シアトル、タコマへ至る船舶の、往路と復路を分ける中央分離帯の真下に入りこむようなものだ。ファン・デ・フカ海峡は、世界でも有数の混雑した水路である。そのため、海峡南岸のワシントン州ポートアンジェルスに巨大なレーダーが設けられ、幅一〇マイルの水路で船舶の往来を監視している。航空管制官のように、管制官が各船舶に場所を割り当て、安全に通航できるようにしているのだ。

「それはよかった」コロンビア人はよくわからないまま言った。「フィリップ、アメリカ人のことが心配なら、そっちの隔壁側に立っていればいい」セルジオフスキーは左側を指し、ひねくれた笑みを浮かべた。「そっちはカナダ側だ。俺はアメリカ側に座ることになる」この海峡はアメリカとカナダの国境線なのだ。〈ジブラス〉が広い海峡で灰色の海の三〇〇フィート下を潜航しているあいだ、世界じゅうを往来している船舶の群れが、彼らの存在につゆほども気づくことなく水上を航行していた。

セルジオフスキーがあくびし、ザーコまでその口臭がにおってきた。

「次の針路変更まで、八時間もある。俺は昼寝するぞ」

ものの数秒で、肥満したロシア人はいびきをかきはじめた。

ザーコは十五分待ち、よだれを垂らした操舵手が寝ているのを見守った。そしてようやく、セルジオフスキーが起きないのを確信した。ザーコは肩掛け鞄を手に取り、操舵室の後部のハッチをくぐり抜けて、貨物室へ入った。そこで鞄を開け、中身を慎重に取り出す。最初のコカイン一キロを手にし、注射針を刺して、透明な液体を注入した。

ザーコの計算では、積みこまれたコカインすべてに添加物を注射するのに、四時間かかる。かなりの時間だ。あのロシア人は死んだように眠っている。それでもザーコは用心し、男の恐ろしいほどのいびきに聞き耳を立てながら、革命指導者の命令を実行した。

〈ジブラス〉の五〇〇ヤード後方で、さらに五〇フィート深く潜航しながら、〈スペードフィッシュ〉はたゆまずに追跡を続けていた。

「アクティブ・ソーナーは反応しているか？」グラスは無電池式電話で、メンドーサに訊いた。

グラスは目の前の海図に引かれた線をじっと見つめながら、応答を待った。デイブ・クーン機関長が忙しく新たな線を引き、海図に位置や数字を記入して、小型潜水艇のあらゆる動きを記録している。メンドーサは画面に、線グラフがゆっくりと高さを増していくのを見守った。

「はい、副長。まだ反応ははっきりしています。コンフォーマルアレイにも、狭帯域のラインが鮮明に捕捉されています。低周波捕捉測距（LOFAR）によると、翼通過周波数（ブレードレート）は五ノットです。そちらの解析値と一致していますか？」

コンフォーマルアレイとは、〈スペードフィッシュ〉の丸みを帯びた艦首に、馬蹄形に配置されたソーナー聴音器である。このアレイははっきりした周波数のシグナル――とりわけスクリューのような推進装置の音――を探知するために設計されている。その結果により、探知している目標が、それまでと同じ対象であることが裏づけられるのだ。この場合は、〈ヘレナK〉から発進した小型潜水艇である。

「速力五ノット、針路一一〇。どちらもずっと同じだ」グラスはクーンの肩越しに、海図を見た。「やっこさんが分離帯のまんなかを航行しつづけるつもりなら、あと十分以内に方位を南南東、針路一六五ぐらいに変更するはずだ。さもないと、あと三マイルほどで深さ二〇尋の浅瀬に突っこむことになる」

メンドーサがヘッドホンを頭に強く押しつけた。いままでに聴いたことのない音に気づいたのだ。彼の本能は、そこにあるはずのない音だと告げていた。

彼は21MCマイクを握り、叫んだ。「発令所、ソーナー室です！　すぐ前から、チェーンの鳴る音が近づいてきます！　ただちに面舵へ回頭！」

アール・ビーズリーがぎくりとし、はじかれたように立ち上がった。それまで彼は、ソーナーリピーターで、滝のような画面が海峡のさまざまな音を示すのを見守っていた。小型潜水艇は、細いがくっきりした白い線でスクリーンに表示されている。そこにやおら、〈スペードフィッシュ〉の針路を示す小さな印の真下に、より明るく白い点がふたつ表われた。艦の真ん前に、思いがけなく大きな物体が出現したのだ。

航海長は叫んだ。「操舵員、面舵一杯！　針路一六〇！　全機関停止！」それから初めて、海図台に飛んでいった。

クーンは困惑した表情だ。「いったい何事です?」

「近くにあるのは、ビクトリア湾への変針指示ブイだけだ。その位置が移動していたとしか考えられん。本艦は本来、二〇〇ヤード南にいるべきだったんだ」

「そんな馬鹿な。危うくぶつかるところでしたよ! おかげで何もかも台無しになるところでした」ビーズリーはつぶやきながら、ゆっくり神経を落ち着けようとした。

「発令所、ソーナー室です。小型潜水艇のコンタクトを見失ってしまいました。面舵を切ったときに、反応が消えてしまったのです。どのセンサーにも反応がありません。捜索を開始します」

ジョー・グラスは胃が痛くなった。ジョン・ワードが頭を垂れる。

混雑した海峡の水中で、ソーナー班は必死に静粛性の高い小型潜水艇の捜索を試みた。たとえて言えば、ロックコンサートの大音響のなかで、きしむ椅子の場所を突き止めようとするようなものだ。ワードは制約の多い水路で〈スペードフィッシュ〉を巧みに操艦し、メンドーサとその部下たちはあらゆる術策を駆使して、さまざまな雑音が渦巻く海峡で小型潜水艇を探し出そうとした。

しかし、そうした労力も実を結ばなかった。潜水艇は忽然と姿を消してしまったようだ。

一時間を無益な捜索に費やした結果、メンドーサはついに敗北を認めた。

「艦長、申し訳ありません。標的を発見できません。いまごろは、半径一〇マイルほどの地点に離れてしまったと思われます」

ワードは疲れ切った様子で、髪に手をやった。ここであきらめるわけにはいかない。多大な時間と距離を、追跡に費やしてきたのだ。艦長は目の前の海図を凝視した。やがて、二日間剃っていない顎の無精鬚を撫で、ワードはその顔に奇妙な笑みを浮かべた。ジョー・グラスが訝しげに艦長を見た。

ワードは人差し指を、海図のある場所に突きつけた。

「航海長、本艦を急浮上させ、全速力でこの地点に向かわせろ。それからふたたび、深度一五〇フィートに潜航する」

グラスは艦長の肩越しに、ワードが示している場所を見た。海峡の片脚がアドミラルティ小入江へと狭まり、その両側をポート・タウンセンドとウィドビー島が挟んでいる。水深こそ深いものの、その幅はわずか二マイルだ。小型潜水艇がこの方向へ向かうのであれば、〈スペードフィッシュ〉が先まわりしたら容易に見つけられるだろう。しかし、事はそう単純ではない。それにはいくつもの仮定がともなう。

「艦長は偶然に賭けるおつもりですか?」グラスはあからさまに疑義を呈した。「標的が採りうるルートは、少なくとも十通りはあります。北側の海峡に入るかもしれません。あるいはハロ海峡、サン・ファン海峡、ロザリオ海峡のいずれかへ向かい、無数にある島のどこかをめざしているのかもしれません。あるいは、ウィドビー島を迂回することだって考えられます」

ワードは〈スペードフィッシュ〉が海面に向かい、速度を上げて上昇するのを感じた。

「もとより、リスクがあることは承知の上だ。だがな、ジョー、われわれは何かを試してみなければならんのだ。ここでじっと待っていたら、やつらが目の前を通りすぎて、ハッチをとんとん叩いてくれるとでもいうのか。やつらがこれだけの労力を費やしたあげく、コカインをカナダに密輸するとはわたしには思えない。どうにかして、アメリカ国内に持ちこもうとするはずだ。賭けてもいいが、連中はピュージェット湾の内側で、どこか人目につかない場所に麻薬を陸揚げしたいにちがいない。その場所を、われわれが突き止めるのだ」ワードは無線機に向かって踏み出した。「JDIAに状況を報告しよう。ベセアには、ピュージェット湾海上交通管制局へ連絡してもらい、われわれがいることを伝えてもらいたい」

「もうひとつ、伝えてください、艦長」

「なんだ？」

「やつらに、もう少し音を出してもらうように頼んでほしいんです」

〈スペードフィッシュ〉は待った。

左舷から数百ヤードのところに、ミッドチャンネル浅瀬がある。右舷から一マイルちょっとで、アドミラルティ湾だ。潜水艦は海底ぎりぎりのところでホバリングし、艦首の高性能ソーナーを北西に向けていた。ジョン・ワードの予測が正しかったら、小型潜水艇が来るはずの方向だ。ここの水路は水深が浅く、ウィルソン岬とアドミラルティ岬のあいだには、わずか二〇尋しかない場所もある。小型潜水艇は一度浅い箇所を通過してから、湾内に入ったらふたたび深い水域に戻らねばならない。

ワードは標的が近づいてくる音を聴きたかった。このルートを通るのであれば、だが。時間はもうずいぶん経っている。ここで待ち伏せしはじめてから、もうすぐ三時間だ。標的はもうとっくに来ているはずだった。結局、ほかのルートを選んだのだろうか？　それとも、〈スペードフィッシュ〉に聴かれることなく通りすぎてしまったのか？　そもそも、最初から小型潜水艇などいなかったのだろうか？

ワードは不安になりはじめた。彼らの艦は長途の追躡を敢行してきた。費やしてきた膨大な労力を思えば、この期に及んで敗北するなど、とうてい受け入れられない。だが、仮に小型潜水艇がふたたび現われたとしても、その先の見通しは険しかった。〈スペードフィッシュ〉とそのアクティブ・ソーナー以外に、潜水艇を追跡できる手段はないのだ。水深が浅くなり、潜水艦が浮上して速力を上げたら、ソーナーの音波は標的から逸れてしまうだろう。したがって、彼らは標的と同じ海域で潜水を続けるほかなかった。小型潜水艇が海峡を深く進めば、操艦はいままでより格段に難しくなる。ワードはここの水深が充分に深いのを知っていたが、切り立った壁が押し迫って、狭い海溝に立ちはだかるだろう。

メンドーサの声が21MCから響いた。

「発令所、ソーナー室です。コンフォーマルアレイに音響反応がありました。標的をふたたび捕捉しました！　方位三五一」

ワードは額から汗を拭い、コーヒーをすすった。もうとっくに冷めていたが、そんなことは気にならなかった。

「了解、追跡を再開するぞ。一度目の前を通過させてから、ぴたりと追跡するんだ。ここからは水深に充分注意してくれ。水深は浅くなり、水路は狭くなる。航海長、スロットブイを射出せよ」

旧式の潜水艦は静かに、水路の中央へ動きだした。小さな赤い円筒が、後部から水面へ浮上する。円筒が浮上すると、細いアンテナが出てきて、暗号化された無線信号が上空を旋回するP3哨戒機に発信され、追跡がふたたび始まったことを知らせるのだ。

奇妙な取り合わせの二隻はアドミラルティ小入江を南下し、フッド運河の入口を過ぎて、ユースレス湾を通過すると、ピュージェット湾に入った。ここから水深は急激に深くなり、一〇〇尋以上になる。〈スペードフィッシュ〉は冷たい海の深淵の暗闇で、小型潜水艇を追尾した。シアトルの繁華街が左舷からほんの一マイルのところにあり、右舷から一マイルの場所にはベインブリッジ島の青々とした緑の丘陵が広がる。彼らが浮上すれば、スペースニードルの観光客に向かって手を振ることもできるだろう。

しかしいまは、ひと息ついて手を振っている暇などなかった。大型潜水艦で、これほど狭隘（きょうあい）な、花崗岩が並ぶ水路を進むのは曲芸に等しい技なのだ。

しかもそれは、ようやく始まったばかりだった。

32

ファン・デ・サンチアゴはすさまじい力で、目の前の机に拳を叩きつけた。顔は怒りで紫に染まっている。

「あのくそでかい北アメリカ人（ノルテアメリカーノ）が！ あの野郎が、最後の瞬間にわたしの邪魔をしに来たとは」

グスマンは狭い事務室の隅に縮こまり、本棚や家具にまぎれようとした。研究施設が破壊され、アメリカのＳＥＡＬ部隊にはまんまと脱出を許した上に、ホルヘ・オルティエスは死亡し、高額を支払っていた科学者は捕獲されたなどという知らせを、デ・サンチアゴに告げるのは恐ろしくてたまらなかった。しかし、ほかに誰もいないので、用心棒の彼がその義務を果たしたのだ。

マルガリータ・アルヴァラードがエル・ヘフェの後ろに立ち、こわばった肩の筋肉を揉んだ。

「落ち着いて、愛しい人（ミ・アモール）」彼女は甘い口調で懇願した。「そんなに怒ったら、心臓発作を起こしてしまうわ。たった一人のノルテアメリカーノに、あなたの強力な革命運動を止められるはずがないでしょう」

デ・サンチアゴはぶっきらぼうに、彼女の両手を振り払った。

「放っておいてくれ。きみにはわからんのだ。あのろくでなしのせいで……わたしの部下は殺され……莫大なペソが無駄になってしまった。なんとしてもあいつを殺さなければ！」

デ・サンチアゴは立ち上がり、背もたれで彼女を押しのけんばかりに椅子をまわして、窓辺を向いた。小さなガラス窓から、馬小屋の並ぶ中庭が見える。その向こうには、馬小屋の屋根の上に山並みの頂（いただき）がそびえているが、いまは雲に隠れそうだ。数名の兵士たちが眼下の中庭で、武器の手入れをしたり、日々の仕事にいそしんだり、朝日を浴びてくつろいだりしながら、革命指導者の命令で革命の戦いに赴くのを待っている。

デ・サンチアゴには景色など目に入らなかった。怒りを静めながら、彼はすばやく考えをめぐらせた。

ようやく彼は振り返り、叫んだ。「グスマン！」まるで、いままで同じ部屋にその男がいたのを忘れていたかのようだ。

「シ、エル・ヘフェ」

「きみは確か、エル・プレジデンテとの会見があると言っていたな？　例のノルテアメリカーノが、今週木曜日の午後、われわれの研究所を破壊した任務の報告に大統領と会見すると？」

「シ、エル・ヘフェ」

「よろしい。それなら、三日の準備期間があることになる。われわれはそのあいだに、これから何世代も、わが国の歴史の教科書に書き継がれる瞬間の準備をするのだ。われわれが誇る最高の精鋭部隊を一〇〇名集めろ。わが軍はあの二人の害虫どもをいっぺんに葬り、わが国土を人民の手に取り戻すのだ」デ・サンチアゴは乙に澄まして笑い、突然の思いつきの決断に、悦に入った。「ギテリーズがささやかならぬ邪魔者になる以前に、われわれはあの大統領を除去しておくべきだったのだ。いまやあの男は、血に汚れたアメリカーノの助けと金のおかげで、我慢ならない存在になっている。兵力はどうする？　いやむしろ、これこそは歓迎すべき機会ではないか。正義によってこの国の人民が立ち上がったら、いかに強い力を発揮するかを示す、絶好の機会なのだ。大統領はすぐに、エル・ヘフェがいかに優れた兵士かを思い知るだろう」

デ・サンチアゴは昂揚した口調で、思いつきの作戦をグスマンに説いた。二人とも、マルガリータ・アルヴァラードが音もなく部屋から出ていったのに気づかなかった。彼女は聞くべきことをすべて聞いたのだ。

いまこそ、〈エル・ファルコーネ〉が死者のなかから立ち上がり、いま一度警告を発するときだった。

「やつはどこへ向かっているんですか、艦長？」

デイブ・クーンが汗にまみれた顔で、海図を睨んでいる。彼はもう二十四時間もこうしていた。さすがに疲労の色は隠せず、声も嗄(か)れている。

ワードは発令所を見まわした。疲労に苛まれているのは、クーン一人ではない。詰めている乗組員の誰もが、絶えざる緊張に神経をすり減らしている。ワードには、あとどれぐらい、部下がこの緊迫した状況に持ちこたえられるかわからなかった。このままでは、いずれ誰かが失敗を犯す。そして、ごくささいな失敗ですらも、この狭隘(きょうあい)な海峡では命取りになりかねない。

小型潜水艇は、ピュージェット湾に深く入りこんでいるにちがいなかった。深く狭い水路の両側は、ほぼ垂直に切り立った花崗岩の壁だ。わずかでも操艦を誤ったら、たちまち衝突してしまう。

「わからん、デイブ」ワードは答えた。「だが、やつの選択肢は狭まってきている。もうすぐわかるはずだ」

クリス・ダーガンがコンピュータ画面から顔を上げた。

「コンタクトが方向転換したようです。標的が見当たらず、解析値が出ません」

「発令所、ソーナー室です。コンタクトが針路変更しています。右に向かっています」メンドーサの声だ。

「発令所、アイ」グラスが発令所の全員に聞こえるよう、大声で答えた。「操艦準備。標的はモーリー島をまわり、タコマへ向かうようだ。そうすると針路は二四〇と予想される」

グラスはワードのかたわらに立った。二人で海図をじっと見る。ようやく、グラスが口をひらいた。

「艦長、相手がタコマ海峡に向かったら、われわれはお手上げです」

「なぜだ、副長？　水深は充分ある。少し狭いようだが、だからどうした？　われわれもここまで来たんだ」

「副長、新たな解析値が出ました」ダーガンが告げた。「距離六一〇ヤード、方位二四四、速力五ノット」

グラスは手を伸ばし、ダーガンの肩を叩いた。新たな針路は副長の予想どおりだったのだ。

「副長、やつがどこかの穴に入りこむか、われわれがこれ以上進めなくなるまで、追跡を続けるぞ」ワードは静かに言った。それから、ほとんどささやくような声で付け加えた。「そのどっちになるか、早く見きわめたいものだ」

グラスはうなずき、仕事に戻った。

小型潜水艇は〈スペードフィッシュ〉を引き連れ、ダルコ海峡を通り抜けて西へ向かい、そこからふたたび南に転舵して、タコマ海峡に入った。海峡の幅はわずか数百ヤードで、深さは三〇尋しかない。狭い海峡は緩やかに湾曲し、最初は南東に、それから南西に向かっており、その先にはさらに無数の入江や湾が、複雑に入り組んでいる。

花崗岩の壁が迫ってくる海峡を、ワードはゆっくり慎重に操艦して進んだ。艦は水面から一〇〇フィートのところを巡航している。〈スペードフィッシュ〉のセイルの頂部から午後の陽差しまでは、わずかに四五フィートしかなかった。ここの水路を往来するタンカーのなかには、喫水が七〇フィートを超える船もある。

そうした巨大タンカーの竜骨から、水が黒く濁った海峡の硬い岩の底までは、四〇フィートしかない。

ルディ・セルジオフスキーは陽気な口調で、フィリップ・ザーコに呼びかけた。

「もうすぐ到着するぞ。近道をして、ヘイル水路を通り抜ける。海図に載っているのが見えるか？　フォックス島とフォスディック岬のあいだだ」

ザーコは頭を振り、眠けを振り払おうとした。コカインの包みすべてに添加物を注射する単調な労働に疲れ切り、窮屈な後部の片隅で休息を取ろうと、うとうとしていたのだ。彼はおざなりに海図を一瞥した。

「少し浅いようだが？」

セルジオフスキーはうなずいた。

「ダー。そのとおりだ。それで、ここからはキャタピラを使って進む。そうすれば一時間ほど短縮でき、日没直後に到着できるだろう」手を伸ばし、スイッチを操作する。「いまエンジンを停止しているところだ。俺が合図したら、そこのレバーを引いてくれ」と言い、小さな青いハンドルを指さした。ザーコが座っている場所の、目と鼻の先だ。

セルジオフスキーは小型潜水艇のバラストにいくらか水を入れ、速度を緩めるとともに、海底に沈めた。潜水艇が海峡に着底する。セルジオフスキーは船首に据えつけられたビデオカメラのスイッチを入れ、進行方向の映像が見られるようにした。照明が点灯し、濁った水中を透かして、数フィート前方の視界を確保した。

彼がザーコに合図すると、コロンビア人は指示されたとおりにレバーを引いた。キャタピラが回転しはじめる。小型潜水艇は浅い水中を這うように進み、予定の地点へと近づいた。

「いったい何が起こったのか、わかりません、艦長」メンドーサが説明した。「ほんの一分前まではっきりしたコンタクトがあったのに、突然消えてしまいました。音響反応はなく、広帯域ソーナーも受信せず、アクティブ・ソーナーにも反応がありません。ただ、忽然と消えてしまったのです」

ワードはテーブルに拳を叩きつけた。鉛筆とコーヒーカップが飛び上がり、カタカタ鳴る。

「ちくしょう！　ずっとぴったりくっついていたんだぞ！　だが、やつを捜そうにも、もうこれ以上進めないのも確かだ。そろそろ、誰かに捜索を引き継ぐ潮時かもしれん」艦長はアール・ビーズリーに顔を向け、命じた。「航海長、浮上せよ。これ以上追跡して座礁しないうちに、広い海に戻ろう」

「副長、JDIAに連絡し、やつを見失ったと報告してくれ」ジョン・ワード艦長のみぞおちは、燃えたぎる怒りで焼けつくようだ。そのいやな感覚は増すばかりだった。

〈ジブラス〉はフォックス島北端の沈泥を這い進んだ。〈スペードフィッシュ〉には浅すぎ、たとえ浮上したままでも入れない海域だ。小型潜水艇の二人の乗員はじっと前を見据え、神経を張りつめて進行方向に集中していたので、数マイル背後で大きな黒い塊が浮上し、来た道をゆっくりと引き返していくのに気づかなかった。

ジェイソン・ラシャドは桟橋をそわそわと歩きまわっていた。潜水艇とやらはどこにいるんだ？　親分のカルロス・ラミレスによると、今夜ここに来るらしい。ただし、今夜の何時ごろかはわからない。詳しいことはいっさいわからなかった。日が暮れてから、もう二時間が経っているのに、そいつはまだ海から出てこない。どこかでひと休みして、うたた寝でもしているんだろうか。

夜は刻々と更けていく。

低く垂れこめた霧のような雲が、星空を隠したかと思うと、ふたたび露わにする。風は冷たいものの、松の森と海の眺めは絶景だ。しかし、麻薬の売人は景色に見とれるような感性の持ち主ではなかった。ここには用事があるから来ているのであり、ラシャドはさっさと仕事をすませてシアトル市内に戻りたかった。

ポケットからタバコを出し、火をつける。ずっしりした金のダンヒルのライターがつけた炎に目がくらみ、ラシャドには穏やかな入江に立つさざ波が見えなかった。〈ジブラス〉の小さなセイルはすでに水面に顔を出しており、ようやくそれに気づいたときでさえ、彼は目にしているものが信じられなかった。

「マジかよ！」

黒い船体の潜水艇は、まるで生きているようだ。深淵からぬっと現われた姿は、ずんぐりした太古の海獣のようにも見える。小型潜水艇はゆっくりと桟橋に横づけしたが、そのセイルはようやく桟橋の床に届くかどうかだ。ラシャドの合図で、潜水艇の丸みを帯びた、滑りやすい甲板に、二人の手下が飛び降りた。まるで海獣を従わせようとして襲いかかるかのように。だが、一人はすぐに冷たい海に滑り落ち、飛沫とともに悲鳴をあげた。もう一人はどうにか潜水艇の船体にしがみつき、索止めにもやい綱を滑らせて、〈ジブラス〉を桟橋に繋ぎとめた。それから、滑り落ちた仲間を引き上げようと綱を投げた。

ハッチがポンと音をたててひらき、フィリップ・ザーコが飛び出してきて、冷たく湿った空気を深々と吸いこんだ。

「ここの責任者は誰だ？」ザーコは海から仲間を助け出そうとしている男に向かい、詰問口調で言った。「一刻も早く仕事にかかって、積荷を運び出してくれ」

ラシャドは桟橋のきわで立ち止まり、いま一度タバコの煙を吸ってから、せき立てるラテン系の男に向かって答えた。

「ここの責任者は俺だ」彼はザーコに向かって言った。ザーコは予期しない場所にいた男に驚き、ぎくりとして見上げた。「まずは、あんたがさっさと降りるんだ。こっちに来て、俺の部下が積み下ろしにかかるあいだ、脚を伸ばしてくれ」

ザーコは梯子を昇り、ラシャドが手を差し出しているところまで向かった。そのときザーコの目に、一台の茶色の大型バンの姿が入ってきた。大型バンは彼のほうへ、桟橋をバックして近づいてくる。バンはライトをまったくつけず、ブレーキランプさえも点灯しなかった。トラックが後部扉を梯子に向けて停まる。と同時に、後部扉がさっと開け放たれ、六人の男が飛び出してきた。いずれも黒ずくめの服装で、銃を携帯している。

ザーコは身震いした。これが待ち伏せだったら、彼はとっくに死んでいるところだ。

ラシャドは黒っぽい顔一杯に親しげな笑みを浮かべ、上着のポケットから銀の酒瓶を取り出して、ザーコに手渡した。

「さあ、これを飲んだほうがいい。マッカランの三十年物のスコッチだ。シアトルの夜は冷えるから、これでまぎれるだろう」

ザーコはありがたく酒瓶を受け取り、蓋を開け、シャツの裾で入念に縁を拭った。そうして初めて、ぐびぐびと飲み、酒瓶をラシャドに返した。熱帯の気候に慣れた人間にはこたえる寒さと湿気だ。相手はいかにも粗暴そうな男だが、身体が温まるなら、差し出してくれるものはなんでも歓迎だった。

「ありがとう（グラシアス）。陸に戻れるのはいいものだな。うまく言葉にできないぐらい、いい気分だ」ザーコは振り返り、潜水艇が繋留されている地点から、トラックが待っている場所まで並んでいる男たちを見た。「われわれの積荷を運び出すのに、どれぐらい時間がかかりそうだ？　ここはずっと安全というわけではないだろう？」

ラシャドは小型艇を見下ろした。ハッチに肥満した男が立ち、ひどいロシア訛りで何か指図している。

「あんたの太った友だちがハッチからどいてくれたら、仕事はずっと早くなるんだが。おそらく今晩一杯かかって、あすの深夜には終わるだろう」

「なんだって（マードレ・デ・ディオス）！　今晩だけじゃ終わらず、あすの夜までかかるというのか？　もっと早めてくれないか？」ザーコは懇願口調だった。ここに長く留め置かれたら、それだけアメリカーノに乗りこまれる危険が増すにちがいない。子どものころ西部劇で見たように、彼は捕らえられ、エル・ヘフェから預かった積荷は押収されるだろう。コカインの輸送には、ザーコが最終責任を負っているのだ。刑務所に送られるのを想像するのは、海の棺桶に戻るよりもさらに怖かった。どれほど厳重な鉄格子やコンクリートであっても、デ・サンチアゴの怒りを逃れることはできない。フィリップ・ザーコはそれを承知していた。

ラシャドは鼻を鳴らし、タバコを味わうように吸ってから答えた。

「ちょっと計算すればわかることだ。この潜水艇にあんたが積んできたコカインは三五トンで、全部一キロ単位で包まれている。つまり俺たちは三万五千個の包みを、その狭いハッチから運び上げて、手渡しでトラックに積み替えることになる」そこで効果を狙い、間を置いてから語を継いだ。「もっと早くできる方法があるんなら、ぜひやってくれ。俺たちは暖かい場所を探して、高みの見物をさせてもらおう」

ルディ・セルジオフスキーがでっぷりした身体で、ゆっくり梯子を昇っているあいだ、ラシャド配下の男たちがハッチ越しに麻薬の包みを受け渡し、待っているトラックに積みはじめた。ラシャドが酒瓶を渡すと、ロシア人もうれしそうに鼻を鳴らした。セルジオフスキーは縁を拭おうともせず、ひと飲みで中身のスコッチをほとんど空けてしまった。

セルジオフスキーは自慢げな口調で、この湾内まで探知の目をかいくぐり、小型潜水艇を操ってきたのだと語った。ラシャドは武勇談に耳を傾けるふりをしつつ、最初のトラックに荷を積みこむ手下たちに目を光らせた。

一台あたりの積載量は、包み一〇〇個、重量二二〇〇ポンド。茶色の大型バン一台を一杯にし、桟橋の突端の倉庫へ向かわせるまで、かかった時間は三十分ちょっとだ。それからすぐに二台目が桟橋にバックし、積みこみを始める。

ラシャドは鼻から煙を出しながら、頭を振った。このペースでは、仮に最初のスピードを落とさないとしても、全部で実に十九時間ほどかかることになる。なんと、およそ丸二晩だ。

時間がかかりすぎる。人目につく危険もそれだけ増す。

ラシャドはこのことを、ザーコには話さないことにした。あの馬鹿なラテン系の男でも、すぐに自分の頭で計算できるだろう。

アール・ビーズリーが梯子の下から、艦橋のワードに呼びかけた。

「艦長、電文が入りました。上がってもよろしいでしょうか？」

ワードは髪に吹きつける夜風や、顔を冷やしてくれる空気を楽しんでいた。だからといって〈スペードフィッシュ〉最後の任務に募る重圧がやわらぐわけではなかったが、新鮮な外気はいくらか気分をほぐしてくれる。潜水艦は浮上したままピュージェット湾に引き返し、そのあいだ大半の乗組員はしばし休息を取れた。ワードはコルテス上等水兵だけを従えて艦橋に上がり、往来の激しい水路で危険の回避に万全を期した。彼がこよなく愛するこの老朽艦と同様、ワードももうすぐ、たっぷり休息できるだろう。あと二時間ほどで、艦はふたたび水中に戻ることになる。〈スペードフィッシュ〉がいま一度潜水し、本来の役割をまっとうしているあいだに、艦長は睡眠を取れるはずだ。

「上がってこい、航海長。何か面白いことは書いてあったか？」

ビーズリーは梯子から、アルミ製のクリップボードをワードに手渡した。

「最初の一行はお読みになりたいかと思います」ビーズリーは最後の一段をよじ登り、コルテスに向かってうなずくと、ワードの隣に立った。「いい夜ですね。風がやや強いですが、新鮮な空気が気持ちいいです」

ワードはクリップボードを持ってかがみ、電文の用紙が風にあおられないようにした。赤いレンズがついた小型の懐中電灯をかざし、クリップボードに近づける。近くの人間を眩惑させることなく、書面を読むには充分な光量だ。

「くそったれ、あの錆びた貨物船を見失っただと」艦長は悪態をついた。「〈ヘレナK〉はほぼ真西へ向かい、嵐のなかに消えたらしい。偵察衛星にも映らず、航空機での捜索でもわからなかったそうだ。あの船は忽然と消えてしまった」

「ええ、わたしも読みました」ビーズリーは答えた。「もちろん、ＪＤＩＡがわれわれに貨物船を見つけてほしがっているのは、ご存じですね」

ワードはクリップボードをぴしゃりと閉じ、ビーズリーに戻した。

「いったいなぜ、貨物船は潜水艇が戻ってくるのを待たなかったんだ？　どこへ行くつもりだ？」ワードはビーズリーのほうを向いた。「航海長、副長に伝えてくれ。一刻も早く、潜航して捜索に向かうように、と。潜水できる地点を早く見つけてくれ」

ビーズリーが梯子を降りるときには、すでに７ＭＣスピーカー越しにワードの声が聞こえた。

「操舵員、こちら艦橋だ。全速前進」

この旧型艦が、ふたたび狩りを始めるときが来た。

〈スペードフィッシュ〉はしゃにむに前進し、大洋の怒濤に立ち向かった。外海をめざし、速力を上げる。セイルに打ちつける波が、いよいよ高くなった。大きな壁のような波がセイルの頂部で砕け、あっと思う間もなく、逆巻く波がコルテスの身体を狭いコクピットの外側へさらった。安全ベルトが艦橋の支柱に結ばれていなかったら、不運な水兵はたちまち波に洗われ、艦尾の向こうへ消えてしまっただろう。そうなったら、潜水艦は回頭し、太平洋上でけしつぶほどの点を捜す羽目に陥ったところだ。

だが実際には、コルテスはセイルの側面に打ちつけられ、鋼鉄に猛烈な力で叩きつけられて、安全索がぴんと張った。彼はなすすべもなくそこにぶら下がり、息もつかずに助けを求めた。

「艦長！　助けて！　助けてください！　自力では戻れません」

艦が揺れ動き、コルテスはいま一度セイルに強く打ちつけられて、肺から空気が押し出された。

ワードはすぐさま身を乗り出し、両手で安全索を摑んだ。渾身の力で引っ張り、コルテスが非情な海の猛威で致命傷を負わないうちに、救い出そうとする。

一インチずつ、索が引き上げられた。文字どおり全力を振り絞り、ワードはロープをたぐり寄せた。助けを呼んでいる暇はない。そのあいだに、せっかく引き寄せた水兵は元どおり宙吊りにされ、怒濤にさらされてしまう。

艦長はコルテスをコクピットの縁まで引き戻し、水兵は縁材にしっかり摑まった。ワードは少しだけ休んでから、手を伸ばして部下を安全な場所まで引き上げた。

「大丈夫か？」ワードは息を切らしながら訊いた。

「イエッサー。少し身体を打ちました」コルテスは深呼吸しようとして、痛みにひるんだが、ワードを見る目はまぎれもない感謝に満ちていた。「ありがとうございます、艦長。

ありがとうございます」

ワードは梯子を指して訊いた。

「一人で降りられるか?」

コルテスはうなずいた。

「たぶん大丈夫です。やってみます」

ワードに背を向け、用心深く梯子を摑んでから、水兵は一度に一歩ずつ、ゆっくり降りていった。

コルテスが安全に下まで降りたのを確かめてから、ワードは7MCに向かって声を張った。

「これより、操艦を発令所に移す。艦長も発令所に降りる」

ワードは梯子を降りはじめた。さらなる大波が艦橋を洗い、冷たい海水がハッチからほとばしる。ワードは唾とともに水を吐き出してから、ハッチを強く閉め、発令所に降りた。

〈スペードフィッシュ〉は本来いるべき深淵に戻り、ふたたび海で獲物を追いかけようとしている。

〈ヘレナK〉は休むことなく、西へ航行していた。猛烈な嵐は、始まったときと同様、不意にやんだ。ほんの一分前まで、錆びついた貨物船はそびえるような大波に翻弄されていたのに、いまは穏やかに波立つ海面をゆったりと進んでいる。オレゴンから一〇〇マイル離れた、ここ北太平洋では、往々にしてこうした天候に見舞われるのだ。前線の嵐が通過するとき、ぴたりと終わることがよくある。ほんの数マイルの差で、それまでの非情な海が、満天の星空の下の穏やかな海に変わるのだ。

セルジュ・ノブスタッドは双眼鏡を摑み、船橋ウイングに踏み出した。

中国の平底船が、このあたりにいるはずなのだ。ノブスタッドの船は会合地点に、時間どおりに着いた。だが、東洋人どもは信用ならない。あの連中はきっと遅れてきて、何やかやといちゃもんをつけてくるだろう。その場合、彼らはさえぎるもののない日中の洋上で、積荷を移し替えなければならない。そうなったら、あのいまいましいアメリカの偵察衛星から丸見えだ。いままでは、嵐と雲が彼らを覆い隠してくれていた。今晩のような晴れた夜こそ、積み替えに最高のタイミングなのだ。腹立たしい東洋人どもが現われてさえくれれば。

そのとき、無線のスピーカーから声がした。

「〈ヘレナK〉、こちら〈マレー・メッセンジャー〉。貴船がレーダーに映っている。本船から距離一〇マイル、方位〇七一の地点だ。針路二四九に進んでいただきたい」

中国船は時間どおりに到着していたのだ。ノブスタッドは〈ヘレナK〉の舳先(へさき)をゆっくりと南西に向けた。彼は応答すると通話を切り、無線での交信を最小限にした。ノブスタッドは双眼鏡で前を見たが、それでも中国船は見つからない。本当に一〇マイルしか離れていないのなら、あと数分でマストの先端の白い光が、水平線上に見えてくるはずなのだが。

待っている時間が果てしなく思えた。やがてノブスタッドの目に、水平線上の白い染みがちらりと見えた。赤と緑の航行灯の側方に、白い光が並んでいる。夜闇のなかで、徐々に巨大なコンテナ船の輪郭が浮かび上がってきた。暗い空に、黒い船体がぼんやりと見える。

二隻の船はわずか数ヤードほどの間隔で、並んで停まった。中国船の操舵室から人影が現われ、拡声器で呼びかけてきた。

「おーい、〈ヘレナK〉。お会いできて光栄だ」

「おーい、〈マレー・メッセンジャー〉。段取りはどうする?」

「そちらの乗組員を甲板に待機させてくれ、船長。こちらから索を渡す。左舷同士を結び合わせよう。そのほうが、本船の甲板クレーンが貴船の主甲板に届きやすい」

ノブスタッドが見ている前で、数人の男たちが〈マレー・メッセンジャー〉の主甲板に走り出てきた。めいめいが散弾銃のようなものを手にしている。彼らは一定の間隔で甲板に沿って並び、銃を高く上げて〈ヘレナK〉に向けた。小さなゴムの発射体が弧を描き、その後ろには軽いロープがついている。〈ヘレナK〉で待っていた甲板員がロープを摑み、引き寄せた。そのロープに、さらに太く頑丈なロープを継ぎ足し、どんどん太くしていって、しまいにはがっしりした繫留用の大索で、洋上の二隻を結び合わせるのだ。

彼らの仕事ぶりは早かった。ものの一時間足らずで、二隻はしっかり繫がれた。〈マレー・メッセンジャー〉の甲板でいかついクレーンが動きだす。甲板に百個以上積まれているコンテナのなかから、一個が選ばれてやすやすと持ち上げられ、〈ヘレナK〉に移されて、そっと下ろされた。わずか数分で、コンテナは頑丈な鎖で固定された。

同じことがさらに二回、繰り返された。

ノブスタッドが信じがたい思いに目を見張ったのは、クレーンが貨物用コンテナ以外のものを運び上げたからだ。大きな籠のようなものに、十数人の男たちが乗っている。こんなことは予期しておらず、男たちの風貌には不吉な予感がした。遠くから見てもこわもての男たちで、しかも武器を持っている。籠に乗った男たちが空中に持ち上げられ、二隻のあいだを移動しているうちから、ノブスタッドは拡声器を使い、〈マレー・メッセンジャー〉の船長に食ってかかった。

「これはいったいなんの真似だ？　こんなに大勢の人間は受け入れられないぞ。そんな話は聞いていない。事前にそういう取り決めはしていなかったじゃないか」

「船長、これは隋(スイ)総帥じきじきのご指示なのだ。この者たちは、隋総帥の貴重な積荷をお守りするため、あなたがたの手助けをするだけだ」

ノブスタッドは葉巻を嚙みちぎり、怒りを露わに海に吐き出した。

背筋を冷たいものが駆け抜け、彼は身震いした。

33

ジョン・ワードは骨の髄まで疲れ果て、艦長室の寝台に倒れこんだ。横になれるというのは、なんとありがたいことだろうか。もしかしたら、ようやくぐっすり寝られるかもしれない。浅海で小型潜水艇を追尾してきたことで絶えざる緊張を強いられ、艦長は自覚以上に消耗していた。さらに、揺れる艦橋でぶつけたところがあちこち痣になり、吹きすさぶ嵐のなかコルテスを引っ張り上げて筋肉痛になったが、熱いシャワーのおかげでいくらかまぎれた。

幸い、コルテスは軽傷だということだ。数カ所の打撲ですんだらしい。肋骨にひびが入ったのではないかとワードは心配したが、杞憂に終わった。ドクの見立てによれば、すぐによくなるという。

やはり、若者は快復力が早い。

ワードは寝台に横たわり、眠ろうとした。潜水艦のかすかな振動を感じる。艦は出力一〇〇パーセントで、最大速力を出している。これまでのところは就役したその日と同じく、いたって順調に進んでいる。二時間前に潜航してから、艦は二五ノット強で全速前進を続けていた。かつては、快速のロサンゼルス級に羨望の念を覚えたものだ。いまは最新鋭のシーウルフ級のほうがさらに速い。そうした新型艦であれば、行程を何時間も短縮できるだろう。それでも、ワードはこの旧型艦を誇らしく思っていた。〈スペードフィッシュ〉はどこでも行くべき場所に行けるし、目的地に到達したら、必ずや任務をやり遂げる。

三十分後、ワードは寝返りを打ち、腹ばいになった。眠りは訪れず、ここ数日のことが思い出される。そして、これからの数日を心配せずにはいられない。ピュージェット湾を全速で突っ切るのは爽快感があり、社会に寄与する任務のためと思うと心は沸き立った。同時に、歯がゆくもあった。追尾していた悪党の小型潜水艇に逃げられたのは、悔しくてならない。いや、腹立たしいかぎりだ。

せめて、ベセア局長がトム・キンケイドに一刻も早く事態の進展を知らせ、潜水艇が浮上しそうな場所にJDIAが捜査網を張ってくれることを願うのみだ。あのDEA捜査官は麻薬を発見するためなら、太平洋北西部を全部ひっくり返すことも厭わないだろう。それができるとすれば、キンケイドをおいてほかにはいない。あの男は麻薬捜査に人生を懸けているのだ。

追跡に失敗したとき、ワードの脳裏を最初によぎったのは、エレンのことだった。これで妻の待つわが家に帰れるかもしれない、と。最後にこの老朽艦を降りるとき、どんな感慨が胸をよぎるだろう。勇猛果敢に任務を遂行してきた乗組員に、わたしは艦長としてどんな言葉をかけるだろう。

しかしJDIAからの電文は、彼らに北太平洋へ出て、ふたたび〈ヘレナK〉の居場所を突き止めるよう命じるものだった。これで、〈スペードフィッシュ〉の退役まで多少の猶予が与えられたことになる。潜水艦とその乗組員には、ふたたび機会が与えられたのだ。彼らの能力を証明する任務に再挑戦する機会が。

ワードはいま一度寝返りを打ってあおむけになり、なるべく身体の痛くない姿勢を探して、今度は深い眠りに落ちた。

バート・ヤンコフスキーはいつも、釣りをこよなく愛していた。日の出前に小型ボートで海に出て、釣り糸を垂らし、マウントフッドとカー海峡沿いのトウヒを金色に染める曙光を眺める。えも言われぬ美しさだ。朝の静けさのなか、優しく波に揺られる船の上で、新たな一日が始まる世界を見ながらビッグサーモンを釣り上げるのは、まさしく生きる喜びだった。

だからこそ、彼は暇さえあればここで海に出るのだ。ありていに言えば、二十年前に海軍を除隊したとき、カンザス州トピーカ近くの実家の農場に帰らず、ここに落ち着いたのはそのためだった。妻のマーサは、夫がタコマ近くの小さな造船所に職を得たからだと思っているようだ。だが彼は、決して真の理由を言わなかった——カンザスの平原に、こんなすばらしい釣り場はない、と。

ヤンコフスキーは船外機つきのボートに、慎重に装備を積んだ。先任掌帆長をしてきた長年の経験から、何事も習慣どおりにしなければ気がすまないのだ。手順どおりに準備することが、身体に深く刻みこまれていた。あらゆる装備は所定の場所に収納され、きちんと結ばれている。どんなに厳格な安全点検を受けても、合格まちがいなしだ。そのひとつである捜索救難（SAR）ブイは、マーサが、船に乗るときには必ず着用するよう強く促したものだ。妻は《リーダーズ・ダイジェスト》の記事で、南太平洋でヨットが沈没した際、人工衛星がSARブイの場所を特定できたおかげで、遭難者が救助された話を読んだのだった。それ以来、彼女は夫に、ブイの着用とともに、コーヒーが入った大きな魔法瓶を持たせるようにしている。ヤンコフスキーが海に出る日は、必ず彼女も早起きして淹れるのだ。彼が航海するのはピュージェット湾内だけで、沿岸から二マイル以上離れることはないのだが。あるいは行きつけの〈ミランダ釣具店〉に立ち寄れば、煮詰まったコーヒーを買って魔法瓶に入れてもらうこともできるのだが、そんなことはおかまいなしだった。

ヤンコフスキーはブイと大きな魔法瓶をいつもの場所に置き、にっこりした。妻には感謝している。これまで彼女は、世界じゅうの桟橋や埠頭から、夫の出港を見送ってくれた。いまではかつてとちがい、彼女のもとを離れるのはほんの数時間で、数カ月ではないのだが、それでも妻の心配をなだめることはできそうにない。

彼はいつものように、しばし立ち止まって、自らのボートをほれぼれと眺めた。ヤンコフスキーが手ずから造ったボートで、船体にはオークの肋材とヒマラヤスギの厚板を厳選した。ニスを塗ったチーク材の木部の仕上がりには、とりわけ満足している。その光沢は、戦艦〈ミズーリ〉の調度品を彷彿させた。かつて彼も乗り組んだ艦隊の華だ。いかにも、あの艦は美しかった。

まだ暗いうちから、ヤンコフスキーはもやい綱を解いて桟橋に投げ、イースト・クロムウェルからヘイル水路を抜けて、カー海峡へ入った。日の出まであと三時間もある。日が昇るころには、釣果が上がっているだろう。〈ミランダ釣具店〉の顔なじみによれば、フォックス島の旧海軍音響研究所のあたりが、サーモン釣りにはとっておきの穴場だそうだ。まずはそこから試してみよう。少なくとも空いているのはまちがいなく、ほかの釣り船に邪魔されることはあるまい。

ヤンコフスキーはその方向にボートを向け、マーサが淹れてくれたコーヒーの魔法瓶に手を伸ばした。

〈スペードフィッシュ〉の原子炉区画内の温度は、通常七〇度を超える。これほどの高温では、人間が立ち入って作業するのは不可能だ。いずれにせよ、原子炉区画は封鎖されている。放射線値も高く、原子炉が危機的状況に陥った場合、人間が立ち入ればたちまち死んでしまうからだ。こうした高温と高い放射線値に三十年間さらされてきた結果、設備も消耗をきたしていた。金属やプラスチックは劣化し、絶縁体も剝がれてしまう。

老朽艦が全速前進しているので、原子炉区画内部の気温や放射線量も上昇の一途をたどっている。不測の事態が起きるとしたら、こうしたときだ。二週間前にデイブ・クーンが修理した主冷却用バルブの位置表示器は、この機関長が生まれる五年前に造られたものだ。それが〈スペードフィッシュ〉の原子炉システムに据えつけられたのは、彼が立ち上がり、歩くのを覚えたころだった。

変圧器のセラックニスの絶縁体は、もう限界だった。最後のかけらが溶け出し、銅線のコイルがショートする。煙がひと筋上がり、表示器が使えなくなった。

原子炉制御員のバート・ウォーターズは、緑の〈バルブ開放〉の表示が消えるのを見、その一瞬前にサイレンがけたたましく鳴り響くのを聞いた。〈原子炉停止〉の赤いライトがぎらつくように点灯し、注意を促す。ひしめく計器類の針が、いっせいに乱高下を始めた。

ウォーターズはぎくりとして立ち上がり、大声で異変を告げた。「原子炉緊急停止！　左舷回路の開放表示が消灯。右舷の主冷却ポンプを低速ポンプに切り替え、左舷蒸気流を停止」

その両手は原子炉制御盤を猛然と動きまわり、目は乱舞する計器の針から、あらゆる情報を読み取ろうとしていた。

スコット・フロスト機関員は、左耳のすぐ上で警報が鳴り響いたとき、ちょうどコーヒーを飲もうとしていたところだった。しかしカップは床に落ち、制御盤室の扉から転がり出して、瞬く間に忘れられた。彼がすぐさま原子炉制御盤に目を走らせると、不吉なライトが点灯した。そのライトは、制御棒が原子炉の底に落ちたことを示していた。原子炉は停止してしまった。もう熱は発生していないが、まだスチームは猛烈な勢いで発生している。そのスチームは、原子炉を再起動させるのに必要不可欠だ。

フロストは大きなクロムめっきの〈前進〉スロットルを摑み、全力でまわした。

頭上の太さ一二インチのパイプで、それまでの咆吼が止まった。メインエンジンの開放されたスロットルに流れこんでいたスチームが静まったのだ。フロストは手を伸ばして、速力指示器（エンジン・オーダー・テレグラフ）を〈全停止〉に合わせた。

当直機関士のクリス・ダーガンは、ウォーターズの後席で飛び上がり、一瞬目を見張った。やにわに鳴り響いたサイレンと、起こった異変に呆然としたのだ。しかし彼は、やるべきことをわきまえていた。心臓は早鐘を打っていたが、手を伸ばして7MCマイクを握りしめた。通話ボタンを押し、声を張って命令を告げる。

「原子炉緊急停止！　全機関停止。事故対処チーム、後部区画へ急行せよ！」

原子炉の温度は、信じがたいほど急低下していた。そのペースはいくらか落ちていたものの、冷えかたは依然として速い。電気員が大きな可変抵抗器をまわし、電力をバッテリーに切り替える。それでいくらか、事態は改善された。

スティーブ・フリードマンが潜望鏡スタンドの後ろで、艦内放送マイク（1MC）を摑んだ。

「原子炉緊急停止！　全艦、電力を節減せよ。事故対処チームは後部区画へ急行。スノーケル（水上に管を出して給排気を行ないディーゼル機関を動かすこと）航走、用意」

機関室では当直の乗組員が走りまわり、生存に必要不可欠な装置以外の電源を次々に切ってまわった。機関特技員たちもせわしなく動きだし、そもそも原子炉が停止した原因を解明しようと大わらわだ。

ブルース・ヘンドリックスが原子炉区画上部の通路を走り抜け、十名以上の機関特技員からなる事故対処チームを率いて、仲間を助けるべく、機関部へ足を踏み入れた。ヘンドリックスは、艦に乗り組んでいる原子炉や電子装置の特技員のなかで最年長であり、最も経験豊富だ。トラブルの原因を見つけ出し、修理するのが彼の務めだ。

機関科当直先任のフランク・ベクトルド機関兵長は、機械類がひしめく機関部の前側にある、短い梯子の下でヘンドリックスを出迎えた。大きな電子機器パネルのあいだの狭いくぼみで、通路を駆け抜ける対処チームの男たちをやり過ごしながら、ベクトルドは報告を始めた。

「ブルース、機関室は停止している。当直員を総員配置にしたい」デイブ・クーン機関長が梯子を飛び降りてきたので、ベクトルドは間を置いた。機関長はまだ、作業服のファスナーを上げている途中だ。ヘンドリックスは真剣に耳を傾けた。「左舷回路の開放表示が消えてしまった。原子炉保護システムが、回路の電流を検知できなくなったため、原子炉が緊急停止したんだ。原子炉内の温度は急激に下がっている。まだ急速再起動はできそうだが、きわどいところだ」

急速再起動は一九六〇年代初期、原潜〈スレッシャー〉の沈没事故（一九六三年四月、アメリカ海軍の同艦は深海潜航試験時に制御不能の沈下が起こり、水圧で隔壁が破れ、乗員一二九名全員が死亡した。事故原因は不明とされる）をきっかけに整備された、特別な手順だ。これにより、原潜の制御員は海中での緊急時に、原子炉を再起動して動力を回復できるようになったが、それは一定の安全基準を満たしている場合にかぎられる。その基準が満たされていなければ、より長く、厳密に制御された手順を踏まなければならない。原子炉の温度が最低基準以上であることは、急速再起動で最重要な条件のひとつだ。

三人の足下から、冷却水充塡ポンプがバッバッバッと作動する音が聞こえた。急激な冷却による収縮を緩和しようと、原子炉システムに水を送りこんでいるのだ。炉心には絶えず注水しつづけなければならない。減衰する核分裂の破片によって生み出される熱を、冷却水が取り除いてくれる。水がなくなってしまったら、炉心は溶融し、そうなったらまさしく大惨事だ。原子炉を安全に保ちつつ、できるだけすみやかに動力を取り戻すためには、厳密な手順を踏まえつつ、果断な行動が求められる。

そのとき、潜水艦が急に大きく揺れ、三人はパネルに叩きつけられたかと思うと、今度は反対側に投げ出されて、隔壁にぶつかった。

「ちくしょう」クーンがうなった。「潜望鏡深度に到達したら、まだ海上では嵐がやんでいなかったようだ。こいつは面白くなってきたぞ」

ヘンドリックスの率いる電気関係の特技員が、パネルのあたりから立ち上がった。額から汗がしたたり、顎を伝う。作業着の背中はすでにじっとり濡れている。狭苦しい室内に熱くなった配管が入り組み、ただでさえ暑いうえ、ここには空調がない。

「こいつはお手上げです、上等兵曹。バルブ位置表示器の回路が途切れていて、電流が流れません。ここから修理するのは不可能です」

クーンはヘンドリックスを見た。クーン機関長にはやるべきことがわかっていた。

「ヘンドリックス上等兵曹、故障した備品を取り外し、表示器を交換しよう。チームに準備をさせてくれ。ベクトルド機関兵長、緊急原子炉区画立入の準備だ。わたしから艦長に話す」

さらなる揺れに襲われ、彼らは高圧用開閉器に叩きつけられた。1MCスピーカーが大音量で告げる。「スノーケリング、開始」

そのころ、前部区画の艦底では、ディーゼル発電機の制御員が、プレッツェルさながらに身体をねじ曲げ、さまざまな機器に手を伸ばして、一人で同時に操作しようとしていた。輝く真鍮の四分円のバルブのハンドルを右手で掴み、圧搾空気をシリンダーに送りこんで機械を始動させる。左手はボタンを押し、安全装置を解除して、ディーゼル機関の速度を上げる。そして右足で水抜き用のキックドレーンを蹴り、吸気管の水を排出するのだ。

念入りに整備された、真っ赤な機械がうなり、抗うようにうめきながら、息を吹き返す。耳をつんざく轟音とともに、ディーゼルの排気と燃油のにおいが狭い機械室に満ちた。こうして、通称〝削岩機〟が動きだし、〈スペードフィッシュ〉の緊急時の電力が供給されはじめた。

かぎられてはいるが、かけがえのない電力だ。これがなければ、潜水艦は海中で麻痺してしまう。

ダーガン機関士が立ち上がり、刻々と減っていく電池（バッテリー）の電流計を見守った。制御盤室は初期処置を終了し、静けさを取り戻していた。これからの戦いは、バッテリーから得られるごくかぎられた電力を、いかに節約していくかだ。最大限に節約しても、電力は二時間ほどしかもたない。その電力は、原子炉を再起動し、復旧できしだいディーゼル発電機を補うのに必要なのだ。消費電力計が刻む数字は、その大半がすでに消耗してしまったことを示している。

制御員がスイッチを動かし、マイクを掴んで、轟音に負けないよう声を張り上げた。

「ディーゼル調速機、緊急発電の準備完了」

ダーガンはディーゼル発電機による電力を無駄にしなかった。通称〝削岩機〟から得られる電気負荷を、最大限にする。電気負荷が上がるにつれ、ディーゼル発電機がうなりをあげる。まるで頼りがいのある農耕馬が、疲れた身体に鞭打って、信頼に応えようとしているかのようだ。

スノーケル用マストが、沸き立つ波のなかで潜望鏡の後ろに突き出し、ディーゼル発電機に必要な大量の空気を取りこんだ。マストが波をかぶると、スノーケル用のバルブが閉じて、設計どおりに水を遮断する。しかし、荒れた海でバルブが閉じるたびに、ディーゼル発電機は艦内の空気を吸うことになる。そのたびに艦内の気圧は下がり、乗組員は気圧変動で耳が痛くなった。

クーンは艦内電話を摑み、ぐらつく身体を押さえて、ワードと通話した。

「艦長、左舷のバルブ位置表示器が消えてしまいました。原子炉区画に入って、修理するしか方法がありません。ベクトルド機関兵長が、緊急原子炉区画立入の準備をしています。ヘンドリックス先任機関特技員が、必要な機材を用意しているところです」

ワードは機関長の話を聞き、暗澹たる気持ちになった。それがいかに困難で危険な作業か、熟知していたからだ。問題は、原子炉が発する放射線ではない。原子炉が停止すると同時に、放射線値は急速に減少する。問題は温度だ。こちらは依然として、七〇度以上もある。ほとんどの配管は、二〇〇度以上という高温だ。〈スペードフィッシュ〉は嵐に翻弄されているので、区画内に立ち入った乗組員が火傷を負うのは確実だ。それはもはや、どの程度の火傷かという次元になるだろう。

さらに苛酷なのは、原子炉区画を換気する時間がないことだ。区画内は何週間も、厳重に封鎖されてきた。どんな有毒ガスが待っているかわからない。原子炉区画に立ち入る勇気がある者は、酸素マスクの着用が必須だ。

高温を避ける方法はない。原子炉が自然に冷却するまでは、何週間もかかる。それに、バッテリーとディーゼル発電機から得られるかぎられた電力では、海水で強制的に冷却するのも不可能だ。仮にできたとしても、何日もかかるだろう。それ以前に、電源喪失まで残された時間はわずかであり、そうなったら原子炉の再起動は不可能になって、艦はなすすべもなく荒海を漂流するしかない。

何より、この周辺のどこかに、悪辣な企みを抱く船舶が航海している。死をもたらすコカインを一杯に積んだ小型潜水艇がピュージェット湾を出入りしているのだから、ほぼまちがいなく母船に帰るはずだ。彼らを止めるには、その現場を押さえるしかない。潜水艇がふたたび発進したら、次の目的地はどこになるのか、さらにどれだけの死者が出るのか、見当もつかないのだ。

彼らは一刻も早く、動力を回復し、捜索を再開しなければならない。

「立ち入るのは？」

「ヘンドリックス上等兵曹とわたしです」クーンは躊躇せずに答えた。

ワードは驚かなかった。

「わかった。デイブ、くれぐれも気をつけるんだ」

「簡単な仕事ですよ、艦長。ご心配なく」

　ジェイソン・ラシャドは居心地のいい場所を見つけた。山積みになっていた南京袋に登ったのだ。そこなら潜水艇から積荷を下ろす男たちの邪魔にならず、それでいて、包みをひとつ残らず茶色のバンの後部に積んでいるかどうか確かめられる。マリファナタバコを作って半分ぐらい吸い終わったころ、桟橋の向こうのどこかから、船外機の特徴的な音が聞こえてきた。

「くそっ！」

　邪魔者がこっちに近づいているようだ。数分経つと、朝まだきの霧のなかを白い小型ボートが接近してくるのが見えた。

「くそっ！」ラシャドはふたたび毒づいた。

　積荷を下ろす作業は終わりかけている。あと二時間もあれば、ここを出発して、作業は終わりだ。ラシャドは早くシアトル市内に帰りたくてたまらなかった。暖房の効いたアパートメントで、どこかの白人女とよろしくやり、混ぜ物のないコカインを一発決めてやるのだ。何より、哀れっぽく泣き言を言うラテン系の男と、肥満したロシア人から一刻も早く解放されたい。

あれから作業にあたる手下を増員し、積み下ろしをスピードアップしたのだが、この寒さのなかで監督するのはやはりつらかった。ようやく終わりが見えてきたというのに、いまになって邪魔者が事態を紛糾させようとしている。

小型ボートの船尾に大柄な男が立ち、懐中電灯を振って、ラシャドに向かって呼びかけてきた。

「おーい、そこの桟橋のきみ！　そこで何をしている？　この場所は使われていないはずだ。何かあったのか？」

ラシャドは身をこわばらせて立ち尽くし、ぐんぐん近づいてくるボートを見つめた。マリファナタバコを吸ったまま、闖入者の問いには答えなかった。桟橋でコカインを受け渡していた男たちがいっせいに手を止め、見守った。

バート・ヤンコフスキーが射程内に充分近づいたところで、ラシャドはイングラムM10短機関銃、通称MAC10を構え、発砲した。最初の一発がヤンコフスキーの胸に命中し、彼はボートの船尾から海に転落した。即死だった。

酷薄な笑みを浮かべ、ラシャドは小型ボートに発砲しつづけて、入念に仕上げられた木部を木っ端微塵にした。カー海峡の冷たい水にゆっくりと浸され、ボートが海に沈んでいく。ついにボートは見えなくなり、水面には釣り人の死体が漂うばかりだ。

ラシャドは手下の男たちに叫んだ。誰もがボートが消えたばかりの方向へ目を見張り、その場で呆然としている。

「野郎ども、急げ！　見世物は終わりだ。早く作業を終わらせて、ここをずらかるぞ。誰かがあのじじいを捜しはじめる前に」

男たちがせき立てられたように、最後のトラックに包みを運んでいるのを見ながら、ラシャドは当初の計画を変更することにした。一度に一台ずつ、数日に分けて、この廃墟からトラックを出発させるのはもう無理だ。こうなったら、トラックを全部いっせいに出発させて、誰にも気づかれないことを願うしかない。橋を越えて本土へ入ったら、別々の道に分散させて、シータック空港（シアトル・タコマ空港の通称）のそばの倉庫へ運ばせよう。

桟橋で働いている男たちは誰一人として、沈んでいくボートの破片から、小さなオレンジのブイが浮き上がってくるのに気づかなかった。彼らはコカインの積み替えに忙殺され、いましがた見た光景のことを小声でささやくばかりだったのだ。

ブイは水を検知すると作動する仕組みだ。水面に浮上したSARブイは、自動的に救難信号を発信し、カー海峡で遭難者が出たことを告げた。

デイブ・クーンとブルース・ヘンドリックスは、月面を歩く宇宙飛行士のような恰好をしていた。黄色のつなぎの汚染防護服、溶接用の手袋、緊急用の酸素マスクという出で立ちで、二人は潜水艦の原子炉に通じる扉の前で待ちかまえている。ベクトルドが扉のかんぬきを留めているいかついナットに、大きなスパナを当て、ハンマーで何度も強打して、ナットを緩めた。それから、どっしりした赤いI型の梁を外した。重厚な鋼鉄の扉がゆっくりとひらき、そこから空気の漏れる音がした。

まるで、地獄に通じる落とし戸がひらいたかのようだ。

黄色の防護服に身を包んだ二人は、扉のなかへ足を踏み入れ、小さな金属製の格子を越えて、一〇フィート下の床まで梯子を降りた。恐ろしい暑熱で、クーンは胸を殴られたような気がした。原子炉区画に人を寄せつけまいとする、悪意すら感じるような力だ。

この激烈な暑さを耐えるすべはなく、ましてや室内で作業するなど不可能に思える。端的に言って、それは人間の忍耐力をはるかに超えていた。

しかし二人には、ほかに方法などないことがわかっていた。なんとしても、作業をやり遂げるしかないのだ。

二人は気力と決意を奮い起こし、わき上がる不快感を念頭から振り払おうとした。問題のバルブは、二人の目と鼻の先にある。

ヘンドリックスは工具箱からワイヤカッターを取り出し、バルブ位置表示器の断熱パッドを固定している針金を切断した。パッドを取り外し、床に落とす。高温の金属から、灼熱の火かき棒のような熱気が立ちのぼった。

二人の全身からは、すでに汗がしとどに流れ落ちていた。マスクは汗と塩に覆われ、ほとんど何も見えない。二人は意識朦朧になりながらも集中し、嵐に揺れる艦内で脚を踏ん張らなければならなかった。高温の鋼鉄の床に倒れるのはご免だ。肌が露出していたら、瞬時に焼けただれるだろう。

クーンはドライバーを摑んで作業に取りかかり、カバーを外して、熱で音をたてているねじを、落とさないように慎重に扱った。この溶鉱炉のような原子炉区画で、落としたねじを捜しまわるわけにはいかない。

カバーを外した二人は、見立てが正しかったのを知った。表示器の内部のセンサーは黒焦げで、使い物にならない。

クーンは端子を取り外し、溶けた塊を床に落とした。ヘンドリックスは新品のセンサーをはめこみ、端子を取りつけようと最善を尽くした。だが、ねじは小さく、溶接用のごわごわした手袋では握れない。非常に細かい作業だ。

ヘンドリックスはクーンを一瞥し、防護服姿でできるだけ肩をすくめようとした。ほかに方法はない。彼はかさばる手袋を脱ぎ、それも床に落とした。ヘンドリックスは素手でねじを握り、交換の作業を始めた。クーンはヘンドリックスの作業を見守りながら、息を詰め、顔をゆがめた。手袋を脱げば、ねじを握って締めることはできるが、ねじの金属は焼けるような熱さなのだ。指先の皮膚が赤くなり、やがて火ぶくれができる。クーンの耳には、皮膚が焼けるかすかな音とともに、原子炉技能員の苦悶の声が聞こえた。耐えがたい痛みに、涙がヘンドリックスの頬を伝う。それでも彼は、工具を落として悲鳴をあげたい衝動を抑えつけた。

最後のねじが所定の場所に締めつけられた。ヘンドリックスが工具を落とし、あとずさりして、火傷を負った両手を握りしめ、痛みに嗚咽する。クーンは背中から抱きかかえ、大波に揺れる艦内で倒れないように彼を支えて、揺れが収まると急いで梯子を昇らせた。彼はヘンドリックスの背中を押し、扉を抜けて通路に出ると、身を投げ出すようにして床に崩れ落ちた。想像を絶する暑さと疲労で、脚は限界だったのだ。

「ヘンドリックスはひどい火傷だ」クーンは嗄れ声で言った。「早くドクのところに連れていけ」空気を求めてあえぎ、ベクトルドが差し出したボトルの水をごくごくと飲む。天井がまわっているように思え、意識を失うのではないかと不安だった。「表示器は修理した。すぐに原子炉機関の調整にかかってくれ」

バルブ表示器のセンサーを交換するのは、ほんの手始めにすぎない。今度は数時間に及ぶ試験や調整作業が待っている。幸い、そうした作業は原子炉区画外で行なわれる。機械類がぎっしり並んだスペースは、まだ蒸し暑いという程度だ。

クーンは立ち上がろうとしたが、足下がふらついた。ふたたび床に腰を下ろし、二人の部下に手伝ってもらって、黄色の防護服を脱いだ。手近な配管を握り、もう一度立ち上がろうとする。今度は立てたが、何かに掴まらなければ足下がおぼつかない。

「ヘンドリックス上等兵曹は？」彼は訊いた。

「安心してください、機関長」ベクトルドは言った。「ドクに診てもらっています。大丈夫でしょう。今度はどこへ行くんですか？　横になって、休んでください」

クーンは配管に掴まったまま、後部区画の機関部へ向かって梯子を降りはじめた。

「まだやるべき仕事が残っている。調整ができたら、原子炉を再起動しなければ」

彼はよろめきながらハッチを抜け、後部区画へと向かった。

「司令官、だから申し上げたでしょう。あのボロ船にできるはずがないと」ピエール・デソー大佐は、悦に入った口調だ。「あの艦はスクラップにして剃刀の替刃にし、ワードの乗組員は呼び戻して、あの連中でもできる仕事をさせればいいんです。街の清掃員あたりがお似合いでしょう」

トム・ドネガンは葉巻を噛み切りたくなるのを、どうにかこらえた。ふだんからデソーは癪に障る男だが、思惑どおりに物事が運ぶと図に乗り、まったくもって腹に据えかねる。それでもドネガンは自制し、低く平静な声で答えた。

「大佐、貴官の言うことはもっともだ。この件に関して、きみの気持ちはよくわかる」ドネガンは万力のような力で、赤い受話器を握りしめた。「しかし、乗組員がトラブルに見舞われている。貴官の麾下の乗組員だ。大至急、ポートアンジェルスに支援チームを送ってくれ。〈スペードフィッシュ〉までは、沿岸警備隊のヘリが運んでくれる。すでに哨戒艇を出して、任務の支援に当たっているところだ」

ドネガンはそれだけ言うと、受話器を叩きつけるように切った。さもないと、怒りのあまり、後悔するような言葉を口走りかねなかったのだ。


「艇長、どちらへ向かいますか？」

哨戒艇の操舵室で、雨の筋ができたガラス越しに、操舵員が行く手を見ている。沿岸警備隊のバリー・ジョーンズ中佐は、揺れる船上で身体を支えた。

「麻薬密輸の疑いがある船を臨検しに行くんだ。〈ヘレナK〉という船らしい」

〈サイクロン〉の艇首がふたたび、嵐が吹き荒れる緑の海面に消えた。艇首が一度持ち上がり、海水が甲板を洗って横に流れる。哨戒艇は舳先(へさき)の両側に白波を蹴立て、叩きつけられるように下がった。

ジョーンズはこの新造艇が誇らしかった。〈ハリケーン〉の姉妹艇である〈サイクロン〉は、海軍特殊舟艇ユニットの一隻として建造され、ＳＥＡＬ隊員を搬送する能力がある。いまは沿岸警備隊の所属下であることを示す、オレンジの広い帯をあしらっていた。

「こんな嵐でなければ、たやすい仕事なんだが。まずは麻薬を見つけ出して、悪いやつらを捕まえてやろう」ジョーンズは言った。「何かあったら呼んでくれ。わたしは自室に戻る」

ジョーンズは艇尾の狭苦しい個室に向かい、操舵員は荒れた海で艇を制御しつつ、任務に向かわせた。

原子炉制御員のバート・ウォーターズは、ディブ・クーン機関長が座っている場所に目をやった。電子機器がひしめくパネルに挟まれた狭い通路の端で、クーンは工具箱の上に座って身体を休めている。ウォーターズは頭を振った。

「機関長、何度やってもだめです。もう何時間も試験をしているんですよ。知っていることはすべて試してみました」

クーンは怒りにまかせ、読んでいた分厚い技術マニュアルを叩きつけた。

「くそっ！　くそっ！　こんちくしょう！　バルブ位置表示器の本体は、俺たちが原子炉区画に入る前から動いていたんだ。試験でも正常に動作していた。配線もきちんと繋げた。上等兵曹が導線を全部接続したのは、俺がこの目で確かめたんだ」

機関長の目から、無意識のうちに涙が流れた。すさまじい苦痛を耐え忍び、部品を交換したヘンドリックスを思うと、泣かずにはいられなかった。ドク・マーストンの報告では、ヘンドリックスの火傷は治るが、両手の傷跡は生涯残るだろうということだった。いまは自分の寝台で、強い鎮痛剤を投与されて、痛みをしのいでいる。

ウォーターズはうなずいた。彼にはクーンの思いがよくわかった。

「きっと何か理由があるはずです。もしかしたら、悪い魔法使いが電気にいたずらをしたのかもしれません」

無理に冗談を言ったウォーターズの気持ちをくみ、クーンは作り笑いを浮かべようとしたが、そんな元気はなかった。

「よし、もう一回、最初から試験の手順をやりなおしてみよう。何か見落としたのかもしれない」

クーンは床に放り出した技術マニュアルを拾い上げ、最初のページに戻ろうとした。そのとき、機関長は何かに気づいた。マニュアルは、概略説明のページがひらいたままになっている。専門家以外の人間にもわかるよう、簡略化した説明を掲載した章だ。その章は、いま彼らが参照しているトラブル解決策や修理の章より、ずっと前のページにあった。

そのページの下の、小さく書かれた注意書きに、クーンの目が吸い寄せられた――〝バルブ位置表示器のセンサーの製造元がTRW社の場合、端子番号は、このマニュアルの説明図および手順の反対になる〟。

クーンはウォーターズをじっと見た。

「バート、センサーの製造元は？」

ウォーターズはゴミ袋を漁り、焼け焦げた部品が入っていた箱を引っ張り出した。クーンが直接見られるよう、手渡す。箱の上にはステンシルでこう印刷されていた――〝製造元：TRW株式会社〟。

「こいつだ、わかったぞ！」その瞬間、機関長は自らが直面することになる運命を悟った。

「バート、原子炉区画に戻らなければならない」

クーンは立ち上がり、ふらついた足取りのまま、原子炉区画の通路へ引き返した。ウォーターズがあとを追う。

「機関長、俺にやらせてください。機関長はまだ、さっきの作業から回復していません」

「だめだ、バート。俺にはあそこの回路の配列がわかっている。現場で見ていたんだからな。それに、おまえにはここにいてもらわないと、調整作業をできる人間がいなくなってしまうんだ。ここで待っていろ。ベクトルド機関兵長が俺に同行する」

機関長はつなぎの防護服と手袋をふたたび着用し、梯子の向こうへ姿を消した。がっしりした体格の機関兵長が、動きにくい防護服姿であとに続く。クーンはセンサーの前に近づくと、すぐに手袋を脱ぎ捨てた。深呼吸し、導線を摑んで、正しい順序に入れ替える。両手の皮膚が音をたてて焼けただれた。クーンは痛みに咆吼し、涙で視界がかき消されそうになった。それでも、機関長は作業を続けた。地獄のような二十分が過ぎ、修正作業は終わった。ベクトルドはその場に立ち尽くし、信じがたい光景に目を見張って、絶えず揺れる艦内で機関長の身体を支えることしかできなかった。

ようやく、最後の導線が所定の位置に固定された。作業を終えたクーンはヘンドリックス上等兵曹のように倒れかけ、焼けた手を握りしめた。よろめきながら梯子を昇り、支えようとするベクトルドの手を振り払う。両手でひっかくようにして金属製の梯子を昇り、扉を抜けて通路の床に出ると、その場にどうと倒れた。

「直った」機関長はあえぎ混じりにつぶやき、幸いにも、そこで意識を失った。

四時間後、〈スペードフィッシュ〉は潜航を再開した。ディーゼル発電機は停止し、静けさを取り戻している。バッテリーは再充電中だ。深度四〇〇フィートの海中は穏やかで、潜水艦は洋上の嵐に煩わされることなく、静かに航行している。大半の乗組員は、これまでの二十四時間でぐったり疲れ、休んでいた。低くうなるエンジン音が眠けを誘う。

それでも、ジョナサン・ワード艦長は目覚めていた。静かな士官室で、ジョー・グラス副長や衛生班員とともに、じっと座っている。

「二人の容態は、ドク？」クーンとヘンドリックスをいたわる心痛の念が、深く表情に刻まれている。

艦内隔壁の食器棚には、まだ包帯が山積みになり、外科用器具を載せたステンレスの皿や、その他の医療機器も並んで、緊急治療室の様相を呈している。士官室のテーブルは、まだ手術用の照明に照らされていた。

ドク・マーストンはコーヒーを飲んだ。

「二人とも、いまは鎮痛剤で眠っています。両手はしばらく、ひどく痛むでしょう。火傷がどれほど痛いかは、ご存じかと思います。二人とも両手の大半が、重度の第三度熱傷を負っています。治癒しても、傷跡は残るでしょう。わたしの見るところでは、二人とも、再建手術が必要になるかもしれません」ドクは自らの両手を見つめ、しばらく物思いに耽った。「感染症とショックが、当面は最も懸念されるところです」

グラスは衛生班員のほうを見た。

「緊急搬送すべきか？」

マーストンは首を振った。

「いまは安定しています。生命にかかわる負傷ではありません」

「ありがとう、ドク。わたしも同意見だ」ワードは言った。艦長は指を上に向け、海面を指した。「それに、まだ嵐が続いているから、関係者全員にとって緊急搬送には危険がともなう。ドク、二人ができるだけ快適に静養できるようにしてほしい。嵐が過ぎ去ったら、すぐに搬送しよう。そのころには、ジョン・ベセアへの土産にあの不愉快なおんぼろ貨物船を見つけ出したい」ワードは立ち上がり、出口に向かった。去り際に、彼は付け加えた。「副長、クリス・ダーガンに、機関長代理に任命すると伝えてくれ。彼が立派にやり遂げられることは、もう証明ずみだ」

「アイ、艦長」

「それでは、狂犬の居場所を突き止めて、このつらい任務を終わらせよう」

〈スペードフィッシュ〉艦長は、士官室を出ていった。

34

ケン・テンプル警部補は腕を伸ばし、トム・キンケイド捜査官の肩を叩いて注意を惹こうとした。ベル・ジェットレンジャー・ヘリコプターの機内では、インターコムを使わなければ会話は不可能だ。だが、キンケイドのシートのインターコムは故障していた。シアトル市警はまたしても、備品のメンテナンス費用を削減したのだ。

「次はどうなるんだ？」テンプルは、キンケイドに聞こえないのを承知の上でぶつくさ言った。「上の連中が弾薬の割り当てでも決めるのか？　一件につき三発以上は認めないとか？」

ジョン・ベセアから、小型潜水艇とそこに積まれているとおぼしき大量のコカインの捜索を要請され、二人はヘリを徴発した。ベセアとＪＤＩＡの名前を出したとたん、書類はすぐに通り、二人は瞬く間に空を飛びまわることになった。日の出とともに、ピュージェット湾南部の上空から、無数に存在する湾や入江を探しまわってきたのだ。いまのところは尻が痛くなり、耳鳴りがひどくなっただけだが。

キンケイドは双眼鏡を下ろし、窓ぎわからシートに上半身を戻して、相棒の言葉を聞こうとした。テンプルが大声を張り上げた。

「トム、沿岸警備隊から電話だ。カー海峡で捜索救難ブイから発信があったらしい。フラッタリー岬の嵐で、漁船は海に出られなくなっている。それで俺たちに、上空から様子を見てほしいということだ」

キンケイドはうなずいた。以前に乗りこんだ沿岸警備隊の哨戒艇で、彼にもSARブイが割り当てられたことがある。ブイからの発信がきっかけで、麻薬の密輸商を突き止めたこともあった。情報提供者の身体がずたずたに切り刻まれ、SARブイをくりつけられてメキシコ湾に浮いていたのだ。それは明らかに、DEAに発見させるためだった。それでも彼は、この海峡で海難事故が起きるとは思えなかった。狭い湾内から、捜索救援の要請が発信されるとは考えにくい。

「何かのまちがいでSARブイが水に落ちたんだろう。船上パーティの参加者が、クーラーボックスからビールを取ろうとしたら、ブイを蹴落としたとか」

「ああ。だが、受信してから五分しか経っていないそうだ。念のために見ておいてもいいだろう」

キンケイドの身体が、方向転換して北へ向かうジェットレンジャーの動きを感じた。すでに日は昇り、朝もやはほとんど吹き払われて、トウヒの高木の頂にまとわりついているだけだ。これまでの二時間の捜索では、なんの成果もなかった。そろそろシータック空港へ戻り、給油の合間に朝食をそそくさと摂る時間だ。ブイの発信地点は、空港へ向かうルートのほぼ真下だった。

「あれはなんだ？」キンケイドは訊きながら、下に見える大きな建物を指さした。入江の海岸線沿いにある、木々のあいだから見える建物だ。テンプルは相棒の口の動きを読んだ。

「昔の海軍の研究施設だ。もうずいぶん前に閉鎖された。それ以来使われていない」

パイロットがGPSを確認しながら、ヘリをホバリングさせた。沿岸警備隊から通報があった、ブイの発信地点の五〇フィート上空だ。キンケイドとテンプルは身を乗り出し、SARブイが浮いている場所を捜した。ホバリングしている地点から、パイロットがゆっくりと、円を広げていくようにヘリを螺旋状に動かしはじめた。

ケン・テンプルが最初に発見した。

赤い格子縞のシャツが水面のすぐ下に浮いている。刑事はそれまで、何度も酔っ払いの水死体を引き上げてきた経験があった。

これはSARブイの誤作動ではない。

ここで死人が出たのだ。

バリー・ジョーンズ艇長は〈サイクロン〉のレーダースコープを一心に見つめていた。方位二五七、距離二〇マイルの地点に新たなコンタクトが映っている。今度こそ、〈ヘレナK〉だろうか？　けさ、哨戒艇はこれまでに十隻を停船させ、数人の船長を怒らせてきた。だが、ジョーンズが持っている写真に一致する船は一隻もなかった。ジョーンズは早くその船を発見し、縄をつけて帰りたかった。

出港時に比べると、天候はずいぶんよくなった。空気はひんやりし、海は穏やかで、嵐は東へ過ぎ去った。

ジョーンズはマイクを握った。

「該当船舶とおぼしきコンタクトを発見。小型艇に臨検隊員を配置せよ」

彼の目の前で、数名の乗組員が甲板を駆けだし、ブッシュマスター社製二五ミリ機関砲二門の配置に就いた。実際にそれを使う必要に迫られるとは、まず考えられないのだが。麻薬密輸船でさえ、重武装の〈サイクロン〉を見れば、さっさと抵抗をあきらめるにちがいない。機関砲を見せつけるだけで、相手は恐れをなす。

頭上のスピーカーが応答した。

「艇長、こちら副長です。小型艇に臨検隊員を配置し、出航準備を完了しました。わたしが指揮します。ご命令があればいつでも、複合艇(RHIB)を下ろせます」

すべて、規定どおりに進んでいる。ジョーンズはルールを重んじていた。不測の事態は最小限にとどめたい。手続きに従い、粛々(しゅくしゅく)と任務を遂行するのだ。

それがすんだら、安全に帰港しよう。

レイ・メンドーサはソーナースクリーンを丸五分間もじっと見つめていた。彼の心は決まった。マイクに手を伸ばす。

「発令所、ソーナー室です。コンタクトS92(シエラ)は、まちがいなく、おなじみの〈ヘレナK〉です。やつの音はずっと聴いてきたので、眠っていてもわかります」メンドーサはさらに数秒、スクリーンの航跡に目を注いだ。「いま、別の船が現われました。コンタクトS93は、四軸の五枚スクリューで航行しています。わたしの見るところ、〈サイクロン〉級の哨戒艇と思われます。高速で航行中です。貨物船は二五ノットで針路変更を繰り返しています。おお、二隻の航跡が接近してきました」

ジョン・ワードはジョー・グラスを一瞥し、かすかに笑みを浮かべた。副長は部下たちを駆り立てて二隻を追尾させ、ほの暗い発令所はにわかに活気づいた。グラスは海図台から目を上げ、ワードへ向かってうなずいた。

「艦長、解析値が出ました。ソーナーの報告と一致しています。二隻はまちがいなく接近しています。推定距離一五〇〇〇ヤード。哨戒艇はわれわれの古なじみの〈ヘレナK〉に、昼食に立ち寄るようです」

「ジョー、それなら露頂して、見物させてもらおう。あの悪賢い連中が捕まるところを、特等席から拝見しようじゃないか」ワードは潜望鏡のそばのビーズリーに向かって言った。

「航海長、深さ六二」

水平線上の〈ヘレナK〉が、〈サイクロン〉の艦橋の視界に入ってくる。まちがいない。バリー・ジョーンズ艇長が持っている写真と同一の船だ。ジョーンズは海上無線機のマイクを摑み、チャンネルが16になっているのを確認した。通話キーを押し、呼びかける。

「〈ヘレナK〉、こちらはアメリカ合衆国沿岸警備隊だ。ただちに停船し、臨検隊員が移乗するまで待機せよ。どうぞ」

ジョーンズはしばらく待った。返答はない。彼はメッセージを繰り返した。

貨物船の舳先が急転回した。煙突から黒煙をもうもうと噴き上げ、速力を上げる。〈サイクロン〉から逃走しようとするのは、正気の沙汰ではない。

ジョーンズは苦笑した。まったく、愚かにもほどがある。こちらはあの貨物船より、少なくとも一五ノットは速いはずだ。あのボロ船の船長は、不可避の事態を引き延ばそうとしているにすぎない。

ジョーンズは手を伸ばし、スロットルを引いて〈前進最大速〉にした。〈サイクロン〉は四軸のスクリューをフル回転させ、忠実に加速した。

ジョーンズがふたたび、マイクに向かって言った。

「〈ヘレナK〉、〈ヘレナK〉。こちらはアメリカ合衆国沿岸警備隊だ。ただちに停船せよ。さもなければ、撃つ」

ジョーンズには、〈ヘレナK〉が一軸しかないスクリューで猛然と水をかきまわし、無駄なあがきをしているのが見えた。インターコムの選局ボタンを押し、艇首の砲座と通話する。

「艇首砲座、貨物船の船首に警告射撃せよ」

機関砲が逃げる貨物船の方向に向けられ、即座に火を噴いた。貨物船の上を空気が切り裂き、砲弾が放たれる。〈ヘレナK〉の前方二〇〇ヤードの距離に、三度の威嚇射撃がなされた。

貨物船のスクリューが止まり、停船する。ジョーンズは無線機越しに、北欧訛りの低音の声を聞いた。相手の男は激怒したように見せかけようとしているが、声の震えが怒りによるものなのかは疑わしい。

「沿岸警備隊、こちらは〈ヘレナK〉だ。いったいこれはどういうことだ？　ここは国際水域だぞ。本船は朝鮮民主主義人民共和国に用船契約された、ロシア船籍の貨物船だ。なぜわれわれを攻撃する？　沿岸警備隊にそんな権限はないぞ」

「船長、臨検まで待機してくれ」ジョーンズは構わずに答えた。「そちらの船を捜索する。協力を要請するが、必要なら、協力を得られなくても捜索するぞ」

返答はない。

〈サイクロン〉は貨物船と距離を詰め、右舷側から五〇〇ヤードの距離に〈ヘレナK〉と並んで停まった。二門の機関砲が、非武装の貨物船に向けられる。

目新しいことは何もなかった。ジョーンズとその部下は、アメリカ北西部の海域で、これまで何十回も臨検をしてきた。けさのように、船首に向かって警告射撃するようなことはごく稀だ。たいがいは並走し、威嚇するだけで充分なのだ。逃走を試みるようなばか者は、これが初めてだ。発砲したこともなかった。こうした貨物船の船長は、大半が雇われの身で、沿岸警備隊に砲撃されるぐらいなら、しばらく刑務所に入っていたほうがよほどましだと考えるのだ。

ジョーンズは艇尾を向き、ＲＨＩＢが臨検隊員を乗せて、スロープを滑り降りるのを見送った。二基の大型船外機が爆音をあげ、高速で〈ヘレナＫ〉に向かう。艇首ですっくと背筋を伸ばす副長の姿は、『デラウェア川を渡るジョージ・ワシントン』の絵画を彷彿させた。

八人の中国人が、貨物船の甲板で、コンテナの陰に散開していた。彼らは携行型ミサイルを構え、〈サイクロン〉に向けていた。

バリー・ジョーンズ艇長が最後に見たのは、〈サイクロン〉の操舵室に向かってまっしぐらに飛んでくる、ミサイルの炎だった。目のくらむような閃光が、一瞬にして操舵室を吹き飛ばした。

さらに二発のミサイルが、完璧な照準で、ブッシュマスターの砲座に命中、爆発した。ほかの三発は〈サイクロン〉の上部構造を粉砕し、高性能の哨戒艇を燃える鉄塊に変えた。

ＲＨＩＢの艇首にいた副長は、信じがたい光景に口をあんぐり開けた。いましがた出てきたばかりの母船が、無数の火の手に包まれている。僚友の死体や負傷した姿が見え、瓦礫(がれき)に挟まれた彼らを、ほかの仲間が引っ張りだし、火の手の及ばないところに逃がそうとしている。副長はＲＨＩＢの操舵員に向かって叫び、退避させようとした。

しかし、わずかに遅かった。

二人の中国人が、二三ミリ機銃を発砲してきた。銃弾は副長の背中を撃ち抜き、胸を貫通して、RHIBの船底で爆発した。ほかの銃弾は無防備な隊員たちを引き裂いた。ものの十秒で、複合艇は沈没した。

セルジュ・ノブスタッドは、船橋から残虐非道な攻撃を目の当たりにした。起こりえない事態が起きている。もともとこれは、簡単な密輸の仕事だったのだ。逮捕されたとしても、彼はなんの痛痒(つうよう)も覚えないはずだった。短い刑期を勤め上げるころには、スイス銀行の口座に振りこまれた金にたっぷり利息がついているだろう。そのあとはストックホルムに戻り、次の仕事が来るまで優雅に暮らせると思っていたのだ。

「この脳足りんの極悪人どもが！　なんてことをしてくれたんだ？　われわれも全員死ぬところだったぞ」

中国人の頭目は、主甲板から見上げ、ぞっとするような笑みを浮かべて、船長に叫び返した。

「われわれは義務を果たしただけだ。隋(スイ)総帥のご指示どおりに、財産を守ったのだ！」男は踵(きびす)を返し、配下の者たちに武器を再装填するよう命じた。ノブスタッドに向きなおると、彼はふたたび叫んだ。「船長、もっと船を接近させてくれ。ここで起きたことを見た者は、誰一人生かしておくわけにはいかないのだ。それがすんだら、小型潜水艇との会合地点に向かおう」

スウェーデン人船長は、手に持ったスコッチをぐびぐびと飲んだ。いましがた見た、身の毛のよだつ光景の残像を振り払いたかったのだ。

アール・ビーズリーは〈スペードフィッシュ〉の潜望鏡をゆっくり旋回させて歩き、目の前をよぎる青い太平洋の水を覗いた。聞こえるのは、先任伍長が深度を読み上げる声だけだ。

「一一〇フィート……一〇五フィート……一〇〇フィート……」

そのとき別の声が聞こえ、彼は衝撃を覚えた。

「発令所、ソーナー室です。S92およびS93の方位に、大爆発！」メンドーサの声が、しんとした発令所に響きわたる。「S93のエンジンが止まったようです」

ワードが叫んだ。「航海長、上昇スピードを上げろ！　銃撃戦が起きているようだ」

ロディ・マカリスター上等兵曹は、〈サイクロン〉の甲板室の残骸からどうにか抜け出した。両脚が言うことを聞かない。手を伸ばし、左の太腿を突き刺しているものを払おうとする。その手に、濡れてべとべとしたものが触れた。マカリスターは指からしたたる鮮血に、驚きの目を見張った。太腿からとめどもなく血が噴き出し、脚は切断されかかっている。以前にも、こうした傷を見たことがあった。失血死に至るのを防ぐ唯一の方法は、しっかりした止血帯を当てることだ。彼は自分のシャツを引き裂き、傷口のすぐ上に巻きつけて、できるだけきつく縛った。

出血が緩やかになった。意識がぼんやりしているが、どうにか死なずにすみそうだ。彼はもっとひどい怪我人も見てきた。さて、今度は何が起きたのか見きわめなければならない。

そのとき、重機関銃の重低音が響き、周囲に銃弾の雨が降ってきた。マカリスターは甲板室の隅に伏せた。貨物船の主甲板から、〈サイクロン〉に向かって撃ってくる機銃が見える。ぞっとするような光景だ。

マカリスターには事態が理解できた。あいつらは〈サイクロン〉を沈没させ、虐殺行為の目撃者を一人も残すまいとしているのだ。

彼はアルミニウムの甲板室の、貧弱な防壁に身をひそめた。

もう一艘のRHIBに、船舶間無線があったはずだ。そこまでたどり着けるだろうか。

マカリスターは身体を滑らせ、這い進んだ。艇尾に向かい、無防備な甲板を横切って艇庫へ向かう。自分の姿が見られていないことを祈った。なんとか甲板を越え、弾痕が点々とついたRHIBの陰に隠れる。なおも発砲が続き、身体をかすめた。手を伸ばし、無線機のトランシーバーを探し出す。幸い、機械は無事だった。残っている電力は少ないが、これが唯一の希望だ。

彼はスイッチをつけ、チャンネルが16になっていることを確かめた。

「付近の船舶に告ぐ。付近の船舶に告ぐ。こちらは沿岸警備隊の哨戒艇〈サイクロン〉だ。救助を乞う（メーデー）！　メーデー！　われわれは攻撃を受けている。武装した貨物船による攻撃だ。本艦の位置は、およそ西経一三一度、北緯四七・五度。お願いだ、誰か助けてくれ。やつらは生存者を機銃掃射している。われわれは無防備だ」

マカリスターは息も絶え絶えだったが、呼びかけを繰り返した。心のなかで、誰でもいいから、近くにいて、微弱な無線信号を聴いてくれることを祈った。

潜望鏡が露頂すると同時に、ワードの頭の背後から、無線のスピーカーが鳴った。助けを求めて哀願するロディ・マカリスターの声が、くっきり聞こえた。

ワードの目に、血に飢えた鮫さながら、燃えさかる哨戒艇の残骸の周囲をゆっくり旋回しながら、主甲板から無防備な船体へ機銃を撃ちこむ〈ヘレナK〉の姿が見えた。簡単には忘れられない光景だ。16チャンネルから聞こえる、重傷を負った沿岸警備隊員の苦悶に満ちた救助要請と、背後で響く機銃の音も、記憶から消えることはないだろう。

やるべきことはただひとつだ。一刻も早く。

「一番管発射用意！　即時発射、目標Ｓ92！」ワードは声を張った。「深度ゼロ、ドプラー入力で起爆発動状態（イネイブル）に設定」

艦長は計算したうえで、リスクを取ろうとしていた。貨物船と哨戒艇はわずか一〇〇ヤードしか離れていない。魚雷が目標を誤る危険は、大いにある。この兵器は動く目標を追うように設計されていた――ソーナーがドプラー偏位を示す目標を追尾するのだ。ワードはそのリスクをあえて取ることにした。何より助けを懇願する無線が、やらねばならないと背中を押した。

スタン・グールの指が、魚雷発射パネルを踊るように動きまわる。彼は同時に、魚雷発射管室のラルストン上等兵曹と通話した。海上の酸鼻をきわめる光景を見守っているワードにとって、発射準備の時間は永遠に思えた。二十秒が過ぎ、グールは叫んだ。「一番発射管、即時発射準備、完了しました」

グラスはうなずき、ワードに大声で言った。「解析完了しました」

「一番発射管、発射！」ワードは命じた。

艦長は発射管から放たれるADCAP魚雷の高圧空気を感じ、同時に音を聞いた。

「通常発射終わり、イネイブル作動準備状態で航走中」グールが告げる。

「発令所、ソーナー室。目標船の高速エンジン航走音、捕捉中」

ADCAP魚雷は目標へ突き進んでいる。

貨物船は〈サイクロン〉の艇尾をまわり、〈スペードフィッシュ〉から見ると哨戒艇が覆い隠される恰好になった。

「よし、いいぞ」ワードはつぶやいた。「もう少しそのままでいてくれよ、このくそ野郎！」

この距離だと、魚雷が目標に到達するまでは四分かかる。それまでは、ひたすら待つしかない。ワードに、これ以上早める手立てはなかった。艦長はコンピュータのシミュレーション画面と潜望鏡を、交互に見比べた。

これ以上待っていても、意味がない。ワードは決断した。魚雷到達時に、〈スペードフィッシュ〉が哨戒艇の残骸に少しでも近づいたほうが、海に投げ出された生存者や甲板に残された負傷者の救助に取りかかれる。

「全速前進。一五ノットで回頭せよ」ワードが命じた。

速度を増すにつれ、潜望鏡が波の力でがくんと揺れだす。ワードが後部に潜望鏡を向けると、潜望鏡マストから高い白波の航跡が立っていた。通常であれば、これは深刻な問題になるところだが、いまのワードは、殺人鬼どもから航跡を見られようが構わなかった。ならず者どもが、大破した哨戒艇の甲板に向け、生存している隊員に情け容赦なく機銃を撃ちつづける光景は、ワードを逆上させた。

「航走開始二分経過」グールが告げた。「魚雷、アクティブ・サーチを開始します」

魚雷の先端部でソーナー聴音器が作動しはじめた。アクティブ・ソーナーの音波は、魚雷前部から六〇度の円錐の範囲を探索する。たとえて言えば、とても長い革ひもで繋がれた、高速にして獰猛な水中の猟犬だ。

ワードはビーズリーに顔を向け、下令した。「航海長、捜索救助班を編成し、銃撃手を四名随行させて、発令所区画ハッチ下で待機させよ。さらに艦橋にも、銃撃手を一名配置の準備をせよ。きみとわたしも、護身用の武器を携行する」ビーズリーが訝しげに艦長を見た。「あのくそ野郎を撃沈したら、ただちに生存者全員の救助に向かう。〈ヘレナK〉で生き残った連中がいたら、愚かにもわれわれの助けに抵抗するかもしれない」

魚雷がアクティブ・ソーナーからの反応を受信しはじめた。その反響音が、水上船から予測されるメモリプロセッサーのデータと一致した。ドプラー効果が、動いている目標の位置を魚雷に示す。

魚雷の内蔵コンピュータが確信した。目標はこいつだ。

「目標探知！　目標探知！」グールが魚雷から送られてくるシグナルを、コンピュータ画面で見ながら叫んだ。「目標捕捉！　魚雷、目標を自動追尾！　浅深度に入ります！」ワードが目を潜望鏡に押しつけた。全員がビデオモニターに注目する。

「最終作動段階！」グールが告げる。

あと数秒。

魚雷は深度三五フィートを航走した。頭部のアクティブ・ソーナーが絶えず探信音を発している。電子スイッチが電磁検出器の安全装置を解除した。検出器は近くの大きな金属の塊を感知しようとしている。上部に向けられた小型の水中聴音器が、真上のソーナーシグナルに耳を澄ます。魚雷が貨物船の八フィート真下に到達したとき、金属検出器と水中聴音器が、ともに探し求めていたものを発見した。電子信号が発火回路を通り、弾頭の起爆装置へ送られる。

まるでスローモーションのように、〈ヘレナK〉の下の水面が盛り上がったように見え、貨物船の中央部がありえないほど持ち上がった。海水が船の下に落ち、〈ヘレナK〉は船首と船尾以外の支えを失った。オレンジの炎が瀕死の麻薬密輸船の舷側から噴き上がる。竜骨から、裂け目が両側に広がった。瞬きする暇もなく、貨物船はまっぷたつに割れ、船首と船尾が宙高く突き上げられた。甲板のコンテナが鎖を引きちぎり、盛大な飛沫とともに水に落ちて、海底へ沈んでいく。大きな銅合金のスクリューはゆっくりと回転したまま、船尾の半分を海中へ送りこんだ。

船首はさらに二、三秒ほど漂い、ほぼ直立したまま、巨大なコルクのようにたゆたった。それからゆっくりと沈み、ほとんど飛沫を上げることなく、太平洋に飲みこまれていった。

魚雷の命中と同時に、発令所では歓声があがった。しかし、敵の断末魔の苦しみを目の当たりにすると、声はすぐにやんだ。いかに悪辣で唾棄すべき相手であろうと、一隻の船の最期を見るのは恐ろしいものだ。善悪を問わず、そこでは人が死んでいるのだ。ワードの部下たちは本能的に、これが歓声をあげて喜ぶようなものではないことを感じ取った。

船首が海中に消えていくと、ワードは大声で言った。「先任伍長、艦を浮上させろ！当直先任、全メインバラストタンクより、低圧ブローの準備」

レイ・ラスコウスキーが、コルテス潜舵手とマクノートン横舵手に向かって言った。「潜舵、上げ舵一杯。横舵、水平のまま」〈スペードフィッシュ〉は艦首を上げ、水面へ向かった。「前進最大速」

潜水艦は生存者を救助すべく、最大速力で修羅場へ向かった。ワードは低圧ブロワーがバラストタンクへ空気を取りこみ、海水を押し出すのを待った。ラスコウスキーは、命令どおりに操艦されるのを確認した。

「浮上しました、深度変わりません、艦長」

ワードはビーズリーから、ホルスターに収まった九ミリのベレッタを受け取り、腰にくくりつけると、急いで梯子を昇り、艦橋ハッチを開けに向かった。ビーズリーと小銃手があとに続く。

〈サイクロン〉の残骸に近づいたところで、ワードは潜水艦を減速させ、ぎりぎりまで寄せて停めた。弾痕が生々しい船体はかろうじて浮いており、艇内からはまだ煙がもうもうと上がっている。累々と横たわる死体は、襲撃されたときのままだ。非情な攻撃をかろうじて生き残った十名の男たちが艇尾に並び、憔悴した様子で、ワードに向かって手を振っていた。

「捜索救助班、甲板に上がれ」ワードが命じた。

セイルから数フィート後方で、主甲板のハッチがひらき、十名の乗組員が出てきた。四名はM‐16をいつでも撃てるように構え、水面を見張っている。それ以外の人員は、救助用具をハッチから運び上げ、甲板に置いた。

最後に上がってきたのは、ジョー・グラスだった。ワードが副長に向かって叫んだ。

「副長、本艦を〈サイクロン〉の舷側に横づけする。捜索救助班を移乗させ、生存者がいないかどうか捜索して、遺体を収容せよ」

マカリスター上等兵曹が、最後に担架で運ばれた。ほかに生存者はいなかった。二十八名いた沿岸警備隊員のうち、生還できたのは十名にすぎなかった。

ドク・マーストンは負傷者の手当てに忙殺された。士官室も居住区も、瞬く間に野戦病院と化した。ドクがマカリスターの脚を応急処置するあいだ、クッキー・ドットソンが傷口の縫合や、火傷の洗浄を手伝った。最も重傷なのはマカリスターで、彼がこの脚で甲板を這い進み、船舶間無線までたどり着いたと聞いた者は、誰もが耳を疑った。

沿岸警備隊の生存者と死者を全員収容すると、ワードは〈サイクロン〉を離れ、〈ヘレナK〉の残骸を調べに向かった。乗組員の一人が指さしたところに、沈没船の残骸にしがみついて漂い、ろれつのまわらない口調で助けを求める者がいた。大柄でブロンドの髪の男で、明らかにスウェーデン訛りの声だ。セルジュ・ノブスタッド船長は、水面から引き上げられ、乱暴にハッチまで突き飛ばされても、なんら抵抗しなかった。

彼以外に〈ヘレナK〉の生存者はいなかった。

艦橋の通信システムのスピーカーが鳴った。

「艦橋、通信室です。艦長、艦内通話に応答願います」

ワードは手を伸ばし、受話器を取った。

「艦長だ」

「艦長、こちらライマン上等兵曹です。ポートアンジェルスの沿岸警備隊支局と連絡がつきました。C-130輸送機を向かわせるとのことです。一時間で到着する予定です。フラッタリー岬からも監視艇が向かっており、二十四時間以内に到着予定とのことです。本艦には、ここで待機するよう要請がありました」

「上等兵曹、入院が必要な負傷者を収容したと伝えろ。本艦は全速力でフラッタリー岬へ向かう。それから、〈ヘレナK〉の船長を勾留したと連絡してくれ。セルジュ・ノブスタッドという名前だ。スウェーデン国民だと主張している。帰港したら、沿岸警備隊でも手を焼くだろう」

「アイ、サー」

ワードは主甲板を見下ろした。全員が艦内に戻り、ハッチが閉められた。艦長はビーズリーに向きなおった。

「さて、航海長。ここでできることは、すべて終えたようだ。そろそろ、母港へ向かうとするか」

「アイ、サー」

35

トム・キンケイドが待っている桟橋に、警察艇が霧のなかから滑るように戻ってきた。小型艇は水中に排気の泡を立てながら、桟橋に横づけした。ケン・テンプルが後ろのコクピットに立ち、キンケイドにもやい綱を投げる。キンケイドは桟橋の索止めに、綱を二、三回巻いた。

「わかったことは？」DEAの捜査官は、刑事が下船するのを待たずに大声で訊いた。

「水死した男は、オートマチック拳銃の銃撃を受けたようだ。少なくとも十カ所は穴が開いていた。検死官の話では、海に転落してからあまり時間は経っていないらしい」

桟橋に上がろうとするテンプルに、キンケイドは手を貸し、大柄な男を引き上げた。テンプルは明るい黄色のポンチョから雨水を振り落とし、それからポケットに手を入れて、ジップロックの袋に入ったずぶ濡れの財布を取り出した。

「遺留品が見つかった。これによると、名前はバート・ヤンコフスキーで、住所はイースト・クロムウェルだ。ここから橋を渡って、東に二、三マイルのところだ。失踪人届けは出ていないので、ここで酒でも飲んでいたのかもしれない。俺は船内から電話して、被害者の住所にパトロールカーを差し向けた。そこの住人に悲しい知らせを伝え、そもそもなぜ、被害者がこんなところにいたのか訊いてもらうためだ」テンプルは財布を桟橋の杭の上に置き、メモ帳を開けて、書き留めた内容を確かめた。「それから、被害者は海軍の元上等兵曹で、六十五歳で除隊している。トム、この男は麻薬の売人じゃなさそうだ」

キンケイドはうなずいて同意した。

「だろうな。賭けてもいいが、麻薬の積み下ろしをしている現場に出くわし、その場で射殺されたんだろう」

テンプルが相槌を打つ前に、桟橋の突き当たりから制服警官が大声で二人に呼びかけ、手招きした。

「おーい、警部補殿、こっちに来てください。見ていただきたいものがあります」

二人は足早に桟橋の突き当たりへ向かい、荒れ果てた舗装の道を歩いた。舗装はがたがたで、そこここから雑草や低木が生えている。警官は二人を先導し、古い金属製の倉庫のような建物に入った。その途中、テンプルが地面を指さした。

「この二、三日、このへんの交通量はずいぶん多かったようだ」刑事は言った。「見ろ、雑草がこれだけ倒れている」

「自分も気がつきました」警官は言った。「それに、このあたりの泥には、トラックの轍がたくさんついています」

三人が入った建物の引き戸は、開け放たれていた。内部は薄暗く、がらんとしていて、長らく放置された廃墟にたがわず、よどんで湿っぽい空気だ。かすかだが、まぎれもなくタバコのにおいがする。マリファナのにおいさえ混じっていた。

テンプルは若い巡査を横目で睨んだ。

「おまえたちのなかで誰か、ここで雨宿りして、こそこそタバコを吸ったやつがいるのか？」

「いいえ、とんでもありません。見ていただきたかったのは、これです。海軍がこの施設を使わなくなったときに、鍵もかけないとは思えなかったので」巡査はそう言い、掛け金がまっぷたつに切断された大きな南京錠をかざした。南京錠は錆びているが、切断された部分は真新しく光っている。「この建物の近くの藪から、これが見つかりました。われわれが着いたときから、扉は開け放たれていました。何者かがここにいたのです。それもかなりの人数の。ですが、ずいぶん慌てて出ていったように思われます。そこのタイヤ痕が見えますか？」

彼は建物のなかのコンクリートの床に黒々とついた、二本のタイヤ痕を示した。テンプルはうなずいた。

「いい仕事だ。何人かで手分けして、地元住民の訊きこみにあたってくれないか。最近、ふだんとちがう何かを見た住人がいないかどうか調べてほしい。まあ、あまり期待はできんだろうが。フォックス島は周囲から孤立している。ここに越してくる人間は、静かな生活を求めている場合が多い。そのフォックス島でも、ここはさらに人が寄りつかない場所だ。それなのに交通量が多かったとしたら、誰かが何かに気づいた可能性はある」

「あるいは、何か聞こえたかもしれない」キンケイドが付け加えた。「大量の麻薬を密売しようとしているやつが、気の毒な元海軍兵を射殺した可能性もあるからな」

「イエッサー。もしかしたら、幸運に恵まれるかもしれません、捜査官」

「ああ、そうだな。いいかげん、そろそろ運に恵まれてもいいころだ」

ジョン・ベセアは両手を顔に当て、指で目を強くこすった。ここに来て、事態は急展開を見せている。しかし、驚きではなかった。このような捜査では、よくあることだ。南カリフォルニアの道路事情に似て、いつまで経っても動かないと思っていたら、急に流れがよくなる。

最初は、ハワイのトム・ドネガンから電話があった。〈スペードフィッシュ〉がふたたび動き出したという知らせだ。だがそれは、自己犠牲を厭わない二人の乗組員が、英雄的に務めを果たし、重傷を負ったのと引き替えに得られたものだという。

その次は〈エル・ファルコーネ〉からの通報で、デ・サンチアゴが怒りにわれを忘れ、ついにコロンビア大統領の暗殺を画策しはじめたというものだ。

動きはさらに続いた。憤激に満ちた沿岸警備隊長官が電話で、哨戒艇〈サイクロン〉を死地に送りこんだとしてベセアを非難してきたのだ。彼らは襲撃に遭い、十八名の前途ある若者の命と、最新鋭の哨戒艇が失われたという。

これは最悪の打撃だった。しかしベセアは、いままでにもこうした悲劇により、悄然とした思いを味わってきた。

彼が熟知しているように、これは戦争であり、人知れず展開する戦いなのだ。あらゆる戦争と同様、麻薬との戦争にも犠牲者が出る。それは哨戒艇で砲座についていた船乗りのこともあれば、スリルと昂揚感を追い求める愚かな若者のこともある。

いまのところ、襲撃の真相はメディアから隠しおおせていた。公表された情報は、沿岸警備隊の哨戒艇が悪辣きわまる麻薬密輸団に攻撃を受けたというものだ。それによると、哨戒艇が密輸船に反撃して撃沈に成功、密輸団の構成員が死亡したが人数は不明、積荷の麻薬は失われ、船長が勾留されたことになっている。

ジョン・ベセアを悩ませている疑問は、〈ヘレナK〉がどうやって、彼の知らないあいだにあれだけの重武装ができたのかという点だ。あの貨物船がコロンビア沖合を航行中、彼らは臨検を行なった。それから同船を追跡し、水中から、空から、宇宙から、何日も監視下に置いてきたのだ。貨物船が彼らの監視を逃れたのはただ一度、嵐が襲来したときだけで、そのとき同船は、小型潜水艇を発進させた地点の西へ向かった。貨物船はそのときに、洋上で何者かと会合したにちがいない。そしてジョン・ワードの報告では、同船を撃沈したとき、甲板から落ちた積荷は、以前にはなかったコンテナだったという。

いまとなっては、そのコンテナの中身がなんだったのかは知るすべがない。〈ヘレナK〉が北太平洋のど真ん中で、誰と何をしていたのかも。相手が誰であれ、そいつはとっくに現場から遠く離れているだろう。

この日の仕上げは、トム・キンケイドからの電話だった。ピュージェット湾から、善良な市民の射殺体が引き上げられたという。その市民は、ラミレスやデ・サンチアゴや彼らの悪質な商売の犠牲者と思われた。キンケイドはさらに、小型潜水艇や密輸商の痕跡は見つからず、あとにはタイヤ痕、タバコのにおい、置き去りにされた射殺体しかなかったと言った。ということは、死を招くコカインが、この国のどこかに大量に運び入れられ、それを見つけるのは、途方もなく大きな干し草の山で一本の針を探し出すような試みだということだ。

運ばれた麻薬が、以前にシアトルに出まわったものと同様に致死性を持っていたら、この戦争は瞬く間に、大量殺戮（さつりく）に様相を変えるかもしれない。

まったく、なんという日だ。

麻薬との戦いに長年携わってきたベセアは、悪い知らせもさんざん聞かされてきたので、やるべきことをわきまえていた。いままで口を酸っぱくして何度も言ってきた言葉を、ずいぶん前に、娘の一人がサマーキャンプの工作で銘板に刻んでくれた。その銘板はいまでも娘から渡されたときと同じく、彼の机に飾られている。

〝努めて、いまできる手を打とう。あれこれ思い悩む時間は、あとでたっぷりある〟

ベセアはどうにか笑みを浮かべ、赤い秘話回線の電話に手を伸ばして、番号を押した。相手が出ると、彼は社交辞令抜きで、すぐさま本題を切り出した。

「エル・プレジデンテ・ギテリーズ、重要なお知らせがあります。どうか、よく聞いてください」

ケン・テンプルは自分の携帯電話を探した。どこのポケットにしまったか忘れたのだ。

いまいましい呼び出し音が思考をさえぎる。彼はようやくレインコートのポケットにそれを見つけ、取り出して端末を開けた。

「テンプルだ！」彼はがなった。

彼とトム・キンケイドはパトロールカーに乗せてもらい、シータック空港へ自分たちの車を取りに戻るところだった。DEA捜査官のキンケイドは、逮捕者を乗せる後部座席に押しこめられて、やんわりと不満を唱えたが、車を取りに行くにはこれがいちばん早かった。二人が遺棄された海軍施設を調べているあいだに、ヘリコプターは二人を置いたまま、空港へ引き返さねばならなくなったのだ。いま彼らはタコマ・ナローズ橋に差しかかり、長い橋を渡りながら、はるか下の海峡を見ている。橋は風ではっきりわかるほど揺れ、二人は不安になった。先代のタコマ・ナローズ橋は、微風で崩落している。この橋の開通初日に吹いていた風は、決していまより強かったわけではないのだが、そう考えるとますます不安が募った。

「警部補、ワトソン巡査です」電話の声は言った。テンプルが反応しなかったので、電話の主が付け加えた。「さっきフォックス島でお会いしました」

「ああ、そうだった。倉庫の鍵を見つけてくれたな。いい仕事だった、ワトソン巡査。きみは実に観察力が鋭い」

「ありがとうございます」若い巡査はうれしそうだった。ふだん、テンプル警部補はめったに人を褒めないのだ。テンプルは刑事のなかの刑事として、警察関係者のあいだでは有名だった。「さらにお知らせしたい情報が入ったので、お電話しました。ご指示どおり、われわれは手分けして、フォックス島の全住民に訊きこみをしました。すると住人の一人が、興味深いことを覚えていたのです」

間があった。ワトソンはメモ帳を読んでいるのだろう。テンプルは息を止め、キンケイドに指で円を作って、朗報の合図をした。

「ミセス・バスケスという住人です。住所はフォックス島自動車道一〇一で、橋の近くに住んでいます。同僚が聞いた話によると、彼女はけさ早く、飼い犬の散歩に出たところ、UPSの配送車が車列を組んで、島を出ていくところを見たそうです。数えたら全部で十台以上あり、狭い道にしてはずいぶん飛ばしていたという話でした」

「UPSの配送車が十台以上だと？」

「イエッサー。焦げ茶色のUPSのバンが、こんなところに集まっていたというのです。ミセス・バスケスは、まだ暗いうちからあれだけ大勢の車が走っていたので驚いたと言っていました。先週までは、一日に二、三台ぐらいしか見かけなかったそうです。彼女の考えでは、UPSのバンは旧海軍施設で、車の手入れか何かをしていたようでした。ですが、それだけの車がいっせいに、夜明けごろに急いで道を引き返したのは、どういうことでしょう？　それで彼女は気になり、ずっと覚えていたそうです」

テンプルはうなずき、片手でメモを取った。

「オーケー。ほかに何かわかったか？」

「イエッサー。わたしのほうで、UPSに問い合わせをしてみました。今週は、あの地区には一件しか配達していないそうです。配送車は一台だけです。しかも配達先の住所は、女性の自宅から二マイル以上も離れた場所でした。それ以外には、まったく心当たりがないそうです」

「そうか。よくやってくれた、ワトソン巡査。きみはそのうち、優秀な刑事になれそうだ。スピード違反の切符を切る以外の仕事をやる気があれば」

テンプルは通話を切り、ほかの番号にかけた。

キンケイドは眉を上げた。テンプルは携帯電話を耳に当て、呼び出し音を聞いている。

「こいつは突破口になるかもしれん！　早く出てくれ」

「警察中央指令室です」

「中央指令室、こちらテンプル警部補、身分証番号２５４８だ。緊急配備で、管轄区域のUPS配送車をすべて捜してくれ。とくに、集団で移動しているやつに注意してほしい。

配送車を見つけたら報告し、遠くから追跡するんだ。ただし、接近はするな」

　通信係の声は、いま聞いたことを信じかねているようだった。

「捜索範囲は？」

「シータック空港の向こうのタコマ市から、ベルビュー、エバレットまでだ」

「話を整理させてください、警部補。つまり、太平洋北西岸すべてのUPS配送車を、見つけしだい報告しろということですか？　その範囲の道路を全部探したら、千台以上はあると思いますが」

「わかってる。俺が見つけたいのは、偽物のUPSだ。それから州警察に、インターステート90号線とI5号線を重点的に警備するように言ってくれ。やつらが南や東に移動することもありうる」テンプルは間を置いた。「ああ、それからもうひとつ。UPSの配送センターに連絡して、いますぐ配送車をすべて引き上げ、追って通達があるまで止めてもらってくれ」

「イエッサー。これからUPSに、いますぐ配達を中止して、そのうち仕事に戻ってよいと知らせるまで、車を引き上げるように命令します。では、どなたの権限でこの命令をすればよろしいですか？」

　テンプルはキンケイドを一瞥し、顔じゅうに笑みを浮かべた。

「命令権者はリック・テイラー、合衆国大統領直属のDEA局長だ。これには人命がかかっている。お嬢さん、これは国家最優先緊急事態だ。わかったか？　国家最優先緊急事態だぞ」

テンプルが通話を切ると、キンケイドはにやりとした。

「こいつは傑作だ、ひと言も了解を取らずに、ぼくのボスの権限を使うとは」

「差し支えはあるかな、キンケイド捜査官？」

「まったくないよ、テンプル警部補殿。われわれがならず者を捕まえたら、どのみちあいつは、手柄を横取りしようとするだろう。そのときには、多少は恩を売ってやってもいい。捜査が失敗したら、そのときにはわれわれに全責任を負わせようとするだろうが」パトロールカーを運転している警官も、これには思わず苦笑した。お偉方はまさにそうしたものだ。「ところで、国家最優先緊急事態って、なんだ？　ぼくは初耳だが」

テンプルは声を殺して笑った。「俺にもわからんが、もっともらしいだろう？」

キンケイドは声をあげて笑った。「さて、これからどうするかな」

パトロールカーがI5号線のジャンクションに入ったところで、ケン・テンプルはそのあとの計画を話した。空港へ車を取りに行ったら、いったん署へ戻るというものだ。

ジェイソン・ラシャドは引き戸の前でカルロス・ラミレスと会い、車を入れられるように大きく開け放った。この倉庫はシータック空港の裏側で、輸出入される商品の保管施設や産業施設が集積している地区の一角にある。倉庫街のほとんどは、アジア各国と取引のあるさまざまな業種の企業が短期間リースしているものだ。ここの倉庫を借り上げるメリットは、いかなる商売であろうと不審に思われないことだ。この地区でリースしている企業の大半は、完全に合法なビジネスをしている。数日間、バンの群れを隠して麻薬を積み替えるには、うってつけの場所だった。この地区には昼夜を問わず、無数のトラックが出入りしている。倉庫街の外れから配送用のバンが何台か出ていったところで、見向きもされないだろう。彼らが借り上げている倉庫は、物流地区の境を区切る高い金網のフェンスぎわにあった。

ラミレスは黒のポルシェ911タルガのアクセルを踏み、強力なエンジンで急発進して扉をくぐると、急ブレーキを踏み、タイヤを軋ませて停まりながら飛び降りた。

「で、小型潜水艇とはうまく待ち合わせできたのか？　問題はなかったか？」

ラシャドの表情はかすかに引きつったが、すぐによこしまな、自己満足に満ちた薄笑いに変わった。

「手に負えないようなことは、何もありませんでした。三台はポートランドの倉庫に向かっているところで、それ以外は全部こっちに到着しました。それから、あの土管みたいな潜水艇は、海の底を這って会合地点に戻っているところです。今週中に、第二陣の積荷が海軍の音響研究所の跡地に到着します」ラシャドは倉庫の片隅に集まっているバンの群れに向かって、顎をしゃくった。「各地区に送り届ける手はずは、整っています。バンを塗りなおす作業が終わったら、少しずつ送り出しますよ。今度はベーカリーの配送バンに偽装します。〝スノー・ベーカリー〟なんて、いいでしょう?」

ラミレスはこの大男の黒人とちがい、ひねくれたユーモアを解しなかった。彼は鼻を鳴らして言った。

「なんだろうと、知ったことじゃない。粉をうちの顧客に送り届けて、わたしからデ・サンチアゴに、すべて完了したと報告できるようにしろ。ただし、あの男に決して見つからないように、うまく上澄みをかすめ取るんだ。しくじったら、あの狂犬のような男から金玉を切られて、口に放りこまれるだろうからな」

ラシャドは頭を振った。計画のその部分が失敗した場合、革命指導者がいかなる処罰を下すかは考えたくもなかった。彼はバンの一台に目をやった。すでにウインドウは紙に覆われ、塗りなおしの作業が始まっている。

「一日ください。ボス。このじめじめした天気では、ペンキが乾くのにそれだけ時間がかかります」

ラミレスはスポーツカーに戻った。ウインドウから身を乗り出す。

「最初の配達は、遅くとも木曜日には始めるんだ、ジェイソン」エンジンを点火する。

「へまをするなよ」

ラミレスは車を急転回させ、排気ガスと焼けたゴムのにおいを残して消えた。

ワシントン州南端のバンクーバーで、オートバイに乗った交通警官のケビン・マッコイは、I5号線沿いの橋梁と金網のフェンスぎわのあいだに、取り締まりにもってこいの隙間を見つけた。ポートランド方面に向かう車は、コロンビア川を渡る橋めがけて最後の直線路をすっ飛んでいくので、マッコイの姿を見とがめることはまずない。スピードガンに引っかかるときには、ブレーキを踏んで法定速度に戻すには手遅れだ。きょうは霧が出ているので、大半のドライバーは慎重に運転している。マッコイは姿勢を楽にし、絶えず痛む仙腸関節を休めて、警察無線に耳を傾けた。

三台のUPSバンが、一列になって目の前を通りすぎた。マッコイは即座にひらめいた。ほんの二、三分前、通信指令係から、茶色の配送車の集団に警戒せよという連絡があったばかりなのだ。スピードガンの数値は七五マイルを優に超えている。よし、出番だ。

マッコイは青の警告灯を点灯し、車列のあとを追った。最後尾の一台が、従順に減速し、インターステートの路肩に寄せた。ほかの二台は、知らん顔で走り去った。一人には切符を切れる。残りの二台がこのまま猛スピードで走りつづければ、ほかの警官に気づかれるだろう。

マッコイはキックスタンドを下ろし、バイクを停めた。そして配送車のほうへ近づいた。そのとき、耳元を何かがかすめた。警官は虫かと思って手で払った。さらに別のものが、革ジャケットの肩パッドを切り裂き、背後のバイクのミラーを粉々にした。

「くそっ！」マッコイは叫び、バンの後部に飛びこんで伏せた。

警官はバンの下を這い進み、制式のリボルバーをホルスターから抜いた。運転している人間がやろうと思えば、バックして簡単にひき殺せるだろう。ここにうずくまっているあいだに、相手がかがみこんできたら、反撃のチャンスはある。マッコイはあたりを見まわした。三〇フィート右に排水溝がある。しかしそのとき、バンの運転席側から降りる二本脚が見え、車の後ろへ走っていった。

そいつは後部にまわったが、思いがけないことに、血まみれで横たわる警官の姿はなかった。両膝を突き、バンの下にかがみこむ。マッコイの目に、相手の拳銃の光沢が見えた。警官は躊躇しなかった。立てつづけに四発を撃つ。

拳銃を持っていた運転手はその場に倒れ、アスファルトの上で身もだえして、銃は車が行き交う車道へ滑っていった。マッコイはトラックの下から飛び出した。倒れた男の反対側に這い出し、両手で拳銃を構えながら、慎重に周囲を見まわす。運転手以外に、車内に武器を持った人間がいないかどうか、確かめる必要があった。

バンの運転台に、同乗者はいなかった。マッコイは車に乗りこみ、貨物室へ入った。やはり誰もいない。セロファンに包まれた白い塊だけが、両側に山積みになっている。

車を降りると、銃を持っていた男は、まだその場に倒れていた。目を閉じ、痛みにのたうっている。身体の下には小さな血だまりができていた。マッコイは男を見下ろし、額に向けて銃を構えた。

「こいつはいったいどういうことだ？」警官は尋ねた。

男の目が不意にひらき、動揺を露わにした。

「撃つな、撃たないでくれ、お願いだ」男は哀願した。「俺は運転していただけだ。知っていることは全部話す。知っていることは全部話すから」

マッコイは銃身を男の頭に向けたまま、手の震えを抑えて、指令室に報告した。「銃撃発生、容疑者を拘束した。救急車を出してくれ」肩の双方向無線のマイクに呼びかける。

「さてと、俺の仲間が到着するのを待っているあいだに、知っていることを洗いざらい話してもらおうか。さもないと、俺の指が滑って引き金を引いてしまうかもしれんぞ」

ケン・テンプルとトム・キンケイドは、テンプルの机越しに互いを見ていた。狭い仕事部屋は、机と事務用椅子二脚を入れれば一杯だ。テンプルが書類仕事を忌み嫌っているのは、一目瞭然だった。書類入れからあふれ出した紙の山は、机の上にうずたかく積もっている。淡黄色のフォルダーには、コーヒーカップの円い染みがついていた。書類の山の上に、電話とふたつのコーヒーカップが顔を出している。整理整頓という概念は、この刑事にはなかった。

「ケン、なんとかしたらどうなんだ?」キンケイドは乱雑な紙の山を啞然として見つめた。

テンプルは頭を振った。

「そんな気はさらさらないね。俺はなんでも、半年で区切っているんだ。半年のあいだに誰かから訊かれたら、その書類はこっちの山に移す」彼はそう言い、机の片隅を指した。「それからの半年以内に誰かに訊かれたら、処理すべきかどうか考える。そのあともう一度誰かに訊かれなければ、ゴミ箱行きだ。というわけで、ここにあるものはみんなゴミ箱行きさ」

そのとき署の固定電話が鳴りだし、テンプルは受話器を摑んだ。相手が話しているあいだ、刑事はフォルダーの山を探った。ひと塊の山が床に落ち、すでに部屋じゅうに散乱している書類の仲間入りをする。テンプルはようやくメモ帳を見つけ出し、くっついていたゼリードーナツの断片をよけて、書き留めた。

「なんだと？　そいつはたまげた！　オーケー、現場の住所は？」

テンプルはメモ帳に何かほかのことを書きつけた。キンケイドは判読しようとしたが、見当がつかなかった。ともあれ、大柄な刑事が色めきたっているのはわかった。ここに来て、ようやく運が向いてきたのかもしれない。

テンプルはメモ帳をキンケイドにかざし、書き留めた住所を見せた。DEA捜査官は壁に貼った大縮尺の地図に近づき、テンプルが話しているあいだ、住所を探した。あった。空港のそばだ。

「なるほど、バンが三台連なって走るのを見たんだな？　残りのバンはこの住所の倉庫に隠されているはずだ、と？」テンプルはうなずき、キンケイドに向かって破顔一笑した。

「ありがとう、刑事。ものすごく助かった」

テンプルは電話を架台に戻し、立ち上がった。

「こういうことって、あるんだな。さあ、ぼんやりしてないで、さっさと行くぞ。出動だ。いまの電話は、バンクーバーの警官からだ。交通警官が、三台連なって走っていたUPS

のバンを一台停めた。その警官は無線で緊急配備の連絡を聞いていたんだ。運転手は道路脇に車を寄せたが、警官に発砲した。ところが、警官が反撃して制圧した。運転手は交通警官から額を撃たれるのが怖くて、洗いざらい白状したそうだ。ほかのバンはまだ、この住所の倉庫にいるはずだが、運転手が一人捕まったのを知ったら、やつらは大慌てで逃げ出すにちがいない。実際、ほかの二台のバンは、運転手が白状した行き先に現われなかったそうだ。捕まった仲間が目的地をばらしたと察知して、きっと行き先を変えたんだろう」

キンケイドは耳を疑った。刑事は驚くほどの速さで動き出している。DEA捜査官は、彼に追いつこうと懸命に走った。

「ほかにバンを運転しているのが、全部で何人いるのかはわかっているのか?」

テンプルは手を伸ばし、エレベーターの扉を押さえた。

「わからん。だが、情報がひとつある。きっとあんたも興味があるぞ」

「なんでも言ってくれ」

「運転手の話では、金色のBMWに乗った凶悪な黒人に気をつけろということだ」

ジョナサン・ワードは潜水艦の艦橋に立ち、横づけしようとする沿岸警備隊の小型艇を見ていた。全長四〇フィートほどだが、近海ならこれで充分だろう。桟橋までの短い距離とはいえ、襲撃された〈サイクロン〉の生存者を乗せるにはいささか窮屈に思える。だがワードとしては、もっと混み合っていてほしかった。襲撃からの生存者がもっと多ければ、と思えてならない。

それでも、ポートアンジェルス近くの内海に戻ると安堵を覚えた。嵐は過ぎ去り、空は青く澄んで、微風が海峡の入口で水面を揺らしている。気持ちのよい日だ。

〈ヘレナK〉の船長が沿岸警備隊に収監されたら、さぞせいせいするだろう。ワードは船長の身柄を、ラルストン上等兵曹に預けていた。上等兵曹はこのスウェーデン人に手錠をかけ、魚雷発射管室で武装兵士の見張りをつけていた。とうてい快適ではないだろうが、ワードは構わなかった。この下劣な男は、食べ物がまずいだの、酒がないだのと不満を言っているそうだ。しかしワードの脳裏には、不意討ちされた沿岸警備隊の哨戒艇の周囲をまわりながら、冷酷無情に銃撃しつづける貨物船の姿が焼きついていた。帰投する艦内で、昔ながらの海の掟に則って、この男を処罰してやりたかったが、その思いをこらえて、法の裁きに委ねることにした。それにこの男を生かしておいたほうが、全体像の解明には役立つ。

ワードが見守る前で、沿岸警備隊の艇長が無線で呼びかけてきた。ワードのトランシーバーが鳴った。

「こんにちは、艦長。貴艦に横づけする許可をいただけるでしょうか？」

「許可する。風下側の、三番索止め(クリート)につけてほしい。本艦は三ノット、針路〇八六で航行中だ」

艇長は小型艇を方向転換させ、〈スペードフィッシュ〉の艦尾をまわった。左舷側に近づき、速力を合わせる。沿岸警備隊員の一人が船首楼に飛び降り、潜水艦に向かって綱を投げた。

無線がふたたび鳴った。

「貴艦の準備ができしだい、死傷者を収容します」

ワードは横に突き出た潜舵越しに、セイルの後方を見た。白い小型艇が潜水艦の風下側で、静かに揺れている。〈サイクロン〉の負傷者がゆっくりと、潜水艦のハッチを昇り、差し出された手を取って、乗り移った。担架にくくりつけられたマカリスター上等兵曹が、十名の生存者のしんがりだった。小型艇に移されるとき、彼は手を振って、「本当にありがとうございました、艦長！」と叫んだ。

「どういたしまして、上等兵曹」ワードは叫び返した。「脚が治るまで、看護師を追いかけまわすなよ」

生存者に続き、袋に包まれた遺体が移された。〈サイクロン〉で死亡した乗組員だ。負傷者たちも足を止め、さざ波に揺れる船上で、命を落とした僚友に敬礼した。さんさんと降り注ぐ陽差しのなか、カモメが頭上を飛びまわり、彼らなりに哀悼を表しているように見える。

最後にハッチから姿を現わしたのは、クーン機関長とヘンドリックス先任機関特技員だった。二人とも、両手に包帯を厳重に巻いている。クーンは立ち止まり、セイルから延びた旗竿に翻る国旗に敬礼した。それから叫んだ。「艦長、下艦の許可を願います！」

ワードはすぐに、機関長に答礼した。

「下艦を許可する。サンディエゴに帰投したら、栈橋で会おう」

「もちろんです。ビールをお持ちします」

「約束だぞ」

ジョナサン・ワード艦長は、そのあとの言葉が続かなかった。不意に喉元にこみ上げてくるものを、抑えられなかったのだ。

ワードは敬礼を終え、さっと涙を拭った。

「何か見えるか？」キンケイドは訊いた。

彼はケン・テンプル刑事とともに、金網のフェンスから五〇ヤード離れた茂みの陰に身をひそめた。倉庫の裏の壁は、フェンスよりわずかに数フィート高い。テンプルは狙撃用のスコープから、とげの多いイチイの枝の下を覗いた。

「金ぴかのBMWが現われてから、何も動きがない。あれから一時間は経っているぞ」

キンケイドは腕時計を見た。夜光の文字盤は、午前四時過ぎを告げている。日の出まであと二時間。小糠雨に、彼は身を震わせた。シアトルの夜はひどく冷えこみ、黒のゴアテックスのレインスーツを着ていても、冷気が染み通ってくるようだ。

年じゅう温暖だった、南フロリダの生活が恋しくなる。それでも、キンケイドはこの寒空の下で、生きがいを感じていた。世の中の役に立ち、多くの人命を救う仕事をしているのだから。

キンケイドはいま、悪人どもの姿を想像している。やつらが雨風をしのげる倉庫で、ぬくぬくと暖まっているところを。温かいコーヒーもたっぷりあるのだろう。キンケイドが魔法瓶に用意してきたコーヒーは、深夜の張りこみでとっくに飲み干していた。彼はコーヒーを飲めずに雨に震えながらも、そのイメージを利用してならず者どもへの怒りをかきたてた。

「わかった。ラミレスが現われたら突入する」キンケイドは言った。「みんな、準備はいいか？」

テンプルは声をひそめて笑った。ふだんのキンケイドは冷静沈着なDEA捜査官だが、張りこみになると神経質になる。

「トム、何度言えばわかるんだ。全員、とっくに準備完了しているよ。本当に、あの下衆野郎が現われるまで待っていたいのか？　やつが現われる前に、倉庫にいる連中はここを出るつもりかもしれんぞ。あるいは、すでに麻薬をどこかほかの場所へ運んでいるところで、ラミレスがそっちに先まわりしている可能性だってある。やつらもいまごろは、運転手が一人捕まったことを知っているだろう」

「もしそうなったら、われわれも移動するまでだ。しかし麻薬をほかへ移すとしたら、ラミレスの立ち会いなしでこの連中が出ていくとは考えられない。それに、ぼくはなんとしても、ラミレスをこの場で逮捕したいんだ。突入するときに動かぬ証拠を押さえられるからな」テンプルには、キンケイドの声が怒りで震えるのがわかった。「ラミレスとラシャドが抵抗してくれたら、願ったりかなったりだ。そうすれば、合衆国政府の経費と時間がいささか節約できる」

その言葉を合図にしたかのように、通りの向こうでヘッドライトが暗闇を貫いた。キンケイドがすかさず反応する。

テンプルの無線が鳴った。「黒いポルシェが接近中」

彼はマイクを握った。

「みんなよく聞け。ラミレスが確認できたら、行動開始だ」

黒いポルシェ911タルガが倉庫の扉のほのかな明かりに浮かび上がる。黒っぽい短髪の男が飛び降り、側面の扉から入っていった。

テンプルが狙撃用のスコープ越しに、男を見る。

「やつだ。全員、行動開始！　包囲！　包囲！」

黒ずくめの服を着た、二十名あまりの重武装した男たちが、通りの建物から姿を現わし、目標の倉庫へなだれこんでいく。さらに武装した十名あまりが、テンプルとキンケイドがひそむ藪からさっと立ち上がり、金網のフェンスへ殺到した。フェンスを切断し、そこから倉庫へ突っこむ。シータック空港から飛び立った二機のヘリコプターが、上空を旋回し、大型のサーチライトで現場を照らしている。地上ではシアトル市警のパトロールカーが青い警告灯を明滅させ、構内の出入口をすべて封鎖した。

警察の慌ただしい動きに、倉庫内の男たちはいやでも気づいた。扉から、誰かが短機関銃をやみくもに撃ってきた。断続的な銃声と閃光が夜気をつんざき、倉庫に近づいていたＤＥＡ捜査官が一人、鋭い悲鳴とともに倒れこみ、ふくらはぎを押さえた。

反撃の銃声は、たった一発だった。ウェザビー300マグナム狙撃銃が、重低音を轟かせる。短機関銃がけたたましい音とともに地面に落ち、撃っていた男が戸口からもんどり打って舗道に横たわった。即死だ。

拡声器が大音量でがなった。「倉庫の人間に告ぐ。DEAだ。おまえたちは完全に包囲されている。投降しろ！」

倉庫の窓から、挑発するような銃弾が放たれた。SWATの隊員が応射する。麻薬密輸団の男たちは、多勢に無勢だ。銃撃は行き当たりばったりで、照準も甘い。一方、反撃するほうの狙いは正確だった。倉庫内からの無益な抵抗は、しだいに間遠になり、ついにやんだ。

裏口から二人の黒っぽい輪郭が飛び出し、フェンスへと駆けだした。二人とも短機関銃を携え、キンケイドとテンプルが伏せているフェンスの穴めがけて走りながら、手当たりしだいに撃ちまくっている。

「止まれ！　銃を捨てなければ撃つぞ」テンプルが叫んだ。

二人の逃亡者は過ちを犯した。二人の法執行官へ向けて、銃を構えたのだ。キンケイドのベレッタとテンプルのグロックが、ほとんど同時に火を噴いた。

二人の悪党は倒れた。

銃撃戦は終わりつつあった。倉庫内に入り、麻薬を押収する段階だ。テンプルとキンケイドは弾薬を装塡しなおし、建物の大きな引き戸に横からゆっくり近づいて、内部の暗がりにひそんでいる者がいた場合、姿を見られないように注意した。まだ戦意を喪失していない者がいないともかぎらない。

不意に車のエンジンが、倉庫内で咆吼した。金色のBMWがタイヤを軋らせ、扉へ向かって突進してくる。キンケイドはすかさず横へ飛びのき、急加速してくる車をぎりぎりのところでかわした。だがケン・テンプルは、彼より十歳近く上で、五〇ポンド重かったので、それほど敏捷に反応できなかった。右のフロントフェンダーが、両脚と腹部を直撃した。その衝撃で、テンプルの身体は吹き飛ばされ、宙を舞って、地面に強く叩きつけられ、片脚が奇妙な角度に折れ曲がった。運転手が急ハンドルを切り、道路に出る前に、BMWが刑事の身体にもう一度ぶち当たる。

受け身を取ったトム・キンケイドが立ち上がり、撃ちはじめた。最初の二発で車のリアウインドウが大きな音をたてて砕け、ガラスの雨を降らせた。誰かが撃ち返してきたが、キンケイドはやめなかった。ベレッタの弾薬を撃ち尽くすまで、逃走しようとする車を銃撃する。BMWは右に曲がり、別の建物のコンクリートの壁に激突した。ひしゃげた車体から煙が上がり、あたかも弔鐘のように、クラクションが鳴りっぱなしになった。

キンケイドは二名のSWAT隊員に、運転手の状態の確認をまかせた。どんな状態で発見されるかは、わからない。ベレッタを再装塡しながら、じっと動かずに横たわる相棒へ駆け寄る。キンケイドは両膝を突き、テンプルの頸動脈を測った。脈が見つからない。すがる思いで、もう一度探す。あった。まだ生きている。

彼は声をかぎりに叫んだ。

「警官が重傷！ 手当てを」出血はしていないようだ。ありうるのは、内出血や脳震盪だろう。「救急ヘリを呼んでくれ！ 病院に緊急搬送だ！」

キンケイドの視界の隅に、フェンスの向こう側の敷地に着陸する警察のヘリがよぎった。

キンケイドは渾身の力で、相棒の肩を抱き、ヘリのほうへ引きずった。

警察幹部が一人、飾りをたくさんつけた正装に身を包んで、降り立った。銃撃戦が終わったころを見計らって現われ、メディアが到着するころには手柄を自分のものにしようという魂胆なのだろう。キンケイドはその男を払いのけ、ぐったりした相棒の身体をヘリに乗せようとした。

「最寄りの病院に、全速力で搬送してくれ！」キンケイドはパイロットに言った。

警察幹部が色をなした。キンケイドを摑み、ヘリコプターから押しのける。

「ちょっと待ってくれ、捜査官。指揮権を持つのはわたしだ。あの倉庫にはほかにも負傷者がいるのだから、トリアージを行ない、誰を最初に助けるべきかを見きわめる。搬送の準備が完了しだい、全員を搬送する」

キンケイドは小柄で肥満した男をねめつけた。顎がだぶつき、斑点の浮いた肉の下に襟章が隠れている。

「ほかに負傷した警官は？」キンケイドが迫った。

「わからんが、負傷した容疑者は何人もいるだろう。そのなかで最も重傷なのは誰なのか……」

トム・キンケイドは激昂して男の言葉をさえぎり、気迫のこもった大音声で言い返した。

唇は太った男の顔の鼻先まで近づいている。

「そいつらなど知ったことか。悪事を始める前に、末路を予測すべきだったんだ。あんたがならず者どものケツの穴に体温計を突っこんでいるあいだに、この勇敢な刑事は死んでしまうぞ！」彼はパイロットを向き、怒鳴った。「さっさとこいつを離陸させろ。さもないとつまみ出して、自分で操縦するぞ」

パイロットはそれ以上待たなかった。彼はキンケイドの側についた。きびきびと敬礼すると、スロットルを倒し、操縦装置を操作してヘリを上昇させ、キンケイドと警察幹部に砂埃を吹きかけて飛び去った。

太った警察幹部はまだわめいている。市民の権利がどうの、責任の所在がどうの、指揮系統がどうのと。キンケイドは構わず、相手に背を向けて倉庫へ引き返した。

ちょうどSWATが、十数人の男たちに手錠をかけて出てきたところだった。囚人の先頭はカルロス・ラミレスで、高級なデザイナー・スーツは土で汚れ、破れている。

「あそこのバンから、信じられない量のコカインが見つかりました」隊員の一人が言った。

「全部で何台だ?」

「九台です」

キンケイドはラミレスに近づいて言った。

「ミスター、あんたには十人以上の殺人、テロリズム、麻薬密輸のほか、思い浮かばないぐらいたくさんの容疑がかかっている。残念なのはただひとつ、あんたの電気椅子のスイッチを、この手で入れられないことだ」

ラミレスは傲慢な薄笑いを繕った。

「人ちがいだろう、DEAさんよ。日が昇る前に、弁護士が俺を解放してくれる。昼めしの前には、あんたの妹と懇ろ(ねんご)になれるだろう」

キンケイドは立ち止まり、横目で睨み据えて、ベレッタを悪党の額に押しつけて引き金を引きたい衝動と闘った。

しかしぐっとこらえ、踵を返して、車を駐めてある路地へゆっくりと向かった。

彼は疲れていた。ただただ、疲れていた。

36

ファン・デ・サンチアゴは待ちかねていた。いつものように、気が急いている。

「本当に、全員が配置に就いているんだろうな？」

アントニオ・デ・フカはことさらに長く、大きなため息をつき、狭い室内でエル・ヘフェをじっと見返した。革命指導者は土の床を行きつ戻りつし、ブーツからかすかに埃が舞っている。デ・サンチアゴは窓の外を眺めた。部屋の一枚きりの窓にはガラスが入っておらず、ボゴタで最もみすぼらしい地区の、汚らしい通りに面している。

通りといっても名ばかりで、実際は単なる泥道だ。行き当たりばったりに曲がりくねった道には、ブリキの壁の小屋が不規則に並び、幅はスクーター一台がやっと通れるぐらいしかない。通りで遊んでいる半裸の子どもたちは身体が汚れ、道ばたには下水が捨てられたままで、大人たちは戸口の陰で昼寝をしていたり、街角に寄り集まったりしている。デ・サンチアゴはここに来ると、愛してやまないジャングルと同じぐらい安心感を覚えた。

革命初期には大半の時間をこうしたスラム街で過ごし、みすぼらしさや貧困を起爆剤にして運動を推し進めてきたのだ。

「全員、すべての装備を整えています、エル・ヘフェ」デ・フカはいま一度、指導者に念を押した。「わが軍の兵士は配置に就きました。武器弾薬はすべて、ご命令どおりに準備万端整えています。ご命令ひとつで、いつでも攻撃できます。失敗する気遣いはありません」

デ・サンチアゴはうむとうなっただけだった。今回はとりわけ、待つのがしんどい。幹部の誰もが、彼のことをきわめて短気な人間だと思っているのは、重々承知している。これまでの三日間も、例外ではなかった。今回の計画がいかに重大なものか、みながわきまえている。失敗が許される余地はなかった。だからこそ、関係者は異例なほどの用心を重ね、エル・ヘフェの最も信頼厚い戦士たち、最も鍛え抜かれた兵士たち、最新技術を駆使した兵器を集めて、敵に気取(けど)られることなく首都ボゴタに潜入させたのだ。いたるところに張りめぐらした諜報網をもってしても、ギテリーズ大統領の動向を探るのは容易ではなかったものの、これまでになかったほどの苦心惨憺(さんたん)の末、大統領がヤンキーの兵士たちと会合するという情報がもたらされたのだった。

この会合に関する保安対策はきわめて厳重で、それがデ・サンチアゴの注意を惹いた。

彼が最も頼みとしているスパイのホセ・シルベラスでさえ、会合の日時や場所以外の情報はほとんど見つけられなかった。幸いにも、シルベラスはいくつものデータベースを見つけ出し、その情報を繋ぎ合わせることで会合の全容が見えてきたが、詳細が判明したのはぎりぎりのタイミングだった。ほかの二人の情報源も会合の予定を裏づけたので、デ・サンチアゴとデ・フカは計画を推し進める命令を下した。アメリカーノから受けた甚大な損害の復讐を果たす、千載一遇のチャンスだ。同時にエル・プレジデンテを暗殺することで、政府も大混乱に陥れることができる。

もとはと言えば、追い詰められた絶望に衝き動かされた計画だが、それでもまちがいなく効果的だ。成功の暁(あかつき)には、人民と革命にとって、栄光の日となるだろう。

ただし、ひとつ懸念材料があった。北アメリカからの情報が途絶えてしまったのだ。添加物を入れたコカインの最初の積荷は、とっくにシアトル南部の秘密の場所に到着し、第二陣となる隋(スイ)のヘロインも、いまごろは小型潜水艇に積みこまれて、ファン・デ・フカ海峡を通過しているはずなのだが。ノブスタッド船長、ザーコ、あるいはラミレスの誰かから、デ・サンチアゴになんらかの報告があってしかるべきだった。

それなのに、誰一人、何も言ってこない。どう考えても、吉兆ではなかった。

きっと、彼らはきわめて用心深くなっているのだろう。DEAやJDIAに、デ・サンチアゴが送りこんだ強力な商品のことを嗅ぎつけられるのを警戒しているのだ。近いうちに合衆国の当局者も、エル・ヘフェがいかに不退転の決意で革命運動を推し進め、アメリカの麻薬市場を支配する緻密な計画のもと、いかに巧妙に麻薬取締の捜査網をかいくぐったかを思い知らされ、愕然とするにちがいない。あの国の顧客は、それだけ熱心に、デ・サンチアゴの商品を求めているのだ。

なんの知らせもよこしてこないのには、ほかに理由があるのかもしれない。きっと彼らはただ、報告する義務を怠っているだけなのだろう。いずれ、なんらかの連絡はあるはずだ。蓋を開けてみれば、いたって単純な真相だったということは往々にしてある。デ・サンチアゴはそうであることを願った。しかし本能のどこか深いところで、さらなる災厄が起きる予感を払拭できなかった。周到に練り上げてきた壮大な計画は、コロンビア本国でもすでに破綻に瀕しているのだ。

さしものエル・ヘフェも、最も認めたくない事実と向き合わざるを得なかった。すなわち、この国の人民は彼を疑いはじめているのだ。これまでの度重なる敗北の噂は、すでに支持者のあいだに広がっていた。多くの人間が、デ・サンチアゴの革命指導者としての能力に疑念を呈しはじめている。

今回の乾坤一擲(けんこんいってき)の反撃で、デ・サンチアゴはまだ人民を率いていく力があることを証明できるだろう。早晩、わたしはこの国を掌中に収める。これまでわたしを裏切ってきた者どもは、憎むべきヤンキーどもと同じく、その報いを受けるのだ。

グスマンが通りの戸口から足を踏み入れた。

「エル・ヘフェ、車が到着しました。準備完了です」

腕時計を見ながら、革命指導者はうむと言った。

デ・サンチアゴは、最愛のマルガリータを振り返った。彼女は簡素な室内の片隅で、静かに座っている。

「すぐに戻ってくるよ。戻ったら、きみはわが国の新大統領と愛し合うことになる」

マルガリータの微笑みはえも言われぬほど美しく、その顔はかび臭い部屋の暗がりをまばゆく照らすようだ。彼女はデ・サンチアゴにキスをした。

デ・サンチアゴは断固とした足取りであばら屋を踏み出し、黒いランドローバーの開いたドアから後部座席に乗りこむと、長らくお預けになっていた革命運動最大のクライマックスを見届けようと出発した。

ルディ・セルジオフスキーはもう一度、試してみた。水中電話そのものは良好に動作しているようだ。シグナルも問題なく発信できる。五〇メートル頭上の海面に反響する、自らの声が聞こえてきた。

だったら、あのくそスウェーデン人とおんぼろ貨物船はどこにいるんだ？

セルジオフスキーは航法システムをいま一度、確認した。現在位置はまちがいなく、会合地点だ。

「おい、親愛なるフィリップさんよ。航法システムを点検してくれないか。この場所でまちがいはないんだよな」

フィリップ・ザーコはしぶしぶ、うたた寝していた腰掛けから立ち上がった。航法システムの制御盤を見る。

「大丈夫そうだが、何か心配なのか？」

肥満したロシア人は、汗をかきはじめ、無意識のうちに声を高くした。

「何か心配なのか、だと。まったくのんきなもんだな。何も知らないあんたにもわかるように、説明してやるよ。この艇の燃料電池は、ここまでしかもたないんだ。残りはせいぜい、あと二時間ぐらいだろう。ノブスタッドが一刻も早く来てくれなかったら、俺たちはおしまいだ。真っ暗になるし、ずいぶん寒いだろうな」

ザーコは愕然とした。〈ジブラス〉の仕組みについて、セルジオフスキーがくどくどと説明していたとき、もっと真剣に聞いておくべきだった。

「できることはもうないのか？」ザーコはパニック寸前だ。「バックアップシステムがあるんだろう！　燃料電池がないんだったら、バッテリーとか、ディーゼルエンジンを使うとか？　何か方法があるはずだ！」

ロシア人はウォッカをボトルからぐびぐびと飲み、袖口で唇を拭いた。ザーコの目には、ずいぶん酔っているように見える。

「この艇の仕組みをもう一度、教えてやろう、セニョール・ザーコ」セルジオフスキーはあざけるように、ザーコの名前を呼んだ。「この艇の動力源はすべて、燃料電池だ。いいか、動力源のすべてだ。つまり、沿岸に引き返す推進力、照明の電力、空気清浄器の電力、排水の電力だ」いま一度、ウォッカをたっぷり飲む。その表情が告げていた――なぜわざわざ、この頭の鈍いラテン系の男に、自分たちの陥った窮地を説明しなければならないのか。「燃料電池には水素が必要で、その水素が底を尽きかけている。〈ヘレナK〉に戻らなければ、補給はできない。それがなければ、俺たちはここで進退きわまることになる。アメリカの沿岸警備隊に頼んで、沿岸まで曳航してもらいたいか？」

「しかし、確か緊急システムがあったはずじゃ……」

「緊急システムを搭載するスペースはなかったんだ。コカインをたくさん積めるように取り外したのを、あんたは忘れたのか？　この艇を設計したとき、俺はあんたがたに警告した。しかし、あんたがたは譲らなかった。あんたも、愛しのエル・ヘフェも、だ。あのとき、あんたは言った。一トンでも多くコカインを運ぶほうが、〝臭いディーゼル機関〟なんかよりずっと大事だと。確かにそう言っていたぞ」

セルジオフスキーはげっぷをし、潜水艇の操縦桿をぐいと上に引いた。小型艇の〈ジブラス〉が急角度で水面に向かう。

「何をする気だ？」

「浮上して、ばかスウェーデン人に無線で呼びかけるんだ」セルジオフスキーはつぶやいた。ザーコの質問に答えるというより、自らに確かめているようだ。「きっと場所をまちがえて、俺たちを捜しているんだろう」

小型艇は浮上し、小さなセイルが高い波のかろうじて上に出た。分厚いガラスの舷窓から、波立つ灰色の北太平洋が見える。小さな舷窓が波に洗われ、ザーコは不安に駆られた。

「だが、セニョール・セルジオフスキー、無線を使うべきではないと思うんだが。なぜならここは……」

ロシア人の朱に染まった顔を見、彼はぎょっとして言葉を止めた。セルジオフスキーは無線のダイヤルを操作し、ロシア訛りの英語で呼びかけた。ほとんど空になったウォッカの影響で、発音は不明瞭だ。

「〈ヘレナK〉、こちら〈ジブラス〉。われわれは会合地点に到着した。どこにいる？　どうぞ」

ロシア人は同じことを何度も繰り返し、一縷(いちる)の望みを託して、むなしく貨物船の返答を待った。

しかし、小さなスピーカーからは空電しか聞こえない。

その一〇〇〇フィート上空では、合衆国沿岸警備隊のC－130輸送機が、低速で緩やかに旋回していた。輸送機は気が滅入るような任務を帯びていた。〈サイクロン〉の救助を支援し、生存者がいないかどうか捜索するというものだ。無益な捜索であることは、乗員の誰もがわかっていた。この数時間、彼らは大海原の波頭しか見ておらず、疲労を募らせている。そもそも、同僚たちの哨戒艇が無法者に卑劣な襲撃を受けたこと自体に、乗員は憤激を覚えていた。

襲撃事件からほどなく、〈ヘレナK〉の悪名は沿岸警備隊の隊員たちに轟いていた。ヘッドセット越しにその名前を聞くや、パイロットは警戒を最大限にした。

彼は慎重に、焦燥を露わにした口調で繰り返される無線を聴いた。〈ジブラス〉という船がなんであれ、必死にあの人殺しの船と交信しようとしているようだ。C－130のパイロットが聴取を続けるあいだ、副操縦士はほかの無線を使って、大破した〈サイクロン〉をポートアンジェルスにゆっくり曳航している救助艇に連絡を取った。

救助艇は針路を微調整し、無線信号が出ている地点へ向かった。その地点までは六時間ほどかかる。

すでに無線の発信地点を特定したC-130が、ほどなく上空に到達すると、はるか眼下で小さな黒い点が、波間に漂っていた。

〈ジブラス〉の燃料電池は、セルジオフスキーの予想よりも一時間ほど長持ちした。電池が切れると同時に、小型艇の照明が全部消えた。唯一の明かりは、二枚の小さな舷窓から差しこむ日光だけだ。内部の空気は重く、濁ってきた。電池が切れてから一時間も経たないうちに、艇内の男二人は早くも呼吸困難になってきた。

セルジオフスキーは泥酔して感覚が麻痺し、意識を失いかけている。ザーコは空気を求めてあがき、耐えきれずに手を伸ばして、外気を入れようと頭上のハッチを開けた。セイルが波をかぶり、氷のように冷たい海水が、開け放たれたハッチから二人にどっと降り注いだ。

セルジオフスキーはずぶ濡れになって目を覚まし、怒号をあげた。

「馬鹿野郎！　沈没するぞ！　わかってるのか？　もうポンプは使えないから、水をかきだせないんだぞ」

ロシア人はザーコを突き飛ばし、ハッチを閉じようとしたが、その一瞬前に、開口部から新たな波の冷たい水が押し寄せてきた。

沿岸警備隊の救助艇が小型潜水艇に横づけするころには、二人の乗員は、救われたのがうれしくてたまらなかった。たとえ相手がアメリカの法執行機関だろうと。

二人は救助艇の甲板に移り、そのまま収監された。ザーコに至っては、救助艇の甲板にひざまずいて口づけし、手錠をはめられる前に両手を差し出す始末だった。

ＳＥＡＬのビル・ビーマン少佐は、簡素な金属製のテーブルを挟み、コロンビア陸軍最高司令官と向かい合わせに座っていた。ジョンストン上等兵曹はビーマンの右隣に座り、もぞもぞ身動きしている。二人とも、居心地が悪そうだ。率直なところ、こうして外国政府からＶＩＰ待遇のもてなしを受けるぐらいなら、砂浜で敵の要塞を襲撃するほうがよほど性に合っていた。しかし、エル・プレジデンテがたっての希望でこの会合に二人を招待してきたとあっては、断わるわけにはいかなかった。

ビーマンは殺風景な室内をゆっくりと見わたした。世界じゅうで見てきた軍の会議室と、なんら変わるところはない。オマーンやノルウェーのバッツェと唯一ちがうのは、窓の外に熱帯植物が繁茂していることだけだ。それ以外はおなじみの光景で、室内の壁は地図に占領され、テーブルにはほとんど空になった発泡スチロールのコーヒーカップが並んでいる。テーブルの周囲の折りたたみ椅子には、ギテリーズ大統領の参謀が並び、どの軍服にも勲章がぎっしり並んでいた。アメリカーノに見せつけようとしているのは明らかだ。

ようやくギテリーズ大統領が入室し、アメリカ人の賓客を温かく迎えると、軍幹部の敬礼に応えた。咳払いし、ほとんど完璧な英語で話しはじめる。

「セニョール・ビーマン、いま一度、貴官をはじめとする勇敢な兵士諸君に、わが国を代表して心よりお礼申し上げる。貴官の部隊がファン・デ・サンチアゴの秘密研究所を撃破してくれたことに、われわれはこの先長く感謝しつづけるだろう。諸君の機略と勇敢な働きのおかげで、多くの人命が救われたのだ」エル・プレジデンテは室内を見まわしてから、低い声で続けた。「ただし、今度わが国に潜入し、国民を射殺する前には、事前にひと言、われわれに相談してほしい」

ビーマンは紅潮し、反駁(はんばく)を試みた。

「ですが、エル・プレジデンテ、こちらの情報では……」

ギテリーズは寛容な笑みとともに、手を上げてさえぎった。

「保安上の懸念があったことは、よく承知している。とりわけ、現実に悲しい出来事が起きたことを考慮すれば、諸君が警戒したのは至極当然だ。しかし、わたしの部下を含めた諸君に、ここで朗報がある。幸いなことに、われわれは情報漏れの抜け穴を防いだと確信しているのだ。どうか、わが国の防諜部門の責任者であるペレス大佐からの、興味深い報告を聞いていただきたい」

浅黒い大佐がテーブルの端で立ち上がり、部屋の中央に進み出た。糊の効いたカーキ色の軍服と磨きこまれたブーツは、SEAL隊員の裂けてすり切れた迷彩服と好対照をなしている。コロンビアにパラシュートで降下したときから、この服しかなかったのだ。この会合に招待されたのはぎりぎりになってからで、着替えを入手する時間はなかった。ビーマンはいまだに、なぜ自分たちが招かれたのかよくわからなかった。

ペレスは会議室の正面にある、小縮尺の都市地図の前で立ち止まった。

「エル・プレジデンテ、ビーマン少佐、ジャングルで貴国のみなさんが恐ろしい襲撃に遭遇し、保安上の懸念に関してご指摘を受けたことを踏まえ、わが軍では情報漏れを防ぐための徹底的な調査を行ないました」彼はSEAL隊員に会釈した。「われわれも、デ・サンチアゴの組織内部に情報源を持っています。彼らからの知らせによると、わが軍にひそんでいたスパイは非常に慎重で、捜すのは容易ではありませんでした。そのスパイは、機微に触れる情報を閲覧する権限の持ち主でした」ここでペレス大佐は、かすかに笑みを漏らした。「わが軍にとって幸いにも、そのスパイは最初の慎重さを忘れてしまったようでした。貴国のJDIAから提供されたコンピュータシステムのおかげで、そのスパイははなはだ怠惰になり、そのため特定が可能になったのです。それぞれのコンピュータのプログラムには、アクセスされたファイルをすべて報告する機能が隠されていました。われわれはコンピュータを導入する際に二人のアメリカ人専門家からこのことを聞き、継続的に監視していたのです」

「きわめて創意工夫に富んでいる」ギテリーズが賞賛した。

ペレスは大統領の言葉に目礼し、続けた。

「われわれが突き止めたのは、意外にも下級の官僚で、ホセ・シルベラスという、軍通信本部に勤務していた男でした。シルベラスは自らの権限外のファイルに対して、不自然なほどの興味を示していました。それでこの二週間、この男に偽情報を摑ませています。われわれの確信しているところでは、その情報は直接、デ・サンチアゴとその幹部に伝わっています。われわれの予測どおりに展開すれば、彼らの命運はほどなく尽き、われわれにはもはや、セ、セ、セニョール・シルベラスは必要なくなるでしょう。そして彼は……デ・サンチアゴともども……わが国の国民を裏切った代償を支払うことになるのです。もちろん、ビーマン少佐の勇敢な部下が支払った犠牲も償ってもらいます」

「ありがとうございます、ペレス大佐」ビーマンはペレスに会釈し、それからギテリーズに向きなおった。「大統領閣下、デ・サンチアゴの捕獲に、ぜひわたしも加えていただけないでしょうか」

ギテリーズは笑みを浮かべた。

「貴官の気持ちはよくわかる、少佐。だが、それには及ばないだろう。あの悪党の組織を根絶やしにするために、精鋭部隊を集めて罠を仕掛けてある」

「お言葉を返すようですが、大統領はわたしの真意をおわかりではないのです」ビーマンは立ち上がり、両手をテーブルに突いて、身を乗り出した。「わたしが戦いに参加したいのは、襲撃で命を落とした部下たちのためだけではありません。彼らは兵士でした。優秀な兵士でした。彼らは命を失いましたが、戦う訓練を受け、覚悟をしていました。わたしが今度の戦いに参加したいのは、考えが浅はかだったがゆえに、デ・サンチアゴのコカインを吸引し、死んでいった者たちのためです。確かに彼らは浅はかでしたが、愚かさは死に値する罪ではありません。それに、あの男の麻薬から抜け出せなくなってしまった者たちのためにも、戦いに加わりたいのです。あの男が麻薬の密輸をしつづけて、いま以上に被害者が増えてしまうのを食い止めるためにも。

わたしが戦いに加わりたい本当の理由を言いましょうか。それは、わたしには偽善が我慢ならないからです。人を殺したり、手足を切り刻んだりしながら、人民の大義のためだと言いつくろい、権力を手中に収めたいという野望を覆い隠して、われわれアメリカ人のみならず、自国民の血で私腹を肥やすような男が、心底許せないからです。

大統領閣下、わたしはあのくそ野郎が、すべて終わりだと知ったときに、どんな表情になるのか見てやりたいのです。どんな美辞麗句をもってしても、あの男の所業を覆い隠すことはできず、残りの人生をどこかの臭い刑務所で過ごすしかないと気づいたときに、やつの顔に浮かぶ表情を。

大統領閣下、わたしは部下とともに、あの男の命運が尽きるところを、この目で見たいのです！」

ジョンストン上等兵曹は、ビーマンに驚きの目を見張った。この男と行動をともにして四年になるが、一度に数語以上口にするのは聞いたことがなかった。ましてや、国家元首の面前でこれほどの大演説をぶつなど、想像すらできなかった。

大統領は顎をさすり、金属製のテーブルを囲んで居並ぶ幕僚の面々にちらりと目を向けた。どの将校も、小さくうなずいた。

「ありがとう、少佐。貴官たちの参加を認めよう。いまだから言うが、きょう、この場にきみたちを呼んだのは、デ・サンチアゴのために仕掛けた罠の一部であり、この会合も餌のひとつなのだ。セニョール・ビーマン、これこそ、あの男が二度と立ち上がれないように、われわれが仕掛けた戦いの始まりなのだ」

ファン・デ・サンチアゴは、泥で汚れたランドローバーのフロントガラスから外を眺めた。大型のSUVはあばら屋やぼろをまとった悪童の群れを通りすぎていく。見慣れない車を見ようと、人が集まってくる。ランドローバーは通りの突き当たりで停まった。このあたりから、大統領とアメリカーノの会合がひらかれる会場が見えるのだ。

「アントニオ、本当にこんなところで会合がひらかれるのか？」デ・サンチアゴは数百メートル下の、ちっぽけな基地を指さして訊いた。そこにはタール紙を貼ったにわか造りのバラックの兵舎が並び、低い盛り土の周囲に金網のフェンスが張りめぐらされて、まんなかにヘリパッドが設けられているだけだ。ここがボゴタの郊外に造られたのは、ほんの二、三週間ほど前だった。一国の大統領ともあろう者が、こんな安普請の兵舎を会合の場所にするとは、とても思えなかった。

それでも、アントニオ・デ・フカは力強くうなずいた。

「シ、エル・ヘフェ。シルベラスがここだと報告してきたのです。彼の情報が誤りだったことは、いままで一度もありません。おそらくエル・プレジデンテは、厳重に秘密を守ることが最善の防御であり、誰も想像しないような場所を使うのが最も安全だと考えたのでしょう」

一行が見ている前で、政府軍の兵士が数名、バラックの兵舎の扉に寄り集まった。ほとんどが略装で、タバコを吸ったりトランプにうつつを抜かしたりしている。うかつにも、武器は脇に放りだしていた。反政府軍が攻撃してくるなどとは、夢にも思っていないようだ。

デ・サンチアゴはふんと鼻を鳴らした。彼の兵士にこれほどだらけた、不注意な者はいない。

「エル・プレジデンテの到着まであとどれぐらいだ？」

デ・フカは携帯電話をかけ、相手の言葉を聞いてから、デ・サンチアゴに答えた。

「いましがた、専用ヘリが大統領官邸を飛び立ったところです。遅くとも十分以内には到着するでしょう」

デ・サンチアゴはうなずき、笑みを浮かべた。あと十分ほどで、革命は終わる。資本主義者の傀儡（かいらい）の独裁者から人民を解放するという夢が、ついに実現するのだ。そして彼はいよいよ、真の意味でのエル・ヘフェ、すなわちリーダーになる。大統領を抹殺したら、ジャングルにひそんでいる部隊を糾合し、国民議会議事堂に進軍しよう。そうすればこの国はすべて、わたしのものだ。神のご意志があれば、世界を掌中にするのも夢ではない。

「よし」デ・サンチアゴは言い、グスマンの肩を突いた。「車で近づいてくれ、わが友よ。エル・プレジデンテを焼き尽くす地獄の業火の熱を、この身に感じたい」

グスマンはランドローバーのギアを入れ、曲がりくねった道をゆっくりと走らせて、にわか仕立ての軍事施設へ向かった。

「全員、配置に就いているだろうな?」デ・サンチアゴはなおも副官に訊いた。「まちがいないな?」

デ・フカは携帯電話でもう一度通話し、うなずいた。

「シ、エル・ヘフェ。これまでのご報告どおり、全員が配置に就いています。ミサイルの射手はみな、向こう側の丘でご命令を待つばかりです。大統領の専用ヘリが施設の真上に飛来したところで、彼らがヘリを撃墜します。歩兵部隊は門を破り、動く者を全員射殺します。ミサイルの射手が対戦車ミサイルを建物に撃ちこみ、逃走しようとする車両をすべて破壊します。敵は誰一人、生き残れないでしょう。どうかご安心ください」

デ・サンチアゴは微笑んだ。

「大変結構（ムイ・ブエノ）だ、ミ・アミーゴ。きみは近いうちに、この国の新政府の閣僚になるだろう、セニョール・デ・フカ。さあ、エル・プレジデンテがどうやって最期を迎えるかを、もう一度詳しく聞かせてくれ」

デ・フカの言葉に耳を傾けているだけで、下腹部が激しくうずいた。

もうすぐだ。もうすぐ、すべてわたしのものになる！

ブラックホーク・ヘリコプターが一機だけ、警護も受けずに丘を越えて東へ飛び、ふらふらと基地へ近づいてきた。飛行経路は直線状で、樹木すれすれに飛ぶこともなく、戦闘を想定したいかなる行動も取っていない。パイロットは敵に探知されているとも、狙われているとも考えていないようだ。ヘリは中空に止まり、ヘリパッドの一〇〇メートル上空でホバリングしながら、おめでたい太ったカモさながら、ゆっくり降下しはじめた。

轟音とともに、スティンガーミサイルが発射された。基地の西側にそびえる丘の周囲四カ所から放たれたのだ。赤外線追尾装置がついたミサイルは、いとも簡単に標的を発見し、ヘリパッドに降下するブラックホークの熱いジェット排気へまっしぐらに向かっていった。ヘリが攻撃を逃れるすべはなかった。

ヘリコプターは黒とオレンジの火の玉となり、周囲の丘陵に大音響を轟かせて爆発した。

ひしゃげた金属が猛火に包まれ、ヘリパッドに雨あられと降り注いで燃えさかる。もうもうと立ちのぼる黒煙は、市内のどこからでも見えるほどだ。機内の人間が生き残るのは、どう考えても不可能だった。

エル・プレジデンテのヘリにミサイルが飛翔していくのを見るや、デ・サンチアゴはグスマンに向かって、正門に突っこめと叫んだ。ランドローバーは鮮やかな黄色のスクールバスの真後ろにくっついていた。これはデ・サンチアゴ自身の狡猾な指示によるものだ。基地を警護する兵士は、スクールバスのほうへ撃つことをためらうにちがいない。

疾走するスクールバスのすぐ後ろを、大型の黒いランドローバーが追いかける。バスは基地の入口のゲートにぶち当たり、構内に入ったところで停まった。反政府軍の兵士たちがバスの前後の扉から飛び出し、勢いよく銃を撃ちまくる。

グスマンはランドローバーでバスを追い抜き、大統領が悲惨な最期を遂げたヘリの焼け残りへまっすぐ向かった。デ・サンチアゴは手元のMAC10に弾薬を装塡しているかどうか、確かめた。振り返ると、配下の勇敢な兵士たちが、すでにエル・プレジデンテの部隊をバラックに押しこめている。

予定どおりの攻撃だ。

戦闘はきわめて激しく、反対側に位置する東の丘から小さな黒いものが飛び立ったことには、誰一人気づかなかった。さらなるスティンガーミサイルが、大統領のヘリの残骸に向かって撃ち出された。だが、小さな黒いものの正体はOH－58カイオワ偵察ヘリコプターで、その内部に搭載されたセンサーが、ミサイルの弾道を計算し、発射地点を割り出した。反乱軍の兵士たちがスクールバスから大挙して基地へ押し寄せる。そのあいだにも、六機のアパッチ攻撃ヘリコプターが東の丘を飛び立ち、ホバリングした。偵察ヘリとのデータリンクにより、アパッチは標的の位置を自動的にダウンロードし、パイロットの目の前のヘッドアップディスプレイに表示する。アパッチから次々に、紅蓮(ぐれん)の炎を上げてヘルファイア・ミサイルが発射された。ミサイルは西側の丘陵に到達し、四台のピックアップトラック、予備のスティンガーミサイル、対戦車ミサイル、反乱勢力の兵士たちを、深呼吸する暇もなく、瞬時に地上から消し去った。

殲滅(せんめつ)された標的を一顧だにせず、六機のヘリは基地の上空へと進撃し、機首の機関砲を前後させて、衝撃に打たれている反乱軍の兵士たちに死と破壊をまき散らした。大半は、どこから撃たれたのかも気づかずに死んだ。

政府軍の部隊は、入念に計算された見せかけの敗走をやめた。一気に逆襲に転じ、ヘリの銃火を免れた追跡者たちに発砲する。さらに数百名の兵士が加勢し、兵舎内の堅固に守られた地点から銃弾の雨を降らせた。基地の周囲のあばら屋からも、ひそんでいた政府軍の兵士たちがなだれを打ったように発砲し、反乱勢力側は四方から十字砲火を受けて、逃れられない死の鉄桶に閉じこめられた。

グスマンは、戦局の帰趨が決したのを悟った。こうなったら、やるべきことはひとつしかない。彼はランドローバーを急転回させ、アクセルを一杯に踏みこんで、自らが盾となって後席の革命指導者を守り、銃火を逃れようとした。デ・サンチアゴは信じがたい敗北に目を見張り、助手席のアントニオ・デ・フカは、急発進する車内で身構えつつ、悔しさに歯を食いしばっている。

強力なエンジンで、ランドローバーは正門から猛スピードで遠ざかり、基地を囲むフェンスに向かった。勢いをつけ、低い盛り土を越えて、上端に有刺鉄線を巻いた金網のフェンスにぶち当たる。車の重みで、フェンスは倒れた。グスマンはアクセルを緩めない。車は泥道で尻を振りながらも前に進み、背後のバラックの基地で展開されている地獄絵図から逃れようと、フェンスを引きずって走った。

アパッチのパイロットが、硝煙のかなたに逃走を図る車を見とがめた。パイロットがランドローバーに顔を向ける。ヘッドアップディスプレイの誘導に従い、チェーンガンが自動的に回転して照準を合わせる。パイロットは発砲した。

最初の連射が車の前面に命中した。エンジンは破壊され、炎と蒸気をあげて爆発した。

大型車は勢いで前にのめり、セメントの柱に激突した。車内の人間はその衝撃をまともに受け、アントニオ・デ・フカはフロントガラスに身体を突っこんだ。

ファン・デ・サンチアゴは後部の床に叩きつけられ、逆立ちする恰好になった。しかし立ち上がり、ショックを振り払って、額から鮮血を拭い取った。身体の傷を確かめる。自分の血ではなかった。もうもうと上がる煙や蒸気のなかに、アントニオ・デ・フカの死体が見える。フロントガラスに頭部を強打し、半ばガラスを突き破っていた。喉にむごたらしい傷口がぱっくりひらいているが、血はどくどくと流れだしてこない。心臓はすでに停まっていた。

運転席では、グスマンが苦悶の声をあげ、ステアリングから身体を押しのけたが、ひしゃげた金属の塊に脚を挟まれ、抜け出そうとあがいている。

「助けてください、エル・ヘフェ」用心棒は驚くほど平静な声で言った。「脚が挟まれて、動けません」

ファン・デ・サンチアゴは枠がゆがんだウインドウから身をよじり、外の地面に落ちた。その場にうずくまったまま、周囲を見まわす。アパッチは基地の上空を旋回し、ほかの標的を捜していた。三、四人の政府軍の兵士がヘリパッドを駆け抜けてフェンスの穴へ向かい、車が衝突した現場へ近づいている。

デ・サンチアゴはおのれの目を疑った。兵士たちを率いているのは、見覚えのある顔だ。あの大柄のヤンキーの兵士。密林の襲撃を生き残った男。

凄絶な死と破壊のただなかにあって、ファン・デ・サンチアゴの顔に邪悪な笑みが広がった。

わたしの予感は正しかった。あの男とは、ふたたび戦場であいまみえる運命にあったのだ。しかし、ここではない。いまはまだ、そのときではない。

ずたずたになったローバーからさらなる黒煙が上がり、エンジンのあった場所から、恐ろしい炎の舌がちらついた。漏れ出したガソリンのにおいが鼻を衝く。

「助けてください、エル・ヘフェ。焼け死にたくありません。議事堂に進軍するときに、あなたをお守りしたいのです。あのときアルヴァラードの大農場(ハシエンダ)で、あなたを背負って助け出したのは、このわたし……」

デ・サンチアゴはグスマンに向きなおり、ひたとその目を見据えて、顔に唾を吐きかけた。

「おまえだったんだな、グスマン? あれほどのことを知っているのは、おまえだけだ、〈エル・ファルコーネ〉。もっと早く気づくべきだった。もっと早く気づくべきだったんだ」

拳銃を抜き、グスマンの額に突きつける。しかしそこで、貪欲な火の手がすでに助手席をなめつくしているのに気づいた。

デ・サンチアゴは声をあげて笑った。

「火に焼かれて死ね。それこそが、最も恐ろしい死にかただろうが?」

言い捨てると背を向け、通りに駆け出して、火炎地獄と化した車から逃れた。挟まれた脚を炎に包まれ、グスマンが断末魔の悲鳴をあげている。

人民革命の指導者は振り返りもせず、掘っ立て小屋が建ちならぶ迷路のようなスラム街へ姿を消した。

ビル・ビーマンの目に、狭い路地に消えていくデ・サンチアゴの背中が見えた。すぐにフェンスを飛び越え、全速力で追いかけたが、追いつくのは不可能に等しいように思える。ここはコロンビアの熱帯多雨林と同じく、デ・サンチアゴの領域なのだ。このスラム街も、隅から隅まで知り尽くしているだろう。ビーマンはまるで、猛毒を持つガラガラヘビを巣穴で追っているような感覚にとらわれた。

しかし、ほかに選択肢はない。ひたすら、あの毒蛇のような男を追いつづけるのみだ。

狭い路地を五〇フィート走り、左に曲がると、ふたたび、デ・サンチアゴの姿がちらりとよぎった。全速力でそこまで走ったところで、ストリートキッドの群れに囲まれ、かき分けねばならなかった。

路地の入口でいったん立ち止まり、周囲を確かめてから進む。ここで待ち伏せされて死ぬのはご免だ。

またもや、デ・サンチアゴの姿が見えた。なおも逃げ去りながら、一ブロック先の角を曲がっていく。ビーマンは肩越しに振り返った。ジョンストンは一〇〇ヤード遅れ、追いつこうと必死に走っているが、さっきの子どもたちに物乞いされ、行く手を阻まれている。

ビーマンは待てなかった。路地の先へ駆けだし、泥と排泄物が入り混じる、ぬるぬるした汚水に滑って転びそうになる。角をまわりながら、疑念が頭をもたげてきた。あの反政府ゲリラの首領は、ビーマンをどこかへ誘いこもうとしているのではないか。わざと捕まらない程度の距離を保ちながら、彼にあとを追わせようとしているのではないか、と。

さらに入り組んだ路地を走り、丘陵の坂道を登って小路に入り、洗濯物で一杯の物干し綱を抜けて、編み籠を積んだ露店をかき分ける。

今度こそ、デ・サンチアゴに追いつける。

反乱勢力の首領は振り返り、日の差さない路地の暗がりに身をかがめた。角を曲がったビーマンは、今度は立ち止まらずに突っ走った。

デ・サンチアゴの姿はどこにも見えない。

SEALの指揮官は深呼吸し、しゃにむに走って、あの男がジャングルの虫のように隠れそうな戸口や隅を捜した。しかし、そうした場所は見つからない。

次の角まではずいぶん長い。いくらなんでも、そんなに速く走れるはずがない。

そのとき不意に、ビーマンは気配を察した。背後の路地の高所に、音もなく、かすかに動くものがある。SEALの指揮官は立ち止まり、神経を張りつめて、反乱勢力の首領との対決に備えた。

路地に突き出した狭いブリキの屋根の上から、デ・サンチアゴが彼を睥睨(へいげい)している。

ビーマンはゆっくり向きなおった。小屋の軒(のき)の上に立ち、デ・サンチアゴが邪悪な笑みを浮かべて、MAC10をビーマンの心臓に向けている。

「ごきげんよう(ブエノス・ディアス)!」

「ようやく対面がかなって何よりだ、ミ・アミーゴ・アメリカーノ。銃を捨てて、わたしに見えるように両手を上げるんだ」

ビーマンはH&K短機関銃を汚物の上に落とした。両手を上げながら、ジョンストン上等兵曹が援護してくれないかと、一縷(いちる)の望みとともに路地を振り返る。

反乱勢力の首領は軒先に飛び降り、すばやく立ち上がった。年齢にしては驚くほど敏捷だ。銃を突きつけたまま、ビーマンの周囲をまわって路地の片隅に向かい、最寄りの掘っ立て小屋の扉を開ける。

「なかへ、どうぞ（ポル・ファボール）。外に立ちっぱなしで、勇敢さを讃え合うのも不作法じゃないかね？」

ビーマンは一度なかへ入ったら、死んだも同然だと知りつつも、従うよりほかになかった。暗い室内に目をしばたたく。土の床の部屋はがらんとしており、がたの来たテーブルとぐらついた二脚の椅子があるだけだ。壁には、小さく粗雑な木の十字架がかかっている。

暗がりに目が慣れてきた。一人の女が、部屋の片隅に立っている。じっと両手を垂らしたまま、逃げようともせず、静かにビーマンとデ・サンチアゴを見つめている。まるで、二人が来るのを予期していたかのようだ。目がようやく焦点を結んだ。ビーマンの前に立つ彼女は、農民が着るような質朴なスカートとブラウスをまとっている。つつましい身なりだが、それがかえってまばゆいほどの美しさを引き立てていた。

ビーマンには、死の天使としか思えなかった。デ・サンチアゴが彼の肉体から魂を切り離したら、この美しい生き物が冥界まで案内してくれるのだろうか。

彼女はゆっくりとデ・サンチアゴに背後から近づき、前腕に触れた。その親密な挙措から、ビーマンはすぐに確信した。デ・サンチアゴがボゴタの街で、わざわざこの掘っ立て小屋に彼をおびき寄せたのは、偶然でもなんでもない。ここに至ってSEALの指揮官は、自らに残された時間がごくわずかであることを悟った。同時に、気づかずにはいられなかった。この女性の振る舞いは、バレリーナを思わせるほど優雅で洗練されている。ビーマンを見る目は驚くばかりに美しく、いかなる悪意も宿っていない。

「愛するマルガリータ、この前話した、ヤンキーの勇士を紹介させてくれ。われわれが山中で彼の部隊を襲撃したとき、この男の示した技倆と勇猛果敢さには本当に感服した。その彼が、いまここに来ている。考えてみてほしい。ほんの数分前まで、この男はわたしの敗北を確信していたにちがいない。この男とヘリコプターの編隊とエル・プレジデンテの部隊のおかげで、革命は挫折の瀬戸際に追いこまれた。彼らの逆襲は、成功寸前だったのだ。わたしの率いる兵士が大勢死んだ。しかし、エル・ヘフェはまだ死んでいない。エル・ヘフェは生きつづけ、自由に向かって人民を先導しつづけるのだ。だが、エル・プレジデンテはそうではなかった。エル・プレジデンテは最後に、かくも長きにわたって国民を搾取しつづけてきた罪を、命をもって贖（あがな）ったのだ。あの男は地獄へまっしぐらに向かっている。マルガリータ、きょうこそ、われらの革命にとって最も栄光に満ちた日なのだ！エル・プレジデンテの乗っていたヘリコプターは、炎に包まれて墜落した」

デ・サンチアゴはMAC10の銃身を、掘っ立て小屋の窓に向け、感激に目を潤ませた。

「美しいマルガリータ、この栄えある日をどれだけ待ったことか。ここから、わが軍とわたしはエル・プレジデンテを地獄へ送った炎の煙が見える。その破壊の灰が消えるころ、わが軍とわたしは議事堂を占領し、未来永劫、この国の人民の手に政府を取り戻すのだ」

ビーマンは唇を引き結び、頭を振った。どうせ死ぬのなら、最後に一矢報いてやろうか。

「親愛なるファン、残念ながら、勘ちがいもはなはだしい。まったくひどい勘ちがいだ。ミサイルでヘリを撃墜しただと？　笑わせるな。あれは遠隔操作されたドローンで、きさまの射手を引きつけるための囮（おとり）だったのさ。エル・プレジデンテはいまも無事に生きているよ。傷ひとつ負わず、安全な場所にいる。そしてわが友よ、きさまはもう終わりだ」

デ・サンチアゴは目を見ひらき、口をあんぐり開けて、怒りの咆吼（ほうこう）をあげた。

「馬鹿を言うな！」しかし次の瞬間、得体のしれない静けさがその顔に広がった。挑発するように頭を下げ、邪悪な薄笑いを浮かべる。「いや、そう簡単にはいかないぞ、ミ・アミーゴ・アメリカーノ。このエル・ヘフェが生きているかぎり、革命は続くのだ。わたしはこうしてぴんぴんしているぞ、ミ・アミーゴ。きみを殺す喜びを味わったらすぐ、わたしは革命を完遂するのだ。ついさっき、きみたちが飼っていた裏切りのスパイ、〈エル・ファルコーネ〉を殺してやったように。しかしきみを殺すのは、ある意味残念でもある。少なくともきみは兵士だ。勇敢な兵士としての揺るぎない忠誠心に、わたしは賛嘆の念を覚える。きみはあの臆病者の〈エル・ファルコーネ〉とはまったくちがう。あの男は、背中から主人を突き刺すような真似をして、わたしから多くのものを奪った。裏切者は、死をもって償うしかない。だからわたしは、あの男を死なせたときに格別な喜びを覚えた。しかし、きみはどうか？　われわれが敵味方に分かれて戦わねばならず、志を同じくして手を携えられなかったのは、返す返すも残念なことだ」デ・サンチアゴは銃を目の高さに構え、MAC10の銃口を、ビーマンの鼻梁の二インチ手前に突きつけた。「だが、しかたがない。今度はきみが死ぬ番だ」

SEALの指揮官は身をこわばらせた。

デ・サンチアゴは銃身を見下ろしている。その死角で、マルガリータ・アルヴァラードが背後に手を伸ばし、針のように鋭い短剣をスカートのベルトから引き出した。彼女は甘い声でデ・サンチアゴの耳にささやいた。

「そのとおりよ、愛しいファン。裏切者はみな、死をもって償うしかないの。あなたはわたしの父、エンリケ・アルヴァラードの仇なのよ」

デ・サンチアゴの顔に困惑の表情がよぎったとき、彼女はナイフの切っ先で襟の真上を狙った。そして急角度で上向きに突き刺した。

ビーマンは本能的に身を投げ出し、埃をもうもうと上げながら、掘っ立て小屋の土の床を転がって、木のテーブルをささやかな遮蔽物にした。彼には、マルガリータ・アルヴァラードの顔によぎった甘い微笑みを見る余裕はなかった。

エル・ヘフェはおそらく、最期の瞬間、愛人のふっくらした唇からこぼれた言葉を聞いていただろう。

「わたしが〈エル・ファルコーネ〉だったの。ようやく復讐を遂げられたわ」

短剣の刃がデ・サンチアゴの小脳から、大脳へ貫通した。彼は鋭い痛みを覚え、目の眩むような閃光を見たあとは、何も感じなくなった。

エル・ヘフェと革命は、こうして息絶えた。

エピローグ

隋海俊(スイカイシュン)はただ一人、石のように黙然として座っていた。ふだんなら心安らぎ、かけがえのない喜びをもたらしてくれるはずの庭園も、いまは暗く不気味に静まり返っている。夕方近くの太陽はほとんど、雷雲に覆い隠されていた。小鳥さえも主の気分を察してか、じっと鳴りをひそめている。

うら若い女が母屋のガラス戸を通り抜け、しずしずと石造りのテラスに出て、彼の前に立った。隋は目もくれようとしない。彼女はうなだれ、じっと地面を見ていたが、ようやく口をひらいた。

「父上様、悪いお知らせをしなければなりません。先ほど入った報告によりますと、アメリカの沿岸警備隊が、コロンビアの貨物船を撃沈したということです。われわれの積荷はすべて失われてしまいました。ほぼ一年分の生産量です。送りこんだ保安チームも、非業の死を遂げました」

隋は聞いているそぶりを見せず、椅子のかたわらの御影石のテーブルから、見事な翡翠の彫刻を取り上げた。極上の白翡翠から造られた繊細な小鳥は、千三百年以上前の作品だ。唐代の職人が何年もかけて、細部に心血を注いだ。値段をつけられないほどの美術品が、隋の手で温められ、いつもなら慰めをもたらしてくれるところだ。

不意に彼はテーブルに手を振りおろし、彫刻を粉々に叩き割った。

女を見上げたその目は、熾火のように燃えている。隋は怒号を浴びせた。

「おまえはこの家に、大いなる恥と不面目をもたらしてくれた。今回の事業を完遂させるのがおまえの務めだったはずだ。おまえは責任を持って、その成功を確約していたではないか。出ていけ。おまえはもう、わたしの娘ではない」

若い女は頭を垂れたまま、一度だけうなずき、足早に扉から出ていった。もはやこの家に戻ることも、父と話すことも二度とあるまい。

静かに扉を後ろ手に閉めたとき、低い雷鳴が怒ったように、山々に轟いた。

トム・キンケイドはエレベーターを降り、集中治療室（ICU）に入った。病院は嫌いだ。音も、においも。病院に入るたびに、二十年以上前のことを思い出してしまう。あのとき彼は、〈慈しみの天使病院〉の救急救命室（ER）に駆けこんだが、すでに遅かった。美しい妹は、麻薬の過剰摂取で息を引き取ったところだった。彼は一人きりでむなしさと喪失感に打ちのめされ、その悲しみはキンケイドの人生に大きな穴を開けて、片時も癒えることはなかった。やり場のない苛立ちと無力感は、いまなお彼を捉えていた。キンケイドはその思いをばねに、さらなる犠牲者を二度と出してはならないと、決意を新たにするのだった。

　モニタリング・デスクの看護師が、テンプルは眠っていると釘を刺した。

「あれだけの重傷を負ったことを思えば、お友だちはとてもがんばっています。全身に大怪我を負っていました。ここに搬送されてきたときには、とても生存は見こめないと思いました。あと五分ももたないだろうと。この数日はきわどい状態でした。けれども、この方は雄々しく戦っています。雄牛のような体力です」

　キンケイドはこれほどの短期間で、この大柄な警官と親友になれるとは思っていなかった。看護師の言うとおりだ。強靭な男だが、最後にテンプルを見たときには、意識を失い、息も絶え絶えだった。

「では、回復の見こみは？」キンケイドは物思わしげな口調で訊いた。

　看護師はにっこり笑い、うなずいた。

「合併症を起こさなければ、大丈夫でしょう。ただし、リハビリは相当つらいはずです。覚えなおすこともいくつかあるでしょう。たとえば歩きかたとか」腕時計に目をやる。「本来なら、面会時間外はICUに入れないことになっていますが、あなたがたお二人が大変な経験をなさってきたのは存じ上げています。どうぞお入りください。ただし、二、三分以内で」

キンケイドは看護師のあとについて、カーテンで仕切られたスペースに入った。テンプルはベッドに横たわり、打ちのめされた身体は、迷路のように入り組んだ配線や点滴の管や、さまざまなモニターに繋がれている。顔は死人のように蒼ざめ、ほんの数日前の強健な警察官の面影はどこにもない。

「必要なときに、あれほどの働きをしてくれる警察官が、ほかにいるだろうか？」キンケイドはささやくようにつぶやいた。

テンプルが目をしばたたき、眠りから覚めた。

「よう、トム」嗄(かす)れ声だ。「やつらを捕まえたか？」

キンケイドは笑みを浮かべた。

「もちろんだ。ただ、二台のバンだけは逃がしてしまった。どこへ行ったかはわからない。ラシャドはもう意識が戻らないだろう。ラミレスも、長い刑期を食らいそうだ」

「よかった。よかった」

キンケイドの笑みがさらに広がった。

「ほかにもあるんだ。リック・テイラーから電話が来た。ぼくに、ワシントンDCへ戻ってきてほしいそうだ。DEAの指揮をまかせたいと言ってきた。自分を有能な局長に見せかけたいんだろう。あの男は記者会見をひらくのに忙しくて、麻薬の売人を取り締まる暇がないらしい」

「冗談だろ。で、なんて答えたんだ?」

「あなたの取り巻きともども、いまのお仕事に邁進してくださいと言ってやったよ。それに、もっといい職場に移れるんでね。テンプル刑事、ぼくはこのほど、JDIAの局長代理に就任することになった。ジョン・ベセアの下で働くことになる。ついては、北西部支局長をまかせられる人材を探していてね。給料ははずむから、考えてみてくれないか?返事は、ええと……向こう半年ぐらいで」

テンプルは笑みを浮かべようとしたが、それだけの動作でさえ、苦痛の声をあげた。看護師がキンケイドの腕に触れる。

「いまは休息が必要です。きょうはこれぐらいにしてください」

キンケイドは友人の手を握った。

「ケン、きっとよくなるよ。それから、まわりの看護師に手を出すなよ。きみを迎えて早々、セクハラ問題に悩まされるのはご免だからな。あした、また来る」

「トム」

「なんだい？」

「あんたといっしょに悪党をやっつけるのは、とても楽しかった」


パーティ会場は、バークレーの丘を登ったところにある、瀟洒な二階建てのアパートメントだった。参加者には学生もいて、その大半は女子学生だが、ほとんどの客はオークランドのソフトウェア会社に勤務していた。一同はすでに、西のサンフランシスコ市街の摩天楼に沈む夕陽を楽しんでいた。いよいよ、新製品の粉がお披露目されるときだ。

「きっとみんなが、信じがたい体験をすることになるよ」長身で長髪の主催者の男が、自信たっぷりに言った。「入手先の相手によると、めったにない上質の味わいで、コロンビア産のスペシャルブレンドだということだ。一度試してみたら、ほかでも手に入るレギュラーでは、とても満足できなくなるらしい」

「あら、コーヒー会社の宣伝文句みたいね」女子学生の一人がからかった。黒い瞳のかわいらしい女性で、その目が生き生きといたずらっぽく輝いている。「わたしに最初に吸わせて」

「本当に大丈夫か?」

「試してみてよ」

「じゃあ、そうしようかな」

彼女はふざけて男の肩をぴしゃりと叩き、めったにない上質の、スペシャルブレンドのコカインを試そうと、上半身をかがめた。周囲では参加者がはやし立てている。

〈スペードフィッシュ〉は栈橋に繫留され、静かに停泊していた。塗りなおしたばかりの黒いペイントが、朝日に輝いている。長旗(艦長旗の通称)と部隊表彰旗が、セイル後端の旗竿に掲げられていた。さらに数フィート後方には特設のステージが設けられている。ステージは赤、白、青の幔幕(まんまく)に飾られ、後ろの壁には〈スペードフィッシュ〉の部隊記章が大きくあしらわれていた。

乗組員はみな礼装を着用し、愛してやまなかった黒い老朽艦のかたわらに、階級別に整列している。招待客の一群が向かい合って座り、この厳粛な式典でスピーチに耳を傾けていた。

エレン・ワードがリンダとジムの二人の子どもに挟まれて、最前列に座っていた。彼女はこみ上げる思いを抑えられず、さまざまなスピーチを聞きながら、涙を拭った。彼女はつねづねこの艦を、夫の〝愛人〟と呼んでいたのだ。ジョン・ベセアがエレンの後列で、ビル・ビーマン以下のSEAL隊員と並んで座っていた。

ステージでは、トム・ドネガンとピエール・デソーがそれぞれ十分ずつかけて、〈スペードフィッシュ〉の輝かしい艦歴を褒めたたえた。しかしながら、デソーの言葉はややおざなりに響いた。彼は最後の任務で、この艦と乗組員がいかなる行動を取ったかを詳述した。

ジョン・ワードがマイクの前に進み出た。

「司令官、大変残念ではありますが、アメリカ合衆国軍艦(USS)〈スペードフィッシュ〉の退役許可を願います」

ドネガン大将が立ち上がり、命令を発した。

「艦長、USS〈スペードフィッシュ〉を退役とする」

ワードはきびきびと敬礼し、長旗のかたわらに立つジョー・グラスに向きなおった。

「副長、長旗下ろせ」

グラスはゆっくりした動作で、〈スペードフィッシュ〉が現役艦であることを示す、薄く細長い長旗を下ろした。さらに後方では、アール・ビーズリー航海長が丁寧に、軍艦旗である星条旗を下ろしている。

ドネガン大将とデソー大佐が立ち上がり、潜水艦を降りて桟橋に向かった。ジョン・ワードがいま一度、グラスのほうを向く。

「副長、これにて当直配置を解く」

ワードは〈スペードフィッシュ〉最後の乗組員とともに、時間をかけて、桟橋の舷梯(げんてい)を踏みしめた。乗員の誰もが、別れを惜しむように艦を振り返ったが、思いは言葉にならなかった。

ワードもそこに立ち止まり、しばしたたずんで、退役して波に揺れる潜水艦を見ていた。港からは、〈スペードフィッシュ〉が繋留されている場所の向こうで、別の潜水艦がいましも出港するところだ。タグボートの〈チェリー二号〉を付き従え、誇らしげに外海へ出ていく。ワードの目には一瞬、僚艦の波を受けて、老朽艦ももやい綱を引っ張り、海へ戻りたがっているように見えた。しかし波が収まると、艦は桟橋に満ち足りたように安らいだ。

歴戦の勇者が、永久(とわ)の眠りに就こうとしている。

訳者あとがき

本書『ハンターキラー 最後の任務』は *Final Bearing*（2003）の全訳であり、二〇一九年に映画化された『ハンターキラー 潜航せよ』（*Firing Point* / 2012）の前に書かれたシリーズ第一作である。元原子力潜水艦艦長のジョージ・ウォーレスと、練達の作家ドン・キースのコンビが放った記念すべきデビュー作だ。『ハンターキラー 潜航せよ』がわが国で好評をもって迎えられ、シリーズの他の作品も読みたいというご要望にお応えして、このたび翻訳出版の運びとなった。どうかお楽しみいただきたい。

さっそく本書のあらすじを紹介しよう。今回、アメリカ海軍の潜水艦と特殊部隊に立ちはだかる敵は、国家ではなく麻薬組織だ。コロンビアの麻薬王ファン・デ・サンチアゴが、強力な依存性のあるコカインを開発、東南アジアの麻薬王隋海俊（スィカイシュン）と手を組んで、アメリカのシアトルへ密輸を画策する。その情報を摑んだ国際共同麻薬禁止局（JDIA）のジョン・ベセア局長が、アメリカ海軍のトム・ドネガン大将を動かし、潜水艦と特殊部隊の協同作戦によって供給源を断つことになった。この秘密作戦の遂行を命じられたのは、ジョン・ワード艦長率いる攻撃型原潜〈スペードフィッシュ〉と、ビル・ビーマンが統率するSEALだ。『ハンターキラー 潜航せよ』のジョー・グラス艦長は、今回は副長としてジョン・ワードを補佐している。

おなじみの顔ぶれのほか、本書ではジョン・ワードの旧友にして、麻薬取締局（DEA）捜査官のトム・キンケイドが活躍する。かつてエース捜査官だったキンケイドは、スタンドプレーに走るDEA局長と対立してシアトルに左遷されるが、独自の情報網で早い段階からデ・サンチアゴの野望を察知し、シアトル市警のケン・テンプル刑事とともに、地道な捜査を続ける。果たして二人は、狡猾な麻薬の売人たちを追い詰めることができるのだろうか。

今回も長大な物語だが、プロットは明快だ。コロンビア沖合へ向かう潜水艦、麻薬組織の本拠地であるコロンビア国内、彼らが狙いをつけるシアトルの三つを主要な舞台に、それぞれのストーリーが無理なく融合しつつ、全体を盛り上げていく。東西の麻薬王が太平洋を股にかける密輸計画は壮大なスケールで、最先端の非大気依存推進機関（AIP）を駆使した潜水艇を活用するなど、独創的な着想だ。

一方、悪を追うアメリカ海軍の原潜〈スペードフィッシュ〉は、スタージョン級という旧式の老朽艦だ。この点は、主力のロサンゼルス級が登場する『ハンターキラー 潜航せよ』との大きなちがいであり、乗組員は度重なる故障に悩まされる。時として自己犠牲を顧みず、任務に献身する乗組員たちの姿が、ひとつの読みどころだ。原潜を熟知した著者でなければ、こうした場面は描けないだろう。手強い原文に、訳者も悩まされた。

悪の親玉デ・サンチアゴは狂信的な革命家であり、麻薬の密輸によってアメリカ帝国主義に打撃を与え、人民を解放するという独自の理論で、自らの権力欲を正当化している。彼は自らの組織内に、〈エル・ファルコーネ〉という暗号名のスパイがひそんでいると知らされ、しだいに猜疑心の餌食となっていく。スパイの正体をめぐる組織内の暗闘もまた本書の読みどころだろう。敵地に潜入して鬼神のような戦いぶりを見せる、SEALのビル・ビーマン部隊長からも、目が離せない。

麻薬との戦いは、世界各国で喫緊の課題となっている。現実に潜水艇は、麻薬の密輸に使われているのだ。太平洋岸で、およそ二トンのコカインとマリファナを積んでいた潜水艇がアメリカの沿岸警備隊に摘発されたほか、信じがたいことに、推定三トンのコカインを積んでコロンビアからはるばる大西洋を横断し、スペイン北西部で捕まった猛者もいる。

実に直線距離七六九〇キロだという。これらはいずれも手作りレベルの粗雑な造りで、密航は暑さと恐怖で地獄さながらと聞く。本書に登場するようなＡＩＰシステムは、各国海軍とも厳重に秘匿している技術であり、麻薬カルテルが入手するのはきわめて困難だろう。

ジョージ・ウォーレスとドン・キースの共著による〈ハンターキラー〉シリーズには、第一作となる本書『ハンターキラー 最後の任務』、映画化原作『ハンターキラー 潜航せよ』のほか、*Dangerous Grounds* (2015)、*Cuban Deep* (2019)、*Fast Attack* (2019)、*Arabian Storm* (2020) がある。二〇二一年には *Warshot* も出版予定だ。矢継ぎ早の長篇刊行であり、驚異的な構想力と筆力だ。

本書の訳出を始めたころには想像すらできなかったのだが、新型コロナウィルスの世界的流行(パンデミック)が、各国の軍事即応態勢にも深刻な影響をもたらしている。アメリカ海軍原子力空母〈セオドア・ルーズベルト〉やフランス海軍原子力空母〈シャルル・ド・ゴール〉のほか、オランダ海軍潜水艦〈ドルフィン〉などでも感染者が出た。これらの艦艇はいずれも任務を取りやめ、最寄りの軍港か母港に引き返している。

一方で、アメリカの三元戦略核戦力、すなわち大陸間弾道ミサイル(ICBM)、弾道ミサイル原潜、戦略爆撃機の各部隊を統轄する戦略軍では、感染の初期段階から徹底した〝感染封じこめプラン〟を発動し、感染者はごく少数にとどまっているという。彼らは平時から核戦争や生物兵器戦を想定し、最高指導部が全滅した場合でも機能を維持できるよう、さまざまな緊急プランを策定してきたのだ。たとえば弾道ミサイル原潜の乗組員は、乗艦前に港に二週間隔離され、司令部の総合評価と医療部門の診断をクリアして初めて、戦略的抑止パトロールの航海に出られるらしい。本書の〈スペードフィッシュ〉のような攻撃型原潜の乗組員にも、おそらく同様の厳重な予防措置が適用されているだろう。

訳出に際しては、公益財団法人三笠保存会アドヴァイザーで元一等海佐の古宇田和夫氏に、多大なお力添えを賜った。海上自衛隊での潜水艦勤務のご経験に基づき、海事用語や号令の訳語に貴重な助言を頂戴した。編集に際しては、早川書房の込山博実氏から、的確にして有益なアドバイスをいただき、永野渓子氏には、訳書の選定やタイトルの決定にあたって訳者の意見を聞き届けていただいた。潜水艦の操艦シーンや戦闘シーンを、より臨場感のある表現で読者にお届けできることをうれしく思う。もちろん、誤りがあればすべて訳者の責任である。武田佳也氏にもお世話になった。この場を借りてお礼申し上げる。

二〇二〇年六月

訳者略歴　1970年北海道生，東京外国語大学外国語学部卒，英米文学翻訳家　訳書『眠る狼』ハミルトン，『ピルグリム』ヘイズ，『マンハッタンの狙撃手』ポビ，『ハンターキラー 潜航せよ』ウォーレス＆キース（以上早川書房刊）他多数

HM=Hayakawa Mystery
SF=Science Fiction
JA=Japanese Author
NV=Novel
NF=Nonfiction
FT=Fantasy

ハンターキラー 最後の任務〔下〕

〈NV1469〉

二〇二〇年八月十日　印刷
二〇二〇年八月十五日　発行
（定価はカバーに表示してあります）

著者　ジョージ・ウォーレス
　　　ドン・キース
訳者　山中朝晶
発行者　早川浩
発行所　株式会社早川書房
郵便番号　一〇一‐〇〇四六
東京都千代田区神田多町二ノ二
電話　〇三‐三二五二‐三一一一
振替　〇〇一六〇‐三‐四七七九九
https://www.hayakawa-online.co.jp

乱丁・落丁本は小社制作部宛お送り下さい。
送料小社負担にてお取りかえいたします。

印刷・株式会社亨有堂印刷所　製本・株式会社明光社
Printed and bound in Japan
ISBN978-4-15-041469-6 C0197

本書は活字が大きく読みやすい〈トールサイズ〉です。